图书在版编目(CIP)数据

活着万岁/张建术著.—合肥:安徽文艺出版社,2013.5
ISBN 978-7-5396-4252-9

Ⅰ.①活… Ⅱ.①张… Ⅲ.①散文集-中国-当代
Ⅳ.①I267

中国版本图书馆CIP数据核字(2013)第007695号

出 版 人:朱寒冬
责任编辑:张 堃 刘姗姗　　装帧设计:许含章

出版发行:时代出版传媒股份有限公司 www.press-mart.com
安徽文艺出版社 www.awpub.com
地　　址:合肥市翡翠路1118号 邮政编码:230071
营 销 部:(0551)63533889
印　　制:安徽新华印刷股份有限公司 (0551)65859128

开本:880×1230 1/32 印张:10 字数:220千字
版次:2013年5月第1版 2013年5月第1次印刷
定价:29.80元(软精装)

作者简介

张建术，北京人。20世纪90年代发表出版中篇报告文学《魔镜里的钱钟书》、《天佑中华》、《生活在别处》，长篇连载小说《断层》，诗集《流亡在故国》，哲、史图书《超越魔障》。应《中国国家地理》之邀，采写中篇游记《重走徐霞客游滇路》、《沿运河而行》等。2010—2011年出版报告文学选集《魔镜里的钱钟书》，随笔选集《让上帝笑去吧》；2012年出版的作品有长篇小说《雪焰》。报告文学《冷板凳上的星系》曾获全国报刊优秀作品二等奖；诗歌《平原叙事》曾获“世界华语诗歌大赛”一等奖。

时间有手（自序）

时间真不是东西，它把个鲜活生猛的我们，弄得还没好好活呢，半辈子就过去了。可是对那些早该了结掉、埋葬掉的，它却一味地纵容恣纵，至少是视而不见、熟视无睹，从而把那些个迷信正义的实在人，生生地等老等死，到断气儿了，还那儿望眼欲穿哪。

正义必胜论是学校灌输给少年的。时间崇拜大抵也由此灌入学生的头脑。它们多是书生之言，因此不可太当真。脱离开对力量强弱对比的分析，空谈谁胜谁败，脱离开具体的历史的现实的情境，空说“时间将证明一切”、“时间将解决一切”……诸如此类，都是无见识者的废话。

爱因斯坦怎么论时间，歪脖儿瘫子霍金怎么描述时间，我管不着。他们自己在没在他们说的时间王国里生活过一天？他们讲说的时间世界无论天好还是天不好，我们归根结底还得在地球上过日子、讨生活，受制于地球时间。

从来就没有什么救世主，也从来没有什么救世的时间之神。时间肯帮人做的只有一件事，就是赶着你快点儿活完，好给年纪小的腾地方，避免地球上人摞人。要说它还有那么点“大象无形”的德行的话，大概也就在这一点上正面体现。

年少时节，我也曾经踌躇满志，自信可以“笔落惊风雨，诗成泣鬼神”，“自信人生二百年”，自信老与死跟自己不沾边儿，亦曾附和成年人唱过时间的赞歌。可是时间这个混账却早早把我打发进了中年行列,打发进了所谓中年写作的行列。套用台湾小说里的惯用语:我好不甘心哟。

人要能倒着活,我早倒回去了。从发现脑瓜上的第一根杂毛那天起,我就恨起了时间。此恨与日俱增。如果能抓得着它,我非碎其为齑粉不可。

李白放大话:"缩断白发三千丈。"缩断白发管什么用?把时间绾个扣固定住,比什么不强?"唯夫不争,天下莫能与之争"。真是这样吗?时间就争你个落花流水,江山寂寥。时间的软锯年年锯你不觉疼,当觉出疼来的时候,人生已没法重过一回。跟时间大敌比起来,人与人之间的争与不争,又算个什么事儿?你一个破老子自鸣得意个什么?连人生的头号大敌是谁都没搞懂,枉活那么把年纪,枉作五千言。

时间的阴损也正在这里,当一个人活到自以为成精了的时候,它就不让你再往下活,因此人类对世界的认识就无法如常青藤一长到头,而是被切成了碎段,让你许多人拿了这些碎段费力地去接。时间说:这样很好,让你人类慢慢地爬吧。你们的崽子不是也是这样地赏玩蜗牛的爬行的吗?

时间魔鬼一方面把我们的个体生命成批成批地催老催死,另一方面把历史的许诺做无限期的拖欠。该慢的地方不慢,该快的地方不快。有人说杀死上帝,我说杀死半拉时间,生活也许就会变得令人满意。天道观的核心不就是时间吗?它更多的时候是弱势者的说辞和心理安慰。时间杀了你想要杀掉的人,也杀掉了你自己。靠干瞪眼儿干耗来达成希望,算什么能耐?连蝼蚁都会这一套。我们从事的是一场以有限搏无限的战争,对手之间没有丝毫的公平可言。

文学家没有懂时间的,科学家也不懂。什么时候对时间可以做工程化的处理了,高级的物理学才算诞生了。而对抗时间的技术,才是第一技术。

说了这么些时间的不是,可我还是不愿意抹杀事实,说我这本书中的篇什不是在时间中完成的。但它们的确是有点自然而然，在不知不觉中冒成现在这光景的，也算作是对我所愤愤的时间宝贝儿的存在的一种确认，就如同胜利是敌军送过来的礼物一样。而我接受这礼物和其他写作上的礼物所付出的代价，是年华如逝水。可是人人都是年华如逝水，给我垫背的人多的是，所以我的叹息就不值钱了。

2002年9月12日于北京

目录

时间有手(自序) / 1

荻花掠岸

倾斜而美丽的世界 / 3

上海故人 / 7

走出盥洗间 / 12

惊艳在昆明 / 15

那使我心为之一亮的 / 17

老王的生活 / 20

鞋　匠 / 23

打前站 / 27

灶火光 / 31

何时拒绝顺从 / 36

一个退休者的内心悲剧 / 39

人生的那层糖衣裳 / 42
祖　母 / 44
一个人和他的城市 / 47
仇先生 / 50
机声如诉 / 56
睫毛上的泪 / 62
桃　事 / 65
翠　屏 / 68
旧　邻 / 71
基建科 / 75
萍水相逢 / 77
在去罗平的列车上 / 81
解放纪念碑上的血 / 86
勇者绣球 / 91

心情在线

永新的美人 / 99

秋　魂 / 102

太阳之约 / 105

心　境 / 110

心头中国雨 / 114

熏　风 / 119

曾在池塘边 / 122

我歌唱我童年时候的欢乐 / 125

聆听生之韧力的鼓荡 / 128

阳光味儿 / 130

活着万岁 / 132

千古的雪 / 134

春城无处不飞沙 / 139

清　算 / 142

雨雪心情 / 144

活命水 / 147

听冬夜 / 150

千里屐痕

重走徐霞客游滇路 / 155

1.罗平　不会使你心情平静 / 156

2.富源　说吧烽火古道 / 160

3.沾益　徐霞客的遗憾一言难尽 / 163

4.曲靖　翠峰与生态惊梦 / 167

5.昆明　新照片　老照片 / 170

6.姚安　在古道新路的交叉地带 / 173

7.大姚　金瀑古镇红泥路 / 176

8.祥云　从云南县到抗战基地 / 178

9.宾川　来与去　考察生涯的终结之地 / 181

10.丽江　人气与横断山气的奏鸣 / 183

11.剑川　零距离屐履交错 / 187

12.大理　苍山洱海是为美学预备的 / 189

13.保山　城、山、江 / 191

14.腾冲　在火山与废墟上更生 / 193

15.云南　我们不再陌生 / 197

徐霞客与云南 / 199

沿运河而行 / 201

1.德州梦：让运河重新有水 / 202

2.名城临清之谜 / 204

3.驰舟江北第一水城 / 206

4.从阳谷县城到张秋镇 / 208

5.在梁山感受梁山氛围 / 209

6.美哉东平湖 / 211

7.济宁等待什么 / 213

8.南阳镇不相信眼泪 / 215

9.谁不知道微山湖 / 217

10.台儿庄的天空写着“和平”二字 / 220

从杭州到黄山 / 222

雄关如铁

两　界 / 229

呼　唤 / 241

夜辞临城 / 246

难忘好人 / 253

常性之歌 / 257

寸草心 / 264

牵手人间 / 272

私生活 / 284

朗　梅 / 295

后　记 / 303

荻花掠岸

倾斜而美丽的世界

在丽江老城待到第四天头上，我的眼前突然一亮，看到了使我怦然心动的艺术作品。这是高挂在一家铺子的墙角上方的一幅木盘雕刻画，画的内容是在热带雨林地区的河边，在皎洁的月光下，两位裸女洗浴后上岸。浴女处在中景的位置上，以写意的手法刻画得传神而优美，月亮以强烈奔放的刀法来表现，绿色热带丛林的线条则繁而不芜，流畅而富于纵深感。整幅木刻画洋溢着浓郁的抒情气息和热带风情。它招惹得我一看见它，便站住不走了。

小店里只有一个女子在看店，她抬头看了我一眼，一声不吱地继续在一个圆木盘上用铅笔画构图。我心说，别的店家一见你就马上招呼，这位怎么不理人呀？

初到丽江老城的傍晚，我看了几家画店。其中两家卖油画的，在挂满了画的铺面房里，店主支着画架涂抹。原来他们是画画、卖画两不误。那些画的内容，几乎都是老城的某个角落或城外的农舍木篱围子一类，且一律都是写实风格的。从技术上看，这些画还都是说得过去的，就是缺少打动人心的内在精神和个性的张扬。一家很像是展厅的店里挂着画家即店主的大幅照片，张贴着他的个人简历。其作品是半抽象写意的，可惜，看上几幅以后，便觉得有点千篇一律。一位国画家的铺子，让他老婆在盯摊，她见谁进店，都得说上几遍她男人得过美术奖的事。她男人得奖的时间早在上世纪 80 年代初，以后就没奖可得了。

其后，我又挨家转了些卖烙画和木盘雕画的店子。应该说，这些店家手艺都是不错的，可就是没有发现可以算得上是纯艺术的东西，令我大失所望，却不料在这么个不起眼的小女子的店里，看到令我动容的作品。

见我伫立在那幅木刻画前欣赏，她起身走来，直到走近了，才知道她是一个只会用手势和表情说话的人。她在问我是否喜欢这个作品，并且要搬凳子上去摘。我示意她不忙，我们先谈点别的。我问这幅作品是不是她创作的，她非常自豪地手按在自己的前胸，深深地点头，她在纸上写下“很难”二字，又补充写：“二天完成。”她用手指着自己的头写下：“是我想出来的。”

这是一位身材匀称、容貌姣好的聋哑女子。头发又匀又紧地在脑后梳成一个髻，因而突显出她脑门的光匀的弧度。她眼睛不大，好像在很多时候都隐含着哀伤，而在表达自己的心情的时候，她的眉毛又一次次生动地挑起。不知为什么，在她面前，她的表情越是生动，越是使我暗暗心酸。为了掩饰自己的心情，我离开桌子，逐幅观看她的木刻。我一边看，一边将它们跟此地的其他画家的作品做比较。

大前天，我在一位姓张的先生的铺子前停下脚步。店主四十多岁，坐在昏暗的灯光下，埋头于手头的制作。他一张嘴我便知道他是东北人，问具体了，他说他是本溪人，东北某美术学院毕业生。来丽江定居之前，他曾经当过某国营厂的承包厂长，他说他本来干得很有起色，可上边人不让他好好干，他见势不妙，就辞职走了。他说他曾徒步走过横断山区，到过藏北高原。两年前他在此地租了铺面房，边创作边经营。

他说他的东西跟别人的不一样，是创作，是自己想出来的，绝不去搞仿制品。他指着一幅房与桥的木刻介绍说，这是他一天早晨遛早儿受到感动后烙刻的。他说：“早晨天蒙蒙亮，天上挂着一弯残月，四周一片寂静，那种感觉太好了。”第二天晚上，一位来自珠海的女客人出150块钱买走了他的这件作品。

他感觉到的东西应该说是有意思的，可他的构图和刀法并未把他的所思充分表达出来。他不断地向客人讲他作品的含义，可是他用嘴说出来的总是比他用刻刀说出来的多许多。而哑女艺术家跟他刚好相反，她用自己的构图和刻刀，深情款款地讲述着她嘴所不能说的。

通过纸上的交谈，我得知她是越南人，今年34岁，有一个聋哑人丈夫，有一个4岁的孩子。她是越南人，这是我没有想到的。她是怎么到中国来的，这当中一定有一段故事。"我是演员。"她居然能用外国人说中文似的吃力口型说出这几个字。她引我到店堂当中的柱子前看一组照片。那是她在中国残疾人艺术团当演员时的演出照和演出结束时在台上的合影，合影中有残联的头面人物和她们在一起。

"以前我在中国残疾人艺术团做演员。7年。1988年开始。"

她用手势和口型讲述她的演艺生涯。"我到过很多国家去演出。通过我们的演出，争取到很多国际资金的支援。"她写道，她做出极度失望和痛苦的表情摊开手，继续在纸上写，"从艺术团退下来以后，本以为残联会给我安排工作，谁知没人管我了，从那以后我就没有工作了。"

"他们看不起聋哑人。"她改用圆珠笔写话。结婚生子以后，她丈夫、婆婆对她很好，可是她不甘心待在家里，她想要挣一份自己的钱，做一桩自己的事，于是便跟丈夫在昆明开了一家卖木刻画的店，然后又跑到丽江来开了一家。"他们支持我自己开店。4年了。"她一边开店，一边学起了绘画、木刻。这个女人的聪明，真够叫我吃惊的，她没有受过专业训练，全都是自学的，而且学得又这么好。我在纸上写："你很聪明。"她腼腆地摇头，写："我还不行。"

我对她写："从这幅作品看出，你很有天赋，你一定会有很好的作为的。一些好作品不要卖，应为自己准备一个展览。到北京去开展览，就以残疾人艺术家的身份，是有可能成功的。"

我指着墙上她的那幅热带雨林浴女木刻画对她说："留起来，

不要卖。”她急切地写：“画得很一般。”我写：“你会行的，你一定要自信。”她歪头做了一个非常动人的表情，表示她不敢太妄想。我想这一定是多年遭社会歧视给她造成的心理阴影在作怪。

她突然起身，拉我去看镜框里的一张获奖证书。只见上面写着——

陈树荣同志：

你的手语诗《倾斜而美丽的世界》获第二届全国残疾人艺术表演二等奖。

她曾经是手语诗朗诵的获奖者，难怪她的手语那么优美动人，她把那首诗的原文拿给我看，我眼泪都快出来了。

正说话间，她画店的另一位成员小杨从外面办完事回来了。小杨原来也是聋哑人，但她还有一点听力，戴助听器能跟人交谈，只是说起话来舌头发硬。小杨告诉我，她们店一共有五个聋哑人，两个中国女孩，两个缅甸女孩，加上中国籍的越南人小陈。都是苦命人，她们学会了抱团求生存，而且抱的是一个国际团儿。穿黄背心的缅甸女孩见提到她们，抬头冲我笑笑。

和这位华籍越南女子的交流，使我愉快，使我感动。这感动时时掀动着我，使我忘掉她的种族、她的残障，而只感觉到她的人的灵性、她的女人的芬芳。这个女子身上所蕴藏的淑惠之美，就像她画中的香雪兰。造物主从她身上拿掉了听和说的机能，却加强了她的身体和心灵的强度。你只要是发现了她，就不能再无视她，谁能说她的世界是倾斜的呢？

2002 年 9 月 5 日

上海故人

我清楚地记得那是1984年5月的一个夜晚，大约11点钟了，我和新婚的妻子来到北四川路一带的一条小街的一扇木门前。我太太手中有一封她工作单位的一位老教师写给他弟弟的亲笔信。临从北京出发前，老教师写了这封信，说到了上海就去找他弟弟，并住在他那里。

来开门的正是妻子同事的弟弟，一位谢顶、戴深度近视镜的男人。从他兄长的口中，我们已经知道他叫卓城稳，原马鞍山钢铁公司的工程师。门初启时闪出一隙灯光，看不清他的面目，我们先将信递入。他看完信，吱扭一声将门大开，迎迓我们进去。他问了我们路上的情况，让我们在一层小楼的小厅堂里稍候一候，便趿着拖鞋跑上二层楼。只听见楼上一阵人声，几阵忙乱过后，他跑下楼来请我们上去。

他领我们进入的是，他家唯一的一间大房间。室内空气中飘浮着有人睡过的气味。目测房间约莫有个十五平方米的光景，面壁有老式立柜，临窗有老式写字台，然后就是一张老式铜架双人沙发床。从床单下露出的床垫布边看，此床已颇有年头了。显然刚刚收拾过一番的床上，是两套新出柜的棉被褥。主人指着大床对我们说道："你们就睡在这里，被褥是新的。"妻子说："您睡在哪里？听说您有个女儿。"主人摇手说："我们有地方，你们赶紧休息吧，一路上劳顿。"

这时从大屋门对面，楼梯口另一侧，传来说话声。我和妻子坚持要过去看个究竟。原来那里是一间面积不足六平方米的小屋，借着微弱的光线，我们看到一个小床铺上侧卧着卓先生的独生女儿；另一块临时搭起的铺板上，披衣坐着一位敦实个、方脸盘儿男子。他从黑影里站起来和我们握手，自我介绍说他是卓城稳的大学同学，先我们一个小时到的。

顿时，我们全明白了。适才主人先行上楼，是叫起他已睡下的老同学，现到女儿的睡房里搭铺挪被，把他们自己睡的大屋腾给了我们。我和妻子感动之外，知道自己的到来给主人添了大麻烦。假使今夜只我们一拨客人还好说点，偏巧一下子来了两拨儿。我们交换了一下眼色，提起行李往外走，说："让你们这样腾地方给我们，无论如何都不行。我们今夜找旅馆住下，明天过来看望你。"不想话一出口行李被他一把夺下，一躯瘦伶伶的身体挡在了门口，他声音和目光洋溢着二百分的真诚。他说："你们是我哥哥的朋友，就是我的朋友，你们今夜要是从我这里走出去，就是看不起我。"这时他那位方脸庞、热忱豪爽的同学走过来，推着我们说："我们俩大学时就是一个宿舍，经常挤在一个被窝里夜谈，今番我们还想挤挤，兴许又得聊一夜，你们不要剥夺我们这难得的机会。"卓先生犟劲上来，哐一声将大屋门带紧，然后跟老同学闪进小屋，别门不出来了。

这是妻子和我第一次到上海。夜色下还没看清这座城市的轮廓，就已被一位卓先生的古道热肠扑面打动。躺在陌生城市陌生人家陌生的床上，体验到的竟是宾至如归的感觉。日后时过境迁，中国大中小城市宾馆饭店如雨后春笋，林林立立，早已不时兴旅行外出投亲宿友。因此当年在卓城稳先生家获得的那份体验，便愈显得弥足珍贵，如同不能再生的稀罕古董，如同一帧纪念册中的黑白老照片，是记忆碧波上的一点远帆，是冬日案头一抹暖意的日照。大约也正是因了这第一印象、第一感受的垫底作用，在往后日子里，遇有沪外人士对于申城挑三拣四，我也不敢苟同。在我关于上海繁华街景、大堂小弄的记忆深处，始终兀立着卓城稳癯瘦至诚的身影，回响着他发自灵魂的话语。

第二天早晨起来，主人已从街上买回了早点，引导我们到一层桌边用餐，他自己则说自己吃过了，他马上要赶将近两个小时路程，到一所大学去上班。晚间闲谈我们才知道，他所说的去上班，其实是到一所大学给人当刻蜡版的临时工。以他两只各达一千度的近视眼去干刻蜡版的活儿，这对他该是多么大的折磨！以他老资格工程师的职称，风雨月月领一份临时工的低微报酬，对他又是多么的不公平！

卓城稳的情况在上世纪80年代的上海知识分子中，比较罕见。1984年那年，他的实际年龄五十四五岁。3年前他的母亲罹患重病，全身瘫痪。起先他请假回沪照料老人，终因请不下长假，他向单位办理了提前退休，归沪专事伺候老母，直到她去世。

卓家兄弟姐妹一干人中，他是唯一做出上述牺牲的人。他没赶上后来的调薪，仅凭那点退休金，他生活发生困难。在当时大一统体制下，像他这种情况的人，无法再找到正式工作，后经同学介绍，好歹弄了个大学刻蜡版的临时工干，以维持两口之家的生计。我极其清楚地记得他安顿好我们的早饭后，便拎个黑革包，匆匆去赶公共汽车了。时间是六点差十分。一天过去再见到他，已经是天黑以后了。

离开上海的前一天，妻子和我约他父女及他的老同学一起去外面吃饭，他执意不肯。争执再三，拗他不过，我们从外面买了熟肉酒点回来。那天晚上他十分好兴致，拿出自己的酒与我们共饮畅叙。饮间我们问起他的个人生活，他告诉我们他妻子故世，撇下他们父女相依为命。我们问是否考虑再婚的事，他有点腼腆微赧，说与一贤淑女友交往了将近两年，但因两人身体都不好，因此决定不下是否结婚。“再看看吧。”他说。饮间不免涉及社会、时事的话题。当逢提到官僚吏胥，他一反温和文质，爆发出难以遏制的怒火。他声音提高了十倍，脸孔因激愤而涨红，头上暴起青筋，脖颈上筋脉异常突显,他嘴唇颤抖,时因语言不足以充分达意而停顿止塞,却分明他肚子里汹涌着千言万语。

他是一个学理工的不善于言辞的人。他的怨怼难抒的情态,源于他的生活经历。

在那个上海之夜,我们酣饮畅谈到下半夜3点,才分头睡去。

早起他破例没有去上班,留下来帮我们打理行囊。为了下一站旅行的轻便,我们装了一提包东西,托运回北京。见我们提包上的小锁沿途丢了,他从自家的小箱上开取下一把小锁借我们使用,并嘱日后寄还给他。他说这把小锁跟随了他许多年。

临别那天阳光正好,我们一起在房间里拍了些照片。有他和我们的,有他和女儿的,有他和同学的,有他单独一人的。平常早晚见他营养不良的脸透带青色,而这天白天,他的肤色看上去白润了不少。他时而跟他的大学同学逗逗哏,时而高声大笑。握别时我们感谢他几日来的周到照顾,他却说该说谢的是他不是我们,他说他感谢我们的到来给他带来了欢乐带来了生气。

我们万没有想到他末尾的两句话,竟是我们听到的他的遗音。

大约3年后的一个下午,我同妻子去卓城稳哥哥的家中拜访,竟意外地见到了卓城稳的女儿。昔日小跑溜丢的花豆衫小女孩,出落成亭亭靓丽的女中学生。一问之下才知道,她的父亲已经病逝,她自己是来北京投奔大伯上学的。

"我弟弟命真苦。"做大哥的说。我和妻子黯然神伤,良久无语。忽然想起当初回到京城各各忙着上班,竟忘记将他的小锁寄回上海,这一忘竟忘到了它的主人不在,真是千不该万不该。见我们跌足不置,他大哥缓缓说道:"忘了寄也好,正好留个纪念。他人都不在了,留锁有什么用?城稳除了这孩子,没留下什么。"

回至家中,我从抽屉里的一个牛皮纸信封中,找到了那把黑漆脱落几至于无的最小型号的锁头。先时我们因见此锁又小又旧,曾想买把新锁寄他,却一忙再忙耽搁下来,竟至于忘了,至于今天竟无以补救了。睹物思人,百感交集,又不禁记起普鲁斯特的话:

“对于我们来说，人死后不会立即消逝，他们仍沐浴在一种生命的辉光中。”

得知他仙逝的消息时，我曾想世上如有能锁住人寿命的锁，我们一定买来送给他。今年岁末将至，入冬后的第一场雪刚刚下过，商店里已陆续上市各色贺岁的礼物。我又想，该做一点什么，以酬答他生前为我们做的，以慰他平凡而厚美的心性人格，以使并不知道他的浦江边的人们，得以知道在他们中间，曾经生活过一位使人难以忘怀的人。我想谨以此小记，作为寄赠他的节日礼物吧。

1998 年 11 月 25 日

走出盥洗间

贵宾楼最像贵宾楼，单单它的盥洗间就是它的级别的证明。在里头摆上沙发，就可以会客办公。出入其间的人，简直就不是拉屎撒尿，而是进入了贵族沙龙。身穿对襟褂子的服务员，看上去就像贵族家的侍者。他们手拿抹布、海绵不住地擦拭明光照人的墙面、台面，迅速地用拖把拖去便池外的遗液。

起初我在盥洗间里见到的是一位年轻体壮的男服务员，他胳臂上的肌肉隔着工作服都看得出来，他伫立在洗手台那一头守望着你。净手时，他动作麻利地给客人打开风干器，再从纸匣里拽出些洁白似绢的纸巾，供客人揩手。客人中有给小费的，有不给的。当给过小费的客人再次莅临时，他的表情动作便格外地殷勤；对一毛不拔的客人，他虽也帮你扯把纸，摁个吹干机，神情却是冷淡得多，动作也显得迫不得已。这在20世纪90年代的大都会的高级酒店里，情形大体一样，不以为稀罕，但一位健壮青年侍立在被美其名了的厕所里，伺候跟他同样健壮的人的情形，总使我感到不对劲。

身体强壮、如花似玉年龄段的青年男女，充当自己种族中的另一些人的奴仆、服务工具，仅仅因为他们一无所有，而另一些人却垄断了社会权力和财富。这种事在我心里引起本能的不快，不管现存秩序给出多少合理的解释。我庆幸自己不是什么新生代、新新生代，从而得以亲睹了一些事物的产生、一些事物的逝去，而不至于误以为我们今天所置身其中的诸存在是与生俱来的，并因此随声附和：多么和谐的阶级分工。说什么我当领导你淘粪，只是分工的不同，调过来试试？

走出盥洗间，体健的年轻侍者躬身送我，我心里再次涌起不快。我想，在他们当学生的时节、初涉社会的时节，都是要强要脸儿要自尊的，我愿意相信他们每一个人的内心深处，都曾经发生过战争；我愿意相信他们中一定有人在心里流过泪，发过狠。他们最终败给了生存的压力，对钱的需要打掉了心理上的那一块蓝天。

不久我再次去盥洗室的时候，里面已经换了一位 60 岁左右的男侍者。他生得方面丰颐、浓眉阔目，身材高大端正，梳着一个政府首脑式的大背头。假如他换上官员的衣着，出入于政府大楼，便是一副高官的派头了。见到他的第一眼，我心里震惊不小，从他的举止气质上，我推断他不是一个打粗工出身的人。我想起昨天朋友跟我说起，一位原籍北京的西昌卫星发射中心的工程师，思乡心切，提前退休回京，闲得难受，便出门打工，最近转到一家高级饭店被分配管卫生间。他接到的第一笔小费，是一位加拿大人给的 150 美元。此事令他惊讶不止。他对人言道："我干了这么多年，还从来没有一次拿过这么多的奖金，还是北京好。"我暗想，这位仪表堂堂的年长侍者，可别就是他吧？

我第一次给了他 5 元小费，第二次再去时，他抢步上前为我打开水龙头、开吹风机，然后扯纸。他呼噜呼噜一把又一把地给我扯出了老厚一沓手纸，明知是用不了的，还一个劲儿往我手上送，恨不得让我装了出去卖。这一次的见闻，远远超出了前面的那个年轻侍者给我的刺激。

我闷闷地低头走出盥洗间，觉得脚下四外一派混茫虚幻。美轮美奂的贵宾楼大厅里，飘荡着绵软朦胧的轻音乐。进进出出的男女们华衣雍体，首饰银铛，面无表情，旁若无人，俨然老牌儿的上等人模样。户外的骄阳默然射入华窗，给廊柱镀上一层金属敲打般的辉光。我满脑子都是那位年长服务员的举止相貌、一举一动,他在盥洗间里的站相。我后悔没有问问他是不是从西昌来的。

1997 年 7 月 1 日

惊艳在昆明

我在《重走徐霞客游滇路》的第五节《昆明　新照片老照片》里写道："提腰挺胸走在街上的昆明女人的身姿，最好不过地表达了这种意识（中心城市意识）的稳固性。这些皮肤含有阳光颜色的女人，身体发育得别提多好的女人，长腿细腰，旁若无人，高挺着她们的自信与丰美，行进在艳阳与细雨中，构成了春城的第一风景。"

这是昆明女人给我的第一印象，也许仅仅是因为站在远处观察，才会得出这种倾向于赞美的看法吧。不过我好歹也是走过南闯过北的人，比较而言，在中国范围内，昆明女人真的是发育得顶充分的一族了，肩是肩，胸是胸，腰是腰，髋是髋，腿是腿，脚是脚，该鼓的地方鼓，该细的地方细，丰胸腿长的所占比例很高。我常设想，如果搞全国选美比赛，昆明女孩入选的一定会很多。

我曾经跟昆明的朋友讨论过这个话题。他们说这可能是杂交优势的结果。我说跟这里四季如春的气候有关系。春天是动物一年中发育最旺盛的季节，别的地方女孩儿一年里只有一个春季，而昆明女孩却一年到头都在春天里，能不发育得充分吗？我说还有一个原因，还跟这里人能吃辣椒有关系。辣椒是热性的东西，长年吃很多，能不催人的性腺吗？昆明朋友觉得我的话有道理。他们一点也不反对我夸他们家乡的女人。因为他们这些昆明男人，正是这一方红土高原女人优点的享受者。

还没有找到合适女友的 M 反驳我说："你的感觉太理想化了，

你怎么不说昆明女孩好吃懒做,不爱读书,不思上进呢?"我说:"你说的只是一部分人吧?"M说:"你看到的还不是最漂亮的,真正漂亮的都住在别墅里,坐在轿车里,是不在街上走的。"昆明女人之一的H制止M:"他既然这样看的,你就不要去破坏他的印象。"我理解H的意思,她是希望我写到昆明,特别是写到她们这些昆明女人的时候,只写好不写坏。我说我怎么会不懂辩证法,不知道事物都是多侧面的呢?不过我没有接触到的,我不能愣说,对不对?

在昆明,给了我一次难忘惊艳的是H。6月27日上午,我正在某局办公室里谈事,突然一道蓝彩霞闪入我的眼帘。只见身着一条黑色长裤、一件孔雀蓝短衣的H走了进来。她身上的这一袭孔雀蓝真是深湛极了、美艳极了,以一种极强的美感和震惊冲击了我。我把赞美泼向她。她高兴,又有些不好意思。我对她的赞美是由衷的,她也由衷地乐于接受。

过后我告诉她,她那天上午给我的感觉,只有用"惊艳"一词来形容才恰当。她说起她母亲是搞文艺的,她小时候学过舞蹈。我说难怪你身材、气质这么好。我说那天你一袭蓝衣一条黑裤,一下就把你的优点突出来了。我没有跟她说转天我坐在去楚雄市的长途大巴里,翻越重山叠嶂的时候,她的孔雀蓝的身影,还时时浮现于我的眼前,使我的注意力不能集中于窗外的景色。

2002年9月3日

那使我心为之一亮的

在丽江古城的第三天，下午我踏出客栈的门槛，人还在高台阶上，便看见靠墙站着一位正在写生的女孩儿。她头戴一顶牛仔帽，穿一件蓝条纹长袖汗衫、一条发白的蓝牛仔裤，脚穿一双普通凉鞋——绝不是流行的拖鞋式凉鞋。她的一身不时尚的衣着，看上去十分朴素自然，让人心生好感。

她抬头看到了我。她的目光望过来的时候，清纯的光亮就在这条弯窄的高石墙巷子里流漾了。她一手端画夹一手握画笔的姿势神态，此时如果被另一位画者画入画中，那可真是雅致极了。她的波光闪闪的大眼睛，可比玉龙雪山的融水清澈多了、纯洁多了、滢亮多了，同时又充满了人生的热情。她的出现，一下子就把整座丽江古城照亮了，把我的倦游的情绪，一下子逐散了。

就在我一条腿迈过门槛，第一眼看到她的时候，我张嘴说道："你怎么又跑到这里来了？"今天吃早饭的时候，我就看到饭馆门口一个跟她穿戴一样的女孩，坐在台阶上画画。她偏头看我说道："那可能是我们一块儿的，肯定不是我。我们一起来了二十几个人。"

面对这样的女孩，就是前面有银行等着你去搬金子，你都不会去了。我看着她刚刚画完的古巷速写，觉得她真是很有灵气。我评论说她画得繁简得当，会省略会以少胜多。她点头同意，没有特别的骄傲，也没有造作的谦虚。她用碳素墨水笔代替钢笔画速写。

她的笔锋有一种很准确、很朗润的感觉在里面，而绝无含混温吞之态。

她来自四川，是大学二年级美术系的学生。这次她是和其他同学由老师带队来丽江写生的，昨天刚到。她告诉我她家在自贡市，她父母、她父母的兄妹全都是教师，我心想难怪她教养这么好。和她站在窄巷里交谈，时间过得飞快。我提议到院子里坐着说，她欣然点头，跟我来到二楼阳台的木桌边坐下。她随手摘下帽子，明亮饱满的前额呈露出来，阳光从她斜后方照射过来，照亮她额头的一角。我感觉，当她一边坐定，一边用眼睛打量这座纳西民居客栈的时候，竖琴的乐音便流溢在瓦檐、木栏、幽兰之上了。

我问她喜欢哪座城市，她明眸一闪，说还是喜欢自贡。我问为什么，她回答："因为我的家在那里。"她说，相比较而言，成都女孩比重庆女孩更会打扮些，而重庆女孩比成都女孩长得更漂亮一点，她说有的重庆女孩看上去很漂亮，可是一张嘴说话却凶巴巴的。我说不会吧。她说真的是这样。她眼神里的认真劲，在向你表明她的话全部来自她的观察，全都是有根有据的。她说"真的，是这样"的时候，她的一双眼睛就把世界上第一等的诚挚与美丽集萃到了一起，使人深感这广大世界上的美丽，是以人一生的交游、见闻，而难穷其万分之一的。浮想：假如能像孙猴子那样，拔撮毫毛即能变出百千个自己来，做世间游，那这人生的阅历该多么丰富多彩。

她的到来，使这座小院荡漾起青春优美的光影，连客栈的房东都情不自禁地跑上来，站在一旁听我们谈话。这女孩儿身材娇小，说话略有一点小哑嗓儿，可能是半天没喝水的缘故。

后来我们一起去白马龙潭。走在路上，我再次感到了她的青春雅致，并且越发地感觉到她的可爱与纯粹。她的袖子挽到臂肘部位，隐约中透出一股四川女孩儿的干练之气。在见到她之前，丽江古城在我看来就那么回事，而唯有她的出现，才使丽江变得值得我回味。

我说："你也不知道我是好人坏人，就跟我说这么多话？"她微笑:“正因为我看准你不是坏人,才跟你说这么多的。我很会看人的。”她再次微笑。

坐在龙潭的木栏杆前,四川女生的眼睛里,有微微动荡的天空,有凝然的云朵,有水中红鱼款款的游姿。我说:“再画一张吧。”她说:“水不太好处理。”我说:“我明天就走了。”她问:“去哪?”我说:“去剑川。”“明天非走不可吗?”我说:“嗯。”

我记得她说过:“还会再见面的。”

2002 年 9 月 3 日

老王的生活

从鱼台县长途汽车站一下车，我就被几个三轮蹦蹦车车夫围住，争着要拉我去宾馆。我点了其中一位年岁大的男人的车。他们这些人开的，都是烧柴油的带小挂斗的三轮摩托，开起来冒黑烟，嘟嘟响。这位年长的摩的司机姓王，一路上我叫他老王。我请他先出城带我去看运河。

在鲁西、鲁西南一带的县城里，这种摩的的一般要价是不出城两块钱，我给了老王六块，他高高兴兴地拉我去拉我回。我跟他约定，明天早晨他来拉我去搭到南阳湖码头的面的。

第二天一早他准时来到，见他没吃早饭，我多买了些煎包叫他一起吃，起先他不吃，我再三地让，他便用手指捏着吃起来。吃到半截他停住，我问为什么不吃了，他说饱了，又说怕我不够。我硬要他吃，他才又吃了几个。

刚四十出头便一脑袋花白头发的老王，十指黧黑，满掌老茧，一身旧衣拉撒。从他嘴里知道他曾是县农机厂的工人，企业倒了，跟着别人一起下岗，厂子倒得很干脆，他和工友们就此从厂方拿不到任何钱了。他指着三轮蹦蹦车告诉我，这是他目前唯一的生产工具，就靠它养活老婆和两个孩子了。

我问他最低生活保障金拿不拿得到，他说："谁给呀？按规定是国家出一部分，企业出一部分，社会出一部分，企业都没有了还给什么呀？社会谁捐助你？所以这钱就等于白说。"

他的这件生产工具，对于他的家庭的意义及局限，是我到过他家后才看清楚的。

他家在一个巷子里，三拐两拐来到一个小铁门前，就到了他家。进去后是一个屁股大的小院。大一点儿的一间屋由他跟老婆住，进门一张小地桌，地桌再往里是张破旧的木架床。老王的上初中的儿子正坐在板凳上吃饭，老王说吃完饭他儿子就得赶到学校去上晚间的课，要一直上到晚上 10 点。他儿子的晚餐就是一碗米饭和一碗凉土豆。老王说他们家整月吃不上肉，鸡蛋还是得让孩子吃上的，他和老婆却是没份儿的。

时令已是冬季，老王家的屋子里却没有炉火。老王媳妇说她家多年都不生火取暖，因为没钱买煤。“蜂窝煤得二百块钱。”老王接道。“受得了吗?”我问。“都习惯了。”老王回答，“现在还不是最冷的时候，等进了腊月，这屋就成冰窖了。”

老王的儿子扎着头，往口里扒拉冷饭菜。他身上穿着廉价的假迷彩上衣，脚上是双最便宜的黑球鞋。老王媳妇说等儿子初中毕了业，想让他去当兵，一来有个去处，二来就不用愁这个孩子的学费了。那个男孩听着我们谈论他，头埋得越发低。

双人木架床的后面有一个小门，进去是一间小窄屋，小窗前有一张小木板床，床上的被子没有叠，保持着它的主人起来时的样子。这小屋的阴凉甚于大屋，伸手摸褥子，又凉又潮。这是老王女儿的床。床两头的泥墙皮上，贴着几张十年前的旧挂历单张，单张上印的是无名影视演员的头像。我倒吸一口凉气，想，这孩子的童年、少年太惨了，这对她心理成长会有怎样的影响?

老王又领我去看他儿子的小屋。这间小砖屋是老王自己动手盖的。一部分砖是买的，一部分是老王捡的半头砖，顶子是石棉瓦的。小屋里除去张木板床，就是个破旧的小桌和一个条凳，这种木条凳在大城市已经多年不见。就在大城市的孩子们每晚坐在电脑椅、沙发椅上做功课的时候，老王的孩子就坐在这样的无靠背的板凳上，完成他的学业，在不打折扣的寒窗前。

我离开鱼台县的下午，车驶过县城街道的十字路口，我猛然看见路口当中跪着一个穿学生校服的男孩儿，他身前摊着一张写有字的纸，司机说："这是没钱上学的。"冬天的马路又凉又硬，这孩子不知道跪了多长时间。

头天傍晚从老王家出来，他手指对面的几座楼房对我说："这是大官们住的地方。"回到宾馆前台，恰遇这家新建宾馆的老板在座。这位干部模样的男人是县政府的干部，他说他在这个县已经工作了三十年了，一个月才拿七百块钱。"什么都算上。没办法，我这才跟人合股建了这座宾馆。"他说话条理清楚，精通中国基层政治。他肚子里的牢骚比老王多许多，政治话题也比老王多许多，不过论负担他可没老王的大。

老王在领我去他家的路上，曾经站下来，跟一位被他叫作白老师的中年男性说话。转回来，老王告诉我，他买摩的三千块钱，就是跟那人借的。我问："他催债了？"老王说："他没催，我说那钱还得等等。"

老王的另一个难处，是他每月都收到县交管局的一张非正式收费单。收费的名目不明不白，单子也不属于任何一种国家税单，是一种私印的小票。全城的摩的司机，虽不情愿，却也不敢违抗不交。吃早饭时，老王掏出几张这种破单子给我看，手抖抖的。一月200元的冤枉钱，对于冬天使不起煤取暖的老王一家人，可是个不堪的负担，这就意味着他每个月得多拉出一百趟活儿来，才能凑上这个数，这在客源不足的小县城，不是一件容易事。

2003年2月1日

鞋　匠

每读高尔斯华绥的短篇小说《品质》,都拨动我的心弦。近现代工业的发达,几将曾经漫长而兴盛的手工业掩埋净尽了。高尔斯华绥的小说则将手工业艺人的非凡技艺和职业道德留在了人间。小说讲述的制靴匠格斯拉兄弟,触动了我的记忆,让我想起儿时的一位修鞋匠和他的傻哥哥。

时常见到他们的时间是在我上小学之前的两年。那时我家就住在广渠门往西一站地的卧佛寺。卧佛寺汽车站的路南有一溜平房,再往南就是我家住的那一片居民楼。修鞋匠兄弟俩住在靠马路的一座小院儿里。小院里房屋低矮,处于低地,朝南的院墙就着高地而建,所以我虽然是小孩儿,一趴墙头就能看到院子里,呼喊里头的人。

鞋匠那时节应该已经是五十几岁的人了,花白的刺头,戴一副眼镜,常年坐在他家的矮墙前为人修鞋做鞋。他最常见的动作是用锥子扎鞋底,穿针拉麻绳,在鞋底子两面用力拉,不时地将锥子在一块蜡上扎一扎,再去扎鞋子,有时他也用手中带麻绳的粗针,在自己的头皮上划一划。我问他这是干什么,他把眼睛从花镜上方看着我笑答:“为了使针滑溜。”我问:“为什么在头上划划就能使针滑溜?”他答:“头上有油呀。”

这个人留给我的印象是和蔼,好说话,不厉害。

他的一双手又粗又大,伸开巴掌满是老茧,前身总挂着褪色的帆布围裙，板凳边上老放着带盖的搪瓷杯。进入冬天了，坐在矮墙前做活虽然不避风，却可以晒太阳。他几乎每天都坐在那里穿针引线，专心致志，只有当有人找他买羊头、兔头的时候，他才起身去院里给人取货。

他不光给人修鞋，还给人做鞋。不过他不做格斯拉兄弟擅长的靴子，而是做布鞋，千层百纳底子的布鞋。经他手纳出来的布鞋底，就如同机器做出来的一样，针脚匀密，又紧又结实，手摸上去，有一种非常特别的感觉，最后等他上上鞋面鞋帮，一双新布鞋就做好了。

我时常见他把新完工的鞋子并排放在身边，不时偏头欣赏几眼，等着订货的人前来取走。这时他的心情好像有点复杂：明知道他的鞋子是给别人做的，要穿在别人的脚上，却有那么点依依不舍。就像画家、雕塑家眼看着自己的作品要被人买走一样。那是他取了样儿，一锥锥一针针纳出来的手工作品，凝结着他的心力和气力，就已经不是几块钱的事了。所以每一次放货走之前，他都要将做好的鞋子像在橱窗里陈列一样，在地上摆一摆，欣赏欣赏，甚至挑剔挑剔，偶尔用手抚摸几下。他设摊的地方在他家院南墙的西南角，正是一个行人走路的道儿，所以他将自己手艺的成果摆出来，也算展览展览，请街坊四邻欣赏。

我没有《品质》里的“我”的那种经历，向他下做鞋子的订单，可我没少买他盐水煮的羊头、兔头。

那时鞋匠不光是干修、做鞋的营生，还兼着卖煮熟的兔头、羊头。熟兔头 4 分钱一个，熟羊头 3 毛钱一个。不知道他是从哪个屠宰场弄来的这些东西，反正他有一辆拉货的平板三轮车，每天他起早把原料买回来，天不亮就下锅煮。那时节我把我奶奶给我的零花钱，都花在买这两样熟食上了。

“来个兔头”或“来个羊头”，我差不多每天都要对鞋匠说这样的话。每次都是他从锅里拿给我，每次我都靠在那段矮墙上趁热吃。

夏季最炎热的时候，他依然不脱他那条旧帆布围裙，只不过赤膊穿一件挎篮背心，额头乃至头顶上都是汗津津的。我注意到他胳膊上肌肉隆起，便羡慕地用手去摸去敲打。他让我曲臂绷肌肉，我小胳膊上哪有什么肌肉，他便在我大臂上用手掌剁一下，当时一疼，立刻隆起一个小肉包，俗称小耗子。见我嚷疼，他笑，让我用拳头砸他的肌肉，我怎么砸他都没有反应。

逢着鞋匠晒着太阳做活计的时候，我一说买兔头、羊头，他便放下手中活，接了钱去院里给我拿出来。逢他不在院外的时候，我便趴墙头喊："大叔，买羊头。"他从屋里跑出来，看我一眼，回身进屋给我取来。刚出锅的白水煮羊头，冒着腾腾热气，接在手里很烫人，吃起来咸乎乎的香。吃到最后我把骨头都抠开了，吃里面的脑子。那是我小时候的重要营养来源。

鞋匠的家里只有两口人，他自己和他的精神有毛病的哥哥相依为命。两人都是单身，生活上的开销，都靠做弟弟的一个人挣。他家的白水羊头、白水兔头，我一直吃到"文革"爆发。回想那时候我也真皮实，夏天别管多热，冬天别管多冷，就那么站在露天地里吃那种肉食，也不闹肚子生病。

鞋匠的哥哥是个驼背小老头，其实应该也不到 60 岁——从他追赶我们这帮孩子的速度上，可以作此判断。他夏天敢穿棉袄，冬天敢敞胸露怀，无论冬夏都趿拉一双破鞋走路，鞋帮永远不提。附近一带的孩子喜欢追随在他后面有节奏地喊："傻大爷穿破鞋，傻大爷穿破鞋，一穿穿成傻大爷，一穿穿到沙捞越……"一般时候他只管走路不理会，有时被哄急了，突然转身朝孩子们冲来，孩子们轰的一声四散奔逃，傻大爷脱下一只鞋子用力投掷，然后奔跑过来，将鞋拾起重新趿拉，骂几句走路。孩子们又聚回来追着他喊，他再次回身做追赶状，其实跑不了几步就不跑了。

有一回，这种追着哄的场面被做弟弟的遇上了，他勃然大怒，从斜刺里冲来，我们才真有些害怕了，一溜烟跑散了。

一次听大人念叨，说是一楼的一位老太太在家中昏死过去，居委会的人把鞋匠唤了来,帮助送病人上医院。鞋匠把病人背下楼,放到平板三轮车上,蹬车送到医院急救。

又听人说鞋匠会给人治胳膊脱臼,捏巴捏巴就给人复了位。我不明白修鞋的何以还会给人关节复位,那不是医生干的事吗?

对啦,鞋匠还管着一部公用电话,老式的转圈拨号的那种。他家临街的后山墙开了个小窗户,白天他将电话机摆在窗外的窗台上,晚上将话机拿进窗内,听到有人敲窗户板时,才将话机递出来。因而,他的家又成了这一带的信息收发中心。时常见他跑到这座那座楼下喊人接电话。在楼下喊不着人,他便噔噔噔跑上楼去敲门窗,直到把人找到。

"文革"开始不久,傻大爷就去世了,我从远处看见人把一动不动的疯老头从院子里抬出来,装上车运走。有一天又看见鞋匠脖子上挂了块牌子拿把扫帚扫街,听人说他是小私营业主,他住的小院儿是他的私产。又听人说他之所以被挂牌子,是因为和某寡妇搞破鞋。我从他身边走过的时候,他看了我一眼,装作不认识。要是从前,他准会问我要吃羊头还是吃兔头。

从那以后,我就再没吃过他的羊头、兔头了,因为他已经不做了。此后也没再见他坐在当街修鞋做鞋,而且基本上就很少看见他的踪影了。

2010 年 12 月 28 日

打 前 站

1969年冬季的天空，肯定最像冬季的天空。那样的天空下，我走在野营拉练的旷野回程上。当时年纪在30出头的班主任女老师，操着江浙口音的普通话，指派我去打前站。“先遣人员都在前面，快点走，追上赵老师他们。”

那年我刚上初中一年级，年龄在13岁光景，一入冬就赶上全民备战、野营拉练，在当年举国的野营拉练的汪洋大海之中，像我这年龄段的半大少年，大概是最小的。我记得当时我里面穿了一身绒衣绒裤，外头罩了一件捡父亲的制服棉袄，头天练了一晚上的叠背包、打背包，就稀里糊涂跟上一千多号人的大队人马，奔京东远郊出发了。一路上，大队人马之外，每次行军都要派出一支先遣队，提前赶到预定的村庄，号房子安排伙食，就是所谓的打前站。

1969年冬天绝对比1996年冬天冷。晓行夜宿，最远走进了燕山山脉的胳肢窝。站在土台子下听老农民忆苦，看过批斗地主、富农、“现行反革命”，又聆听了三晨两夜的狗叫驴鸣，窗户纸忽达忽达奏乐，由一位军人出身的女校长和几位男教师组成的指挥部看看无事可做，便开始挥师还都。恰赶上一场大雪过后，满目皑皑河山，四野草木皆白，浩浩荡荡的一支无枪兵队伍，迤迤逦逦，脚底下吱吱嚓嚓出了峪口大道。

身为低年级学生，只身在队伍外快跑，别人就知道你是打前站的了。从射到你身上的目光中，你能感觉到羡慕和妒意。忽然听到有人叫我的名字,原来是国庆前卫队时一起拔过正步的一位高年级的男生,在冲我招手。其时他们正在跟他们的班主任老师没大没小。其中一个尖鼻子、狭长脸、矮个子的,正跟他们敦实个儿红方脸的郭老师穷逗。

“老师老师,您是一年土二年洋三年不认我和他。”他比画着指点着招呼我的那位男生。一句话他说了一遍又一遍,并不嫌贫。那时节,在师生之间产生了一种在今天的学生们会视为异常的平等或倾斜的关系,学生拿老师打镲,在当时司空见惯。“快跟上快跟上,少说废话。”郭老师恼而不气地拨棱着套棉巴掌的右手,招呼本年级的队伍。

这时,我的目光与一对美丽的目光相遇。那是来自一位体形苗条、白净秀雅的女生的目光。国庆前卫队操练期间,她与我也同在一班,烈日暴晒下,肩并肩拔正步。休息的时候,我们常坐在地上细细交谈。我曾暗中盼望着这种交谈。我留意到她也很乐意和我相处。成双操练、互练的时候,她总是选我和她搭档。此时,她笑靥怡人地抿嘴儿用笑眼向我招呼致意。她的一颦笑一凝睇,使我内心充溢起喜悦。我加快了步伐。

天不作美,偏生意外。行至前不着村后不着店的所在,我忽然感觉到胃肠不适。想来也是连日风餐野饮,卫生差,肚子出了问题。痛苦不堪地坚持了一段,最后下公路,转进一小方用玉米秸扎成的围子里。抬头仰视,正是苍天在上,寒云翳日,四周身外,正是地冻三尺,朔风凛冽。经历了一番罄竹难书的艰难之后,起身送目,不觉失声叫惨。那位抗美援朝转业军人出身的赵老师,早把个先遣小队带得无影无踪,连他狗皮帽子上的半根毛儿都瞭不见了,这可怎么是好? 孤燕离群马失途,一个 13 岁少年的恐怖可想而知。

早先我曾经拥有过一册八开本的铜版画集,其中有一幅,表现的是欧洲十六七世纪装束的贫家女子,薄衣薄巾地走在云卷风劲的野地里。此时此刻,身处燕郊冰天雪地中的我,大抵也是那幅画上的景况。那女孩儿或许也如我此时一样的饥寒交迫，怎未见得有我此时一样的内患呢？刘长卿有诗句："柴门闻犬吠，风雪夜归人。"大空旷里却连一声半声的狗叫都不来给我。

常言道："发昏当不了死。"揣着一颗又急又慌的心，从上午走到傍晚薄暮，我才走至预定的村子。一打听——是，便冲了进去。东拐西拐地循寻过去，眼睛看见了庄稼院儿里飘起的柴烟，鼻子嗅到了灶锅台上煮饭的香味儿，才觉察出自己饥饿难当，肠响如鼓。原来先遣队途中的中午饭我都没赶上呢。

见到赵老师一嚷肚子饿，他不以为意地挥挥手说："伙房刚订下来，回头做，等着吧。"这时分已经是暝压四野，西天边只残余一线淡光了。

这是我平生头一遭真正领略饥饿。空腹徒步几十里路程，中间闯了三四座秫秸"围城"，背上还负着个老大背包，就够受了，好不容易挨到宿营地，恨不得立时现刻吃它个嘴满肚儿圆，却生生还要眼巴巴地等着盼着，真叫一份儿活不下去的感觉。

灶房屋里，房东老乡刚煮进半锅白薯去，开锅时间不长，见我饿得悲惨无状，便掀盖让我拾出块尝尝。探手抓出最大的一块，手里来回倒着，开牙即咬，白薯只熟了外表的一层，四面八方啃下来，还剩个大生心儿。吃进去的少，没进去的多，连十分之一饱都没达到。咬咬实在难以下咽，将杠杠硬的生薯心子举在眼前瞧了又瞧，一狠心丢在了墙儿脚。

走出十几步远，再次鸣响且绞痛的肠胃，驱使步履复踅转来，俯身拾起粉红心儿的那块宝贝，心情复杂地翻转端详，进屋舀半舀子凉冰水出来，冲洗掉泥土，背着风做猿猴状嚼这块尤物。十冬腊月手着水，寒风一吹，五根手指成了胡萝卜，挓挲着失去了知觉。

办好房子等事宜，拖着灌铅起泡的腿脚回到先遣队住处。跟我睡一炕的是位嗓音低沉粗厚的老汉，我就住进了他的偏厢房内。手指甲盖儿般的豆油灯下，我看不清老汉的脸，只是听觉上感到他的嗓音有点像我河北农村的姥爷。好长时间里他给我讲古，讲包公案、杨家将、窦尔敦、黄天霸。他告诉我他虚岁70了。“黄土埋到脖子了,寿材都预备下了。”他使我记起回老家时,姥爷也是在这样的油灯影里,一句一顿地讲他所知道的传奇故事,随着他粗厚的嗓音的提高,微缩下去的油灯火苗,一跳又一跳……

夜深时分,忽听外面嚷“开饭了”。不一会儿,我托着一角油盐饼回屋。黑地里环顾,不见一处可倚伏的桌儿器物,唯与炕沿平行的屋墙脚下,有一溜躺柜,便半趴过去,斜坐在有一条腿儿不稳的条凳上,唾液充沛地美食起来。中途想起让让同屋的老汉,一看他已经沉沉睡去。

嘹亮但是调门不准的集合号音,将满村庄人都叫醒了。天已经麻麻亮,冻掉下巴的空气瓦蓝微灰。我穿衣服蹬鞋打背包,跺跺脚站在屋地上,吃了一惊。原来我昨夜里吃热饼的那个“餐桌”,我所谓的躺柜,竟是一口没上漆的槐木棺材。房东老汉“寿材寿材”的,原来就是它了。我心头突突一阵跳。万没想到鼾然一觉,竟一直头顶着与死亡、殡葬关联的棺木!

回想起昨夜我心下还疑惑:这躺柜怎么与别家的有所不同?怎么伏上去感觉当中高、有棱子,向两边呈溜坡,且纵向里一头高一头低呢?

回想起来,也就是从1969年冬季的那一天起,我不怎么再害怕孤立无援“一个人在路上”,不怎么再害怕形形色色的恐怖。

1996年5月15日

灶 火 光

在一个城市的多雾的日子里，我想起当年插队的燕山山区的雾景。正是红枣该打、柿子可摘的时令。走得近了，才从薄雾纱帐里透出星星团团的紫红、橙黄来。远处山环爆响一声鞭鸣，扑棱棱惊起几只蓝胸脯山鸟。蚂蚱三蹦两蹦跃过草梢儿，绿蝈蝈速爬过道弯。坷坷坎坎的山石路上，响起喳喳的轮胎底尖口鞋踏地的脚步声，山弯处转出农中教师王德山来。我记忆中的王德山，总是手拎着一把小抿铲儿，走在路上的王德山。一晃也有十八九年的光景了吧。

那时候的王德山，在40岁上下的样子。世事频仍，岁月不饶人，这位当年的山村教师，如今已是五十好几开外，花发杂生了吧？皱纹呢？则不见得多。德山是个紧皮儿的人，小眼睛，薄眼皮儿，短黑眉毛，皮肤黄褐。结实的头，粗实的颈，不高的个子，壮实的腰膀和腿，比当地一般农民看上去健康。那时节他带领着两个农中班，在离村十几里的山腹里办学。寒暑假除外，平常只在他侍弄自留地时，才能在村里村外的道路上见到他。

关于他，我所知有限。只知道他是本乡本土人，老高中毕业生，打二十几岁起就在公社中学任教。大队红医员史文莲是他的老婆。独生女儿小青跟着他在山里农中读书。至于他跟公社中学及我所在大队是怎样的一种关系，我就不甚了然。当年务农累得不行，没精力去深究他的事，只是现在想来有些奇怪：他是公社中学的编制，怎么做了大队农中的教师呢？听说当年创办农中，是他本人的主意，校舍、资金由大队包出。那时他办学的样板，是曾经广为宣传的江西劳动大学。电影《决裂》，讲述的就是那所劳动大学的故事。我没考证过王德山的农中是诞生在《决裂》放映前，还是之后，反正在我到那个三面环山、一面朝向平原的村子落户的时候，就知道这里有一个被作为本县荣誉的上过报纸的农中了。

每天早上铧头一响，我们都到生产队集合处等队长派活儿的时候，时常见挎布兜兜书包的农中学生，出发上路。他们手托凉白薯，迈大步边走边吃，往东去上学。在进山干活去的路上，也常常遇见他们。认识的，打个招呼，走不多远，他们便把你撇在了后面。农中后生走路的速度、步幅，双足落地的角度、弧度，踏地的那种扎实感，他们目不旁视、下颌微抬的侧影，给我留下了深刻的印象。我们都到地头了，他们还要继续走，直到脚步声、背影，为柿林、核桃林遮没。

农中学生们出家门的时间，总在早上 6 点左右。他们也跟社员和我们知青一样早出晚归。有的学生干脆就住在山上，十天半个月回一趟家。

从旁观察，王德山是一个沉默寡言的人。无论在村里还是在东山路上见到他，总见他独往独来。他跟本村的农民们似乎没什么话，也看不出他和党支部的头头们有什么特别的交谊。跟我们这些城里来的知青，他从不多说少道。我感觉，他在心里跟我们划着界限。

他没有离开过自己的乡土，他又似乎不属于他的乡土。他置身在乡邻的圈子里，又游离于周围的人群外。在当地，他显得特殊而又孤独。不错，他有强烈的自尊心、孤独感甚至清高。我曾经见到过他蹲在自留地里侍弄白薯秧的情景；见过他路遇认识的人，别人招呼他，他淡然回应一声走路的情形。夏收后场院分麦秸，他推着独轮车，不声不响码摞煞紧，一趟一趟推回自家小院儿。

在热闹的场院上，在散发着熟透的庄稼气息的村街里，他显得落落寡合,又似乎与世无争。他给我的印象,有时近乎隐士。

他说话声音略嘎但不沙哑,从喉咙里出来,颇有共鸣和底气,但句子都很短,面部没有明显的表情。一次抢收玉米,他和我在同一块地里。休息时我问起他农中的事,他只说了只言片语,便低下头卷旱烟。慢慢地将烟卷成后,用舌尖舔一下,在指肚间一滚,便可以叼在嘴上了。

他的家我进去过一次。那次全县开群众大会,散会后我步行回村。恰巧德山媳妇史文莲骑车过来,我便搭她的二等车。到她家门口,她请我进屋喝水。我端着水舀子观察她们屋内,见木梆土灶,沿墙一溜红漆躺柜。窗户上除纸以外,中间安了小块儿玻璃,靠墙立个木书架。

史文莲当赤脚医生看病发药的医务室,就在我们知青伙房的院内。她体貌清瘦,好说好道,与王德山恰成对照。我多次见到壮年男人们跟她说说闹闹,被她追追打打的情形,但不见她真急。想不出这两个人是怎么捏合到一块儿的。王德山常年住山里,正当壮年的夫妇,等于分居生活。

看王德山还有一面镜子,那就是他的学生。淑艺和小五子,是两个长得出众的农中女生,一秀一俊。淑艺高挑身材,白白净净,性情温和有主意。小五子细黑眉毛大眼睛,方圆乎脸,一笑俩酒窝,说话爽直有锋芒。俩人的家都在我所在的五队,所以夏、秋收常能在一起干活儿。我发现这两个农家女孩儿都有着良好的学生气质,说话有条有理有见地,遣词达意,清晰准确,有韵味儿。谈起农中来,她们语气中流露着自豪感。一次我跟连祥的马车往地里送肥,远远地见淑艺站在岔道口上等人。四十大几的嘎人连祥,盘坐在辕上,叼着小烟袋,摇着长马鞭,对我说道:“瞧,咱这闺女,往那儿一站跟棵白玉兰似的,比你们城里姑娘不差吧?给你说说媳妇中不中?”

淑艺见是我们,微微笑笑,并不知道我们在谈论她。

村里人满口农中农中的,一直到我插队的第二年,有一次耠地播种在农中的山下，我才走上山去，亲睹这所在当时的教育口有一号办在山上的学校。只见半山上的一块平地上，有几间红瓦木柁人字顶的平房，另有一间配房和一立着砖泥烟囱的灶屋。这些便是农中的全部硬件了。不见还好，一见之下心里凉下大半截。再一想，怎么能见物不见人呢？又没耳闻目睹过校长兼教师的王德山授课。农中之所以能够在如此简陋条件下红红火火地存在，一定有其物质条件以外的精神在起作用。

那天我在山上房子里，没见到一个人影。时值假期，德山和学生们都在我身后十几里以外的村里。

一天早上还没放亮，满天飘起纷纷扬扬的鹅毛雪。全村男女老少一律扛着锹锄，进山平整土地。王德山的女儿小青，和我分在同一块梯田干活。地冻三尺，一镐下去一个白印。一身汗干下来，终于刨出了冻土块，一车一车往低凹处填。中午休息吃饭时间到了，有人在梯田坝下支起大锅，煮出一锅稀白菜汤。全生产队几十号人，聚坐在用干秫秸扎成的避风墙圈里，喝热汤、啃冻干粮。

我干粮袋里的馒头冻成了硬砣。坐在我旁边的小青，打开小布袋给我看到的是，十几小块儿刀痕如鱼鳞般密集的削净了皮的熟白薯。我提出拿全部四个馒头换她的白薯吃。她踌躇了一下，同意了。交换时她有些不舍地说："这些都是我爸半夜起来塞到灶灰里为我烤的。等烤熟了他又爬起来，用小刀削净皮，再放进去烤干。"

我心里不觉一跳一热。外表看上去冷漠的王德山，却是一位舐犊情深、体贴入微的父亲。为了天寒地冻中的女儿的一顿中饭，他竟然深更半夜从热被窝里起来一趟又一趟，比做母亲的还下心下力。我真有些舍不得、不好意思下嘴了。这些甘甘甜甜的烤白薯，都是德山的心血功夫哇。仿佛我衣襟里兜着的，不再是一种山民们日常食用的简单食物，而是一个乡村知识分子热扑扑的心。

上中学时我曾读过《春歌集》中的一篇《石山柏》，写一个山区民办教师的故事。我把王德山和石山柏联系在一起。两年前看电视剧《凤凰琴》，我又联想到他——寒村。雪夜。灶口。柴火。毕剥的燃烧声。灶火映红的汉子的面庞、瞳仁……

对王德山我还一直存有一个疑问：他为什么将农中校址选在离村那么远的地方呢？仅仅是对江西劳动大学的仿效呢，还是有意识地躲避什么、逃避什么呢？

如今曾经感动过千千万万中国人的江西劳动大学和电影《决裂》，早已从传媒上销声匿迹，不复存在。后来中国大地上发生的事变，一定不在王德山本人的意料之中。事变所扭转的方向和风气，不但改变了中国农村的生产组织形式，也使王德山的农业中学成为过时的事物。他在一个阶段的心血、努力、生命付出，不得不画上一句号。他不得不蒙上一层悲剧色彩，毋宁说是悲壮色彩。但无论如何在当时的历史条件和他特定的生活条件下，他不失为一个有追求、有主义、有投入的人。他教过的那些学生，当不会忘记他吧？山村雪夜，燕山腹地的那一朵灶火光，今安在呢？

1996年5月18日

何时拒绝顺从

退休前的大生很少向别人表露自己的心迹。事实上,他不说也没有人探问他最近在想什么。表面看去,每天上班大家都很忙。

2000 年 8 月 29 号这天的大早,不到 6 点钟大生就上班来到他工作了十几年的生物实验室,开始精雕细刻地擦拭。在全区乃至全市的实验室工作人员当中,大生都算得上是数一数二的仔细认真人。证据之一是由他准备的实验课无失败记录;证据之二是他被评为市优秀实验室管理员,捧回了奖状、证书;证据之三是他所管理的实验室,被他收拾得井井有条,一尘不染,以至于别的部门的人想跟他借实验教室,都不敢开口。

截止到 8 月 29 日这一天,他在这所自他大学毕业就正式供职的单位的日子,算来就只有十几天的待头了。8 月 29 号这天在他一生中没有特别的意义,也没有人指示他在这天里打扫卫生,这一天他却早早到校忙乎上了。说他跟别人一样不愿意退休,早早来这里以寄托情思、宽释心怀,怕也不是。单位方是有意思返聘他的,并且跟他谈过话。出乎领导意料,他拒绝了返聘。他说他干够了,到时间就退。可是你看他擦了桌子擦器皿,擦了器皿刷瓶子,样样都做得像绣花似的,不像是心无所思、全无寄托的感觉。此时此刻,全身心投入忙乎的大生,在同一个物件上,在一个指甲盖儿大小的面积上,他都是擦了又看,看了又擦,口里还喃喃自语:“我擦你一百遍,看你还有白点儿不?”

他管他所擦拭的物件叫“你”,用的是第二人称。看来这间屋子里的一切存在,在他心目中都是有生命、有灵性的,他与之交流的次数已不可计数。

他今早干活是干得入境忘我了,以至于预定的上午 9 点教职员开会的事,都被他忘了。等到他猛然想起来的时候,会已经开了好一阵了。他来到会场,迎面遇上办公室孙主任的冷脸责问,大生一紧张,解释说没看清写在大门口的通知。孙某不肯含糊地抢白他:“下发的通知上写得明明白白,难道你也没看清?”孙主任的脸板得像旱冰场,一副冰模样,却全无一点水气。起初大生的心紧张得像张干马皮。往常遇这种时候,大生不外乎就是不再说什么,灰灰地怏怏地找个地方坐下。这时节忽然像有谁拿把锋刃霍地将干皮子划开一道口子,现了天光,他一反常态拂袖转身就走,嘴里道:“别来这套,我还不开了呢。”

孙某是个欺软怕硬的小吏式人物,见大生忽然举动不俗起来,反倒大感诧异,觉得这人怎么跟突然有了背景似的,她一反往常地追到生物实验室。她劝慰大生:“你回去开会吧,我不给你记迟到还不行?”

大生梗着脖子摆手言道:“我跟你说句实话吧,我不爱听他们瞎白话。我几十年都胆小,今天我想胆大一回,我想尝尝被记过的滋味儿,今儿不让记一回,我亏得慌。”

孙主任说:“现在不去就不去吧,可 11 点你得到,11 点上级来人宣读蔡书记的调令,不准缺席。你 11 点到我不给你记。”

大生蹙额翻眼道:“我还有十几天就退休了,我还怕你们什么呢?你们还能把我怎么样?我这么多年都是看你们的眼色行事,现在我不看了,我不用再怕你们了,我不要再听你们那些假话连篇的烂会了,你们能把我怎么样?以前我活得谨小慎微处处小心,怕被你们说,怕被你们记,现在我怕不着了,你记吧,你跟头儿汇报去吧。”

一百六十厘米不到的孙主任,站在一百八十三厘米的大生跟前，像把皮椅子，平视他挡眼，仰视他脖子酸。她心说这大生平常没这么高呀。大生呢，他乍听见自己嘴里刚才秃噜出来的那番话，连他自己都吓了一跳，觉得陌生意外，但他很快就确认那声音是他自己的。话音落定后，那坚毅的余音还在他耳边缭绕不散，令他好生陶醉。他从中体验到了平生从未有过的豪迈与骄傲。他想自己这次总算真正地潇洒了一把，扬眉吐气了一把。余意未尽，他冷笑一声继续说："依我看蔡书记这次被调走，就是头儿背后鼓捣的，假情假意搞什么送别，猫哭老鼠罢了，演戏给人看。"

孙主任紧张四顾，忙禁止他："可不敢瞎说呀。我说你平常不议论领导呀，你今天是怎么了？""没怎么，想议论了。"大生一脸灿烂地回道，"这么多年我不敢得罪你们，怕你们给我颜色看，给我小鞋穿。我挺大一爷们，一怕怕到了60岁。我干得不舒心，活得不舒心。我干到头了，不舒心到头了……"

空荡荡的被他收拾得窗明几净的实验室，这间他因之而衣食有着，同时也吸去了他大半辈子生命的房间的四壁，反射着他的笑声。直至声息渐弱，悄无一响。干到头儿了，怕到头儿了，忍到头儿了……可是人也老了，没法重活一回了……

2000年8月31日

一位退休者的内心悲剧

胡新民是一位退休数学教师，男性，黑瘦，戴一副老掉牙的高度近视镜，上唇底下有两颗龅牙，走路的速度比一般人快，蹭蹭的，头往前探着走，暗合着现代节奏。近来学校人反映，他到学校来串游的次数明显增多，几乎每星期人们都能在校园里碰见他几回，这在退休教师中显得特别。退休老师一般都只在开会、发东西、借书的时候来趟学校，而胡老师的频频光顾，却没什么正当的借口，并且已经使他的那些在岗的原同事们烦他了。

举例如上月的一天上午，他到数学组闲坐，他来之前已经有几个人在吸烟、闲聊，胡坐下后别人便停止了絮语，屋中人一时静默下来，只有眼珠儿和烟雾在动着。不久，人们不约而同地起身转移到对面的医务室，胡不明所以地跟了过去。才坐下工夫不大，人们又不约而同地转回数学组办公室，胡老师再次跟过来，人们转身又进了医务室，护士朱某砰的一声将他关在了门外。

这种事令胡新民既尴尬愤怒，又十分不解。自己退休不过一年，昔日的同事怎么就不认自己了呢？这是为什么呀？你们早晚不也有退休的一天么？

关于胡老师的教学，人们曾经议论不一。有人说他讲课投入忘我，备课一丝不苟。有人反映在他退休前的几年里，讲课跑题，讲到一个问题时，他扯到了别处，半天才归到正题上。总之关于他的数学教学水平，在师生中是有争议的。当然同行相轻的因素也不能排除。但是有一个镜头确乎是可以证明他的敬业的，那就是每当上课预备铃响起之前，胡老师都掐灭烟头，夹起整齐的教案，正身走到教室门外，正身站立，抬手撣撣沾在衣襟上的粉笔末，咳嗽一声，然后进教室上讲台。

胡新民退休后所遭受到的冷遇，在一定程度可能跟他性格中的滑稽成分有关。他这人是个老小孩儿，见人说话并没什么深浅的概念。他在办公室里说起话来刹不住车，也不管别人爱听不爱听。成年人说话，并不是心里怎么想嘴里就怎么说，当老师的话到口边都留有余地，他却是秃噜秃噜没闸口，念头一闪便一泻而出。像他这种脾性的人，是很容易做倒行式的。

正如人都有两面性那样，他胡新民也有口是心非、虚伪的一面。举例如，图书馆进了本西洋画册，里面有裸体画被他瞭到了，他一边嘴里说着“恶心”，一边终于忍不住趁人不注意的时候，偷偷翻看起来，看完后又连说没劲没劲。像他这类表里不一的行为，难免招人非议。好在他容得下非议，容得别人跟他开玩笑，老的少的呲哒他几句，他都报以嘻嘻一笑。

上世纪80年代，有门路的男教师都高就去了，胡老师却安于现状。他也许确实没门路，但他的确抱着满足于当一名教师的心态生活。

他曾经指着自己的一双男人中的小脚，向人讲述他幼少年时的家境。原来在他脚长得最快的年龄，家里给他买不起新鞋，每次他喊鞋顶脚痛，他的寡妇娘都坚持要他穿下去。他就穿着这样的小鞋早出晚归，以至于落了个脚趾佝曲，脚长不大。可是尽管这样，他日后走路反倒比别人快。大概因为穿小鞋时节的疼痛，反而促着他快点走到目的地，倒逼出他的急匆匆的步态和走路往前探头的习惯。

一个穷苦寡妇的儿子，能念大学，掌教鞭，他已经感到相当知足。因此他工作得十分安心，一头扎在教学上，一扎就扎完了青年和壮年，步入了老年。

常言说的走入社会,对他而言就是走入这所学校。他的生命的归属感,就建在这座小岛上。

传说他退休后到郊县的私立中学教课去了。春节过后当他出现在原单位的时候,人们发现他的嘴歪向了一边,这才知道他中过一次风,私立中学那边的课也教不成了。为尽快治好中风后遗症,他每天跑医院拔火罐。效果虽说不显著,他却满怀信心。此时的他有点神神道道了。像他跟人分手道别,总要说上一串问你父亲好、问你母亲好、问你先生好、问你太太好,诸如此类的话。

人们不再爱答理他,甚至一见他远远走来,便岔着走,躲过他。退休的校长偶尔来校,都别指望得到他在位时的尊敬,更何况一名普通教师了。他这时的所作所为的方向,是企图回到他退休前跟同事相处的感觉中,找到归属感,找到他仍然在教书的幻觉。

那日,资料员刚从区教研室拿回一份外区高考一模卷子,被他看见,他抢到手就跑。他像得了宝贝似的将卷子藏进怀中,连连说:"这太重要了,我得回去研究研究。"资料员道:"你也不教课了,还看它干什么?"他怔了怔,没说话,急匆匆走了。由此可知,他的思维依旧还在原先的老轨道上惯性运行。

他企图逃避失落感。他在自欺欺人地不承认自己已经退休,没有接到返聘的事实。他心里翻搅着空空洞洞、无所适从的焦虑。他说:"我老想哭。我想念毛主席。"这表明困境使他的思维产生了心理学上所说的退行的倾向。

他是一个真心实意地爱他的职业的人,同时也是一个将自己的寄托,全部地投放到了外部世界上的人。他乞求他的旧同事施舍一点接纳他的好心的眼神,真实地流露着他的内心需要。与此同时,他对这个时代的无知也暴露无遗,他似乎不知道这样的事实:在当今,已经没有人愿意或者有闲心去留意一个局外人了,何况是个小人物。在当今,内心悲剧,只属于你自己。

人生的那层糖衣裳

“老工来了封信。”太太下班回到家一边撂包一边说。

老工是太太原来的同事，80年代中期，他回到他来教育口之前待了多年的银行，工作了几年之后退休在家。老工1949年以前在外国人开的银行里当职员，从他谈及两种职业的态度上看，他更喜欢银行。当初，银行在他到退休年龄的时候，特别延聘他当顾问。这样，他在银行就又多干了几年。他现今已经80周岁了。

太太接到他的信的同时，还接到了他的电话。他在电话里语调十分兴奋地说，他接到正式通知，通知他最近入选了《中国专家大辞典》。他信中寄来的东西，除一张他全家的合影外，就是只有两行字的打印通知书和关系他本人的词条的全文。全文四百七八十字，内容为姓名职称、主要贡献、主要著述三个部分。通知的底下，盖了两个大小一样的红色圆图章。

看信中的东西，听妻子的介绍，我心里涌起一种稍许复杂的感觉。照片上，80岁的老工和他70岁的老伴，坐在第一排正中的白椅子上，他的儿子、女婿等的肚子，个个隆凸，腰带挎在肚囊以下，显示出一家人生活的富足。可以想见老工看着自己亲手发展出来的这么一家子人，心中定是充满满意感和满足感，在已至耄耋之年的他的生活中，这是他重要的心理安慰、心理支柱。看着儿、女、婿、媳们健康、富足，在各自的岗位上混得人五人六，车、房、票都不缺，他心头的那股子乐悠悠、甜滋滋的成就感，就都浮现在他的昏花老眼上了。

如今,又飞来了全国性的、国家级的《中国专家大辞典》的惠顾,堂堂大名往上头一印,那又是什么感觉?在家人、外人面前多有面子?有这等喜事临门,他怎会不喜不自禁?更何况老工平生就有那么点爱虚荣的毛病。放在鼓励进取的时代,这也许不是毛病而是长处呢。

饭桌上我跟太太说:有一个情况是万不可对老工讲的,那就是关于这类辞典的出版背景。那年我碰上一个上年纪的男演员,是中国曲艺团的。他说他收到了一个出版社寄来的通知,说要把他的名字、简历印上《中国名人大辞典》,要他预交多少多少钱,最后他还得花钱买一本书。老演员说,这不是变相赚人钱么?老工这档子事,也是这个路子。不过如今干这种事的出版社学精了,让那些人到单位去申请钱。光我认识的出版社里,就不止一家这么干,这种书没有半点可读性和市场价值,卖谁去呀?

太太道:"是了,可不能跟老工说穿这事。"她说:"老工电话里还说,让小张给我打个电话,我想听听他对这件事的评价和看法。"我说:"这电话没法打,说什么呀?他想听的不就是恭喜祝贺吗?谎话,太难出口了。一个80岁的人,为这么一点成就感、被承认感而乐呵,谁忍心去败他的兴呢?"须知人生如药,里头是苦的,外头总得有层糖衣包裹着,世上没有人是不愿意带着这层糖衣裳,走完自己的人生的。即便这层糖衣裳往往不那么真实,甚至虚幻。

2001年11月16日

祖　母

不知怎的，今天早晨我脑际盘盘绕绕的，老是我奶奶的影像。这有点奇怪，连我也闹不明白是为什么，总之，总是出有关她老人家的图像。小时候我奶奶和我们住在北京一座三层居民楼里。她头发总是梳得顺顺溜溜、一丝不乱的，在脑后梳成一个纂儿，衣服总是穿得干干净净，一尘不染。

连她切菜、切手擀面的刀工，都是那么的匀细利落，粗细一样。她炝锅炒菜的味道，喷香逗人食欲，在我鼻尖前阵阵缭绕。她包饺子、包包子，能捏出小猪、小老鼠的形状，个个都活灵活现。每次她都先捏出几个来，让我看着玩儿，最后再下锅。

小时候我淘气，用弹弓打碎对面人家的窗玻璃，人家追出来欲擒拿我，我奶奶拽着缠足落下的小脚冲上来护我，喊："我赔你，我赔你，别吓着孩子。"

现在想来，人家在屋里待得好好儿的，"啷"一家伙玻璃碎了，谁不急眼呢？老太太当下想不了那么多。她这一喊还真管用，追我的男人站住了。只见我奶奶一边护着我，一边从衣袋里往外掏钱。我一看自己安全了，撒腿就跑到别处玩儿去了。

初上小学，她打了半盆清水，叫我坐在板凳上，用梳子蘸水给我梳头。东梳西梳的，给我梳了个小分头，拿镜子一照，梳子的犁痕，历历分明，水光瓦亮。她一边瞧着镜子里的我，嘴里一边说："多洋气。"

小时候，除去我跟人打个架，被人找到家里来什么的，家里的日子基本算稳定，我奶奶在北京过了几年安生日子。可是到了1966年，她却非得回老家不可了。这时我才知道她还背着个成分问题。这是我以前听都没听说的。我只记得那天下午差不多4点钟的时候，我奶奶被人告知到派出所去一趟，老太太拐着小脚去了。我在楼栏前看见她走在楼北口的道儿上，依旧是拐喽着小脚，两手像所有的小脚老太太走路那样，在体侧乍叉着摆动。可她走得却很仓皇、很惶恐、很神魂无主，脸上的神色困苦到了极点。我不知道派出所的什么人用什么声气口吻跟她谈的话，从各种迹象看，老太太确是受到了侮辱和惊吓，她被勒令，第二天离京返乡。第二天，我还没看清她是怎么走的，她就走了。我知道她是极不舍得离开这个家，不舍得离开我和两个妹妹的。

老太太是怀着凄惨的心情上路的。

我高中暑假回老家待了较长一段时间。我奶奶这时已是一位七十好几的白发老媪。还是那双小脚，拐拐地在院子里走。她看上去瘦小了许多，笑眯着眼看我，听我说话。我看得出，我在的那些天，她欢喜得不行，天天像是过年。"文革"后期的庄户院里她拿不出什么好吃的，可她还是跑里跑外的，变着法儿给我弄花样的吃。暑夏的正午和傍晚，在华北农村的那个院子里，跟她坐在地桌旁，就着炒鲜菜、喝玉米粥的时光，早已成为不可重复的生活史片段。

我奶奶在村里人缘好，前街后街来找她的老太太老婆儿们很多。一位好说好道的妇女对我说："你奶奶老好子，没人不说她好脾气的，我们都跟她合得来，就是你爷爷脾气暴，让她受了这些年子屈。"

我离开王刘乡村的时候，她流了泪，在街道里追着送，站住了挥手，她挥手的习惯动作是挥左手，从左往右挥，经过她自己的脸前。平原的热风总也吹不干她脸上的泪水。

听老家的人说，她临终前叨念的就是想我。那时我已经进入社会的分工系统,成天像被枪逼着似的去上班,连个假都请不下来,没能见上她最后一面。这人世真是匆疏得可以。

我曾想,这人在世界上你一世我一世的,跌跌爬爬就是一个人的几十年。活来活去,都活的是个什么呢?不就是活个有人疼有人爱,有的人可疼有的人可爱,知冷知热吗?能把这些一笔勾销掉的,不就是死吗?可因为有死的还有活的,它就被勾销不掉了。

很多人爱讲中华民族的凝聚力与绵延性什么的,可是他们没有讲到中国人家庭内部的亲和力,这种上辈人对血亲骨肉的倾心挚爱,这种没法用语言形容表述的疼心爱心,才是中华民族凝聚力的核心之力,才是中华民族绵延不息的核心原因所在。

我奶奶享年 85 岁,一天早晨她在下高台阶的时候,摔了一跤,没多久就仙逝了。她姓孟叫孟秀坤,跟孟子有点什么渊源关系也说不定。我小时候跟她逗着玩叫她的名字,她每每一扬手假装打我,用河北口音说:“没大没小。”

2001 年 11 月 16 日

一个人和他的城市

11月10日，英臣打电话来说他爸去世了。英臣他爸是我妈的表哥，我管他叫舅舅。

我常见到他是在我十几岁的时候，那时正值“文革”后期。唐山地震后，他作为石家庄市建委副主任，帮着唐山重建，经常往来于唐、石之间，来北京开会的机会也较多。每次来京，他都顺便到家中坐坐。他这人串门与众不同，进了门就高腔大嗓地说话，说够了抬屁股就走，你想多留他一会儿都不行。他嗓门的尾音还在院子里，人就已经出了院门，到了街上。

一次，他从石家庄去唐山，捎来一箱雪花梨，打电话让我到车站去拿。一箱大梨死沉死沉的。他把它搬到车厢门口，等着我，我说：“想累死我呀？”他说：“五百里地我都给你带来了，我没累死，你就累死了？”说罢，一挥手，人就回了车厢。

石家庄解放的时候，他是作为军管人员随着部队进城的。那时候，他年轻、英俊，有文化，又有权，干起工作雷厉风行，既得领导的赏识，又得女性的芳心，因此他的身边就有女性的芬芳环绕。消息传到了他在乡下的媳妇的耳朵里，媳妇拽起两个高不及膝的孩子就进了城，在剧场里堵住了丈夫。此时跟男人一起观剧的，一左一右是两位女性。

他媳妇从此就算抓住了他的短儿，这一抓就抓了他一辈子。

1991年的时候我在石家庄待了些天，住在他家。那时他已经退休，还担着个什么秘书长之类的闲职，老两口大眼瞪小眼儿地宅在家里。他告诉我他还挂着顾问名义的建筑研究会，他每星期会去一次。拿个报纸，洗个澡，就打道回府。他美其名曰“顾而不问”。他说：“我有自知之明，省得招人膈应。”

他家的居室照现在的说法是四室两卫，可就是没见有厅，没见一件像样儿的家具。他说这是按级别分给他的屋，一点都没多占。我住在有单人床的一间屋子里。他老伴也跟我相处得不错，冷啦暖啦、吃啦喝啦的，她照顾得蛮周到，不像传说的那么厉害。我跟她开个玩笑什么的，她都能乐起来，高高兴兴的。后来听英霞说，她妈跟外头的人都好着呢，就是跟她爸和他们几个子女不对付。

每天早晨吃早点，都是庆才舅舅踏着大步上街去买。我在他家吃过的早点，好像只有油条、油饼这两样。我见他手托的油条的下面，是小吃店主给的旧报纸，我向他指出这样不卫生。他一拨棱脑袋反驳我：“没有那么多事，我吃了这么多年，身体不还是棒棒的？”说着，他拿起根油条吃给我看。

那时他的身体真的是不错，虽然他抽烟很凶，脸都抽成了烟草色，可他连个伤风感冒都轻易不得。退下来之前东跑西颠，一天工作十几个小时，对他来说都不算什么。

我走时是个大清早，他起来非要送我到火车站。火车站离他家有四站地。我说不用送，我还不认识火车站？他也不搭话，腾腾腾就上了街。我站下来等车，他说：“不远儿，走着。”

呼吸着冬日的空气，一边走，他一边跟我说起他们建委的事。他说他们三个建委主任，两个进了监狱，就他一个人手干净。我问那俩主任是怎么贪污受贿的，他说：“利用建筑项目发包受贿，谁给的钱多就把项目批给谁。这些年，建筑业里事儿多了。我利利索索地退下来，在家里一待，心里多踏实。”“你跟那俩主任熟吗？”我问。“怎么不熟？低头不见抬头见，一块干了那些年。这种事呀，也在各自人。”他归结说。

说着话，他步子迈得老大，蹭蹭的，我紧走慢走才能跟上他。

我说走慢点成不成。他慢了三五步就又快起来。我说："照你这种走法，什么风景、街景都别想看。"他说："从一解放我就在石家庄搞城市建设，你说哪儿我不熟？闭着眼都走不错。"走过一段很长的地下过车道的时候，他指着说："这都是我参加规划的。"

谈起这座中国北方的新兴城市，他的言语是随意的、漫不经心的，但语调的背后，又分明饱含着自许和自我满足。

英臣电话里说，《石家庄日报》为他爸的死发了讣告、悼词，给予了很高的评价。叙述这一情况的英臣当然免不了带有几分干部子女的虚荣心，不过他从中得到了慰藉是主要的。

人到中年，我常为人生年华的短暂、生命的匆迫而感喟扼腕，而无奈叹息。眼见得活蹦乱跳的个体生命，像蔬菜水果批发似的，批掉了一批又批掉了一批，让人感到这是世界上最残酷的风景。不知道有没有人统计过，在地球上，每天被批发掉的人，究竟有多少？人们都想远离那个批发日，可是远离不等于能逃掉。所以我想庆才舅舅也应该无怨。

2001 年 11 月 21 日

仇先生

仇焕香是我高中时的语文老师，高身量，扬着头走路，一年四季都戴一副墨镜，他常年穿蓝中山装，棉织斜纹布的，皮鞋乌亮，一尘不染。

我上初中时就听到过关于他的传闻。据说他上大学时是篮球队的，打前锋。一次在球场上遭人暗算，被人划伤了眼睛，眼睛从此怕光，离不开墨镜。我上高中以后跟他熟了，见他摘过墨镜。一摘墨镜他的一双立眉便呈现出来，不少同学据此认为他厉害。初中时曾听一班的人说起，一次语文课上有人说话带脏字，仇先生勃然作色，道："我有六个儿子，没一个会骂人的。"据传，他说这话时的神情相当激烈。传这事的人边说边学仇先生的手势表情。

我没有打听过他祖籍是哪里，听他讲课说话是地道的京腔，配上他有些后坐的喉音，是十足的京派感觉。高中头堂语文课上，有人伏桌睡觉，他急眼了，抢白那同学："你这不是占着茅坑儿不拉屎吗？你知道多少人想上这高中上不了吗？你坐下吧，咱们接着讲。这不是屎壳郎钻灶炕——拱火吗？"

他那堂开场白课的题目叫作："从一招一式入手，打下坚实的基本功。"这所学校在"文革"前是北京市唯一的纯高中校，"文革"中恢复高中，我们是全市第二届，本校第一届。能够重登高中讲台，作为老教师的仇先生的心情自是不同，头堂课上就有人竟然大睡不听讲，叫他如何不恼？

最能见出他的教学功夫的，是古诗文课和讲短篇小说。比如讲李白的《梦游天姥吟留别》，他大约讲了两个星期，具体到字、词的时候，他会用古音教我们，一个字一个词地抠，最后他带我们用古音朗诵，让我们体味到了古汉语音韵之妙。再比如他讲《药》，等于就是讲了两个礼拜的小说课，人物分析、情节分析、细节分析、手法分析、明线暗线、象征比拟，都讲到了。

他曾跟我提起他曾经入手研究中国方言，但后来放弃了。说这番话的时候，他流露出相当的遗憾。看得出他在汉语言上是下过苦功的，并曾经想当一名研究家，由于条件的限制，他没能如愿。据我所知，他从北京大学中文系毕业当中学语文教师起，就没离开过这行。

一位男生跟我说过这样的话："仇先生看着挺厉害的，你怎么就不怕他？还去办公室跟他谈话？"我说你这种感觉我就从来没有过。不谦虚地说，大概是因为我作文好的缘故吧。高一下乡参加麦收，我练着写了个短篇小说，仇先生看后将它送到了当时的中学生作文选编委会，因篇幅过长没能入选。我把这看成一种肯定和激励。人生在一定阶段上，是非常需要激励与肯定的。

有意思的是，我初学写诗时的第一次向他请教，竟然是在厕所里。高一一开学，语文教研组组长就把我和另两名同学叫去，宣布成立一个创作组，布置我们每人写一首诗出来。那两个人后来不了了之，我却把它当了正事。那时期我的业余时间都花在看小说上，却从没摸过诗，看别人都答应了说行，我也没法儿说不行。可我出了办公室，就是一头雾水。三天后交出首诗来，我又如何交账？

我到高中年级办公室找仇先生，想请他给我临时启启蒙，屋里屋外都不见他人影。快上课时我去厕所，小解完一回身，却看见他正在蹲坑，这时上课铃响了，我顾不得许多，站在小便池台阶上问他什么是诗，怎么写诗。他一手攥手纸一手托下颏凝眉思索，慢慢才说:“诗无定解,自古诗无达诂,真还几句话讲不清楚……嗯,古人说:‘读书破万卷,下笔如有神。’要多读,多读,‘读万卷书,行万里路’,‘熟读唐诗三百首,不会作诗也会吟’。先要多读,然后就会写了。”

那天我没能从他口中问出诗的定义,但他反复强调的“多读”二字,却给我指出了下手的方向。我开始如饥似渴地找诗来看。尽管那时能找到的诗集非常有限,我还是义无反顾地投入进去。

我的提问引起了语文老师的思索,第二天课间,他出来招手唤我进办公室坐在他的桌前。他说:“诗呀,是最简练最浓缩的文学形式,它不必遵守散文的语法规则。啊,怎么跟你说能清楚呢……你像……”他用粉笔在桌面上写下两行字,“鸡声茅店月,人迹板桥霜”。他说:“鸡声、茅店、月之间没有连接词、关系词,人迹、板桥、霜之间也没有,但诗这么写却行,散文这么写就不行。”他又写出韦应物的“春潮带雨晚来急,野渡无人舟自横”的诗句,给我讲解诗歌的意境问题。他说:“怎么用画把这意境表现出来呢?有人就在船橹上画了只鸟。”

讲到最后,他咂着嘴反复申说着诗的意会性,表示着他没有用语言把自己的理解完全说透的遗憾。

直到我能接长不断地写出点诗来的时候,他才告诉我他对新体诗一直有保留,而他真正推崇的是古典诗歌。高中期间,他比较鼓励我在小说、散文上发展,没怎么鼓励过我写新诗。他管新诗叫“散文分行”。虽说偏激了点,却也说到了新诗缺陷的要害。去年,一位当年的女同学告诉我:“仇先生那时还跟我们说你哪,他说‘建术爱写杂文是个麻烦事儿,杂文是讽刺性的,不吃香呀,我回头得劝劝他’。”

他先后多次从他自己家的书橱中借书给我看,其中就有《契诃夫中短篇小说选》和两种古文选,还推荐我看他教学用的《说文解字》。他还从当时不对学生开放的校图书馆,借了《史记选》、《聊斋志异》、《旅顺口》、《果戈理小说选》、《萧伯纳戏剧选》等给我看。

插队期间，我说我想看《莱蒙托夫诗选》和《恰尔德·哈罗尔德游记》，他也凭老面子给我借了来。

在我们那届高中毕业生中，离校后跟他继续走动的，大概就我一个。在我毕业后的去向和我日后返城、工作等要紧事上，他都发表了意见，可惜我没能如他所愿。

1974 年底我们毕业的时候，除少数人入伍参军外，大家都面临着留城进工厂和下乡插队两条路。那时没有个人选择，却存在着活动的余地。校分配组专门找我谈话，说因为我高度近视，不用去插队。仇先生趁办公室没人时把我叫进去，神情庄重地跟我谈话："我认为你留校当老师比较好。你同意，我就跟学校去说，孔校长那儿，我说话比较占分量，应该没什么问题。"见我沉默，他以为我怀疑他的活动能量和权威地位，便又说道，"假如学校不同意，我就说我提前退休，让你接替我。"

这是他跟我之间第一次接触实的问题，而且是这么重大。平常在教与学上，他跟我谈的都是文学方面的比较虚的话题，而这次他一上来就要为我安排工作，安排日后的前途。我明知他是为我好，是衷心地为我着想。可是当时的我，一门心思想着深入生活，写出有生活气息的作品来，当诗人当作家，所以没有遵从他的安排，并毫不犹豫地办理了迁户口的手续。他摇着头叹道："你年轻不知深浅，再把户口迁回来可就难了。"

我当年的确太年轻，没能理解他的苦心和他对于世事的观察。他曾讲，"文革"爆发前的几个晚上他睡不着觉，有种"山雨欲来风满楼"的预感。他说学文的人对政治比一般人敏感。可惜当时年轻单纯的我，没有认真琢磨他作为过来人的经验，轻易地拂逆了他的良苦用心，而走上了一条艰辛之路。

就当时的就业形势来说，能分到学校当老师，是最好的去向了。可当时我心野，像刚长了翅膀的鸟，想往广阔里飞。他知道这一飞会是什么结果，19 岁的我却不知道。

在乡下的日子说慢也慢说快也快。在我们插队满两年的时候，第一批分配名额即将下来的消息，传得沸沸扬扬。我在生产队接到了仇先生写来的长信，全信集中谈叫我选择回城的议题。两年来，这是我第一次在乡下接到他的亲笔信，字里行间流淌着他对我的关切。他将我回城与留下的利弊，逐条摆出详加分析，力劝我回城。

我当时面临的情况是，我妹妹马上高中毕业，如果我回了北京，她就得插队；我同宿舍的刘枚虹患胸膜炎尚未痊愈，不能再从事田间劳动，我所在的生产队将名额给了我和另一个人，如我参加分配，刘枚虹就还得继续务农。这样一来，我一个人就牵扯到了两个人。我决定不参加这次分配。我写信把我的决定告诉了仇先生，再次没有遵从他的意见。

我比刘枚虹他们在乡下多待了一年半。一年半后，我的户口迁回了市区。一年半后，坐在北锣鼓巷仇先生的卧室兼书房里，他重提让我到中学当语文老师的事。他说他已经到了快退休的年龄，他跟学校说说，让我去接他的班。“一个换一个，不增加新编制。我推荐的人，学校不会说什么。”他对办成这件事，跟三年半前一样自信。

常言说“当局者迷”，在经过了三年多的磕碰之后，我仍然对社会人生抱有不切实际的幻想，仍然奢望着去广泛地体验生活，为写作积累素材，而害怕回到自己早就熟悉的狭小环境中去，不情愿回到自己原来的老师堆儿里，去做小字辈儿。最根本的是，我虽然知道了点农村，却对城市的组织系统、人事制度、分工等级现状，一无所知。

我的上述顾虑，还是有一定的道理和依据的，但对于工作问题和人们常说的个人前途而言，只能算是枝节。那次谈话的关键性和重要性，是若干年后才显现出来的，证明我再次犯了意气用事的毛病。我摇头对他说我不想当老师。

也只是到了若干年后，我才真正理解了他之为我设计着想的社会分工背景、等级背景，才真正体悟到了他对我的一份厚重的好心。而我后来，的确为自己的不识时务的青年幼稚病，付出了沉重的代价。

那是他退休之前的最后的力所能及的时间，也是他最后的有能力帮我的时间。错过了时间，他再想帮我也就无能为力，而只能眼瞅着我在社会的泥沼里扑腾。

日后在城市成年人社会的颠簸跋涉，叫我吃尽了苦头，也告诉了我这个社会的实质和性质是什么。但假如当初我遵从了自己老师的安排，至少我在青年时期会过得安稳、体面，继续求学或调动工作，也都会比较方便，在自己心灵上也少去许多沉重、痛苦。这些都是后话了。

我最后一次见到仇先生，是在今年春上。早在上世纪 80 年代初，他家就搬离了私宅平房，迁到了双榆树的楼房里。其间我去过他家。我结婚时他送了礼物，跟小儿子一起来贺喜。

我最后一次看他是在冬天的下午。他刚从午睡中醒来。看上去他更加的老了，从前挺立的身躯，如今有些前倾，而且看上去瘦弱了不少。环顾室内，除去新添的一对皮沙发外，其余桌椅、床柜，还都是锣鼓巷时期的旧木器，它们跟人一起苍老了。

他向我讲述他的病，他住院出院的前前后后，这才知道他心绞痛的老病又犯过。在一次买菜回家过马路的时候，他跌了一跤，还摔坏了牙齿。我上学时他可不这样，当年在操场上，他隔着老远投篮球，一投一个准儿。真是岁月不饶人。

今年 6 月 5 日，他老伴打电话传递噩耗："仇先生去世了。"在他生前我曾半开玩笑说："我将来给您立传。"他摆手道："一辈子的教书匠，有什么传可立的。""一辈子的教书匠"，这七个字应该刻在他的墓碑上，用金字。

机声如诉

1972 年,我们高中班学生去汽车制造厂学工一个月,我被分配到模具车间钳工组。带我干活的,是长我一岁的小崔师傅。

小崔进厂工作一年,技校毕业生。她属于文气女孩儿的那一种,白皙匀称,戴一副白框眼镜。我每天见到的她,都是一身工装的装束。她两手沾满油泥,只有在下班前用肥皂洗手的时候,她手的质地的绝对白嫩才呈现出来。她在吃中饭前可洗不到这个程度,也只是洗净了十根手指而已,便匆匆跑去食堂打饭。这些洗白了的手指刚好可以掐馒头。

小崔师傅就是用她的这一双劳动的女儿手,手把手地教我如何在钳工台上干活儿的。在手和手的触碰中,我感受到了她的亲切和温暖,感受到了她温和的柔性。于是,一种趋向性的情愫油然而生。

一个高一的学生初次接触工厂,看什么都新鲜,免不了东问西问。一次,趁工作台一带没人的时候,她以一个有社会经验的人的口吻提醒我说话要注意一些,多看少说。她特别提示我钳工班两个男女师傅关系暧昧,不要去招惹他们。我这才留意小崔师傅对那两个人一直采取避而远之的态度,而那对男女的确是非不少,跟小崔不是一路子人。

一天上班铃声响起,小崔跟我说厂里正在搞一个大型宣传活动,想要我给他们写首诗。第二天,我拿了题为《机声》的诗给她看，她也把她自己昨晚上刚写好的一首诗掏出来让我看。我一瞧，四行一节四行一节，格式上还真是那么回事儿。一读，便发现里面政治套话比较多，像中国重回联合国这样的内容，都罗列在内。我指出这样的句子不是诗。她辩解说："急就章，就这么着还是硬憋出来的呢。"又说，"应付差事呗。"

我第二天上班一进车间，便见到我的诗和小崔的诗被流利的黄粉笔字抄写在了黑板上，还不时有人驻足读出声音。那是我的习作第一次发表在校园以外的地方，心里自然是高兴。小崔师傅说："是我抄的。"我说："你字写得不错呀。"她满意地笑笑。

尽管小崔师傅写诗不太行，但在当时中国，能划拉成这样儿，并且押上韵的女青年，也不见得多。因此，放在当时条件下，她也还应算在才女之列的，况且她的书法不错。因之，我对她的好感增倍了。每天上班时间，我总希望她在身边，至少让我的视线能够到她。如果一连几小时不见她的身影，我便感到乏味、焦虑，四下张望。中午跟她一起去食堂吃饭，则是学工期间最令我快乐的事。跟她一起走出车间大门，走在厂区大道上，令我内心有种说不出的欢快，隐隐有说不出的幸福感。

及至跟她一起坐在老大的工厂餐厅用餐之际，那种幸福感和偷偷的喜悦之情，便更是无以复加了。可惜这样的时刻十分有限，因为中途时常有其他热情友善的女工拉她跟她们就座。因此我的怅然若失之感也就无以复加了。这时焦心的苦感也就如毒虫啮心一般。

有一个星期的时间见不到小崔的影子，一问才知道是倒班所致。这一个星期只可用"望眼欲穿、度日如年"八个字来概括，熬心熬血地消耗得我够戗。没有比那个月份的那个星期的分分秒秒更令我痛恨的，也没有比那个月份的那个星期更教我懂得思念与思恋是怎么一回事了。

挨到她倒回到和我一个班了，汽车厂又进入了抢时间赶任务的大忙阶段。全厂都在赶着给越南人民制造汽车。因而小崔师傅招呼我照应我的时间就稀少多了。只见到她忙碌,一直着眼工作,经常在钳工台旁不见她的踪影,匆匆出现,又匆匆消失,手里不是拿着这个机件,便是那个零件。我真不知道是谁在背地里给她派活儿,把她抽打成个旋转陀螺,弄得她跟我虽然同在一个车间的大房顶下,却说不成个囫囵话,总叫缺憾袭击我心。

学工的时间原定一个月,又延长了两周,结果还是结束了。时间转眼到元旦。1972 年的最后一天,全汽车厂搞文艺演出,车间全天停产。平日里机声嘈杂的大车间里空荡无人,连简易休息室的薄门板都静静悄悄地敞着,不见人影出入。

我一个人在车间里心事重重磨蹭着不离去,仿佛要等待一种奇迹降临。

将近正午时分,空寂的车间里忽然响起脚步声。一个人影飘到我眼前。我一望之下呆了。一身便装的眼前的这位姑娘会是我的小崔师傅吗?白白润润、文文秀秀一张小脸的女孩会是小崔师傅吗?这是我在心里记忆描摹过千遍万遍的不穿工作服的日常生活中的小崔师傅的模样,毫毫厘厘都不会失真的小崔师傅的模样,蓝的卡布长裤,麦青色的制服上衣,一双条绒布鞋,秀美匀称的身材,细润白净的脸庞、脖颈,鼻梁上端端正正的白边眼镜,自然后梳的头发,肩挎小小的帆布挎包,一只纤细的手轻轻摁着,张眼向前方张望,微微气喘着,既在我意料之外,又在我意料之中地蓦然而至,驶至我的眼前。

如此着装的小崔师傅无论走在厂区还是走在街上,都是相当雅致出众的。她全身上下细溜匀称的美学比例,几乎是无可挑剔的。这既为我认识她以来第一次见到,也令我眼前灿然一亮,张着嘴竟然说不出话来。

只听她说:“我今天来晚了,刚听说你们结束学工,我想碰碰运气看能不能最后见你一面,没抱什么希望,一看车间空了,心就凉了,却没想到你还在。”

“我……我其实在等你,冥冥中觉得会见上你一面……”我低低而语。

“你该有东西要给我吧？”她目光有些扑朔迷蒙地伸出一只无法言说的手。这完全就不是上班时间沾满油污的女师傅的手，而是天下无匹、洁白修长、天造地设、美到极致的女儿家的手。千言万语道不尽的美妙风韵尽在她的一伸手之间流漾，而令我神魂轻扬，终生难忘，回味不尽。

我轰然耳热，手开始发抖，猛然而艰难地从制服棉衣的口袋里掏出两张方格稿纸，声音低得连我自己都听不见：“有，一首诗，给你的。”

她从脸到耳朵迅速飞红，白净脸顷刻成粉面桃花，从脑门到腮颊全都粉红粉红，紧张而含羞。我的小崔师傅娇羞脸红了，女儿样呈现了。只听她慌慌道：“鬼使神差，我觉得你还没走，还真见到了，这真是……”

“什么呀？我看看。”

斜刺里突然闪出一名男工人，要看小崔手里的稿纸，她机敏快速地将它装入衣袋，会心地望我一眼。她的动作和眼神，无论在当时和现在来看，都是那么的默契合拍，仿佛我们事先已有商量。

我深悔没有和她继续待下去，而是传递完诗稿之后便告辞离厂。我当时为什么不可以约她一起走一走，散一散步，说一说久抑心底的话语呢？是懵懂年少，还是那个时代强加的禁锢使然？总之是遗憾绵绵啊！

小崔脸红，我也脸红。我心里有鬼，她心有灵犀。她长我一岁，应比我早熟一点，可是一切都晚了一些，像两艘交错而过的船。哪怕早半个月，都不会是后来的结果。我日后在诗里写：

这是他翘首的白帆船要驰远的白帆船

真是遗憾绵绵天长水远人在天涯啊！

不过间隔一段时间后，我又有机会见到小崔，那便是我利用星期天重返车间去看望她的时候。

那天我走到模具车间休息室那间熟悉又生分的小房子门口，一鼻子就闻到了墨香，一眼就看见了小崔。她猛然抬头面露欢笑迎迓我，手中正拈着一管毛笔。她的喜色发自内心，亲热甚至是亲昵地邀我进屋落座，并力逼我当下写首诗，供她出墙报用。只见屋中台面上铺着大白纸，车间宣传组的几个人正在准备着一期墙报。我伏案从命，写了首短诗交差。她欣然挥毫抄录在大白纸上，不一刻便张贴在墙报墙上。她拉我出屋观看，我直说不行，她直说行。

所憾那一次我被当时的一位车间诗人截留谈话，分散了时间，占住了身子，将一次本该榴色浓浓的访问，变成了两个男人之间的聚首，在不知不觉间转移了风向，算得上是一桩可恨的糊涂。我远远地望一眼小崔，可见她眼神中的无奈。

日后的时光倥偬就不必细说了。男人嘛，喜欢一个女人想娶一个女人，年轻的时候总希望自己有一点出息了，混出点样子了，再去见她。可是哪儿那么容易、哪儿那儿快、哪儿那么现成呀？于是迤迤逦逦、倥倥偬偬地时间就错过了，机遇就错过了。你一个人熬去吧、混去吧、奋斗去吧，可女大不中留，到岁数就要嫁人就会有人追，转眼即有家有口了，添了妊娠线了，成了别人的少妇了，树节子也就这样形成了。每年每月，你会来摸摸这个树节子，缅怀凭吊上一番，隐隐私私地思一思她念一念她，回味回味当初的刻骨铭心，那刻骨铭心的凄美。

我最后一次见到小崔师傅是在叫作金鱼胡同的那条小街上。时间是下午4点。她和模具车间的几位女工从东而来，与我碰个对面。一向活跃、爱说话的女师傅捉住我问长问短，小崔立在一旁笑微微望着我占不到主位。最后只听清她说："常到厂里来看我们。"

那是非常匆促的一次邂逅。她们说是刚下班要去逛东风市场。我当时从她的眼神里看到了她的喜出望外，她对我的不一般的凝视,她的自由时间里的女儿情感,她对我的稔熟的老情分。可惜我那时心野没把握住。

遗憾的夕照晚烟烟岚岭横……小崔姐姐你在哪里呢?

2003 年 12 月 26 日

睫毛上的泪

1975 年冬天我喝过的一碗红糖水，令我难忘。那天傍晚在知青伙房里我忽然肚子疼，疼得我蹲在地上不能站立，头上、手心里都是冷汗。管理员克昆说喝碗红糖水就能管用，可他找来找去都没找着。这时女生罗桃见我这样，说她们宿舍有红糖，说完便跑回去取。她们宿舍在村南头，跑去跑回也不算近，何况她还饿着肚子。

罗桃取来了一整袋红糖，立马用开水沏了给我喝。一碗热红糖水下肚，我的腰慢慢直起来，头上出了一层新汗。

罗桃见我缓转过来，脸上现出笑容，她把红糖塞到我手上，说："你都拿去吧，多喝几次。"高中同学三年，我们没说过话，如今我有难，人家主动伸援手，我已经感激不尽，哪能还要她的东西？正值物品匮乏时期，谁从家带来的东西都不多，没了就没地儿找去。况且女生更需要红糖，我猜给她准备下红糖的不是她自己，而是她的母亲。

她抓住我的衣袖使劲把红糖袋推给我。她的神情是诚心诚意、无私助人的。我越是被她感动，越是坚决地推却，我说："我什么时候再闹肚子，什么时候再找你要还不行？""那，"她无奈地说，"你需要的时候，就随时来拿。"

放在今天，可能有人会说一点红糖值什么，在现如今它不值什么。可是回到 1975 年的乡下，回到知青插队的环境里，它就很值什么，放在人家跑来跑去拿了来，治我痛不可忍的急性腹痛的特定情境中，它就更值什么，令我不能忘却。

我是“文革”后期恢复高中后的第二届高中那拨的，班里的男生普遍比较牛气，基本不把女生放在眼里。上学时罗桃给我的印象好像是要走政治的路，我觉得她跟我不是一路人。一下乡，罗桃没干几天农活儿，就被大队安排在村卫生室当红医员，脱离了大田劳动，比起我们这些成天在地里苦作的知青来，她舒服得太多了，因而许多同学都疏远她。自从得到过她的帮助以后，我开始跟她见面打招呼。

下乡第二年的冬季，我跟马车从采石场运石头，每天四趟，干了一冬天。那些青灰色的大石头，又沉又硌手，把双手硌得跟木锉似的，起刺儿不说，手皮越硌越厚。一天干下来，累得我倒头就睡。那年冬天我的食量破全村知青的最高纪录。

一次我跟车把势抬一块大得瘆人的石头，一步一蹭地往大车跟前挪。突然脚下一出溜，我被碎石片——当地人叫擦脚石，滑倒在地。我腿躲得快，不曾被砸着，可右手的无名指没撤出来，被砸在石头下，当时肉就翻了起来，幸亏没砸碎骨头。可肉翻起处已经露出了骨头，血呼一下子冒出来，疼得我浑身痉挛。我连忙将翻肉摁回去，压紧，撒腿往山下卫生室跑。

那场跑，跟疯了似的，遇沟见坎一跃而过，整个人像伤兔奔命，从山上到山下，几乎像几级狂跳似的，人就跑进了村子。我一头撞进卫生室，罗桃正在。

她一见我手伤成这样，惊叫一声，赶紧给我做处理。她给我上了小白粒消炎粉，裹了纱布，最后用白胶布粘紧。我请她缠松一点，她说松了肉就长不上了。好些天我摸着这个指头，比别的手指都凉，我想血液循环肯定受到了影响。等到拆纱布的时候，我看到当初离了股、翻起如鱼嘴的手指肉，居然缝对缝牢牢长上了。这让我大感庆幸。

我清楚记得，当时罗桃给我上药包扎时，她手指直抖，有泪水挂在她的眼睫毛上。我这才知道她这人心很软,容易动感情。我原来一直认为她的眼睛长得不好看,可是当我看见她在给我处理伤手时眼噙泪花,我的这个看法就消失了。

去年我的母校搞校庆,去了一些同学,没见到罗桃。如若见到她,我会重提当年的红糖水和她为我包扎伤指的事,表达我至今不减的谢意。

2001 年 5 月 4 日

桃　事

当年我做知青插队的那个村子三面是山，一面朝向平原。早晨迎着山岔后方散射出来的光芒走，便是往正东进山的方向。所谓进山干活其实是到半山腰以下的梯田、坡田做农事。通山里的路有两条，都是由村东头起始，因一股道在南一股道在北，像两条胳膊弯弯伸出，故称南道北道。入夏以后，总有几次明明在南道边干活，我和同伴偏拣北道而行，原因说白了，就是北道边有一大片桃树林子。

当过知青的人，都知道当年知青的伙食粗陋单一没油水，吃菜尚且不易，更遑论像如今时下餐前饭后吃水果。那时我饮食上的唯一的调味品，就是路过地边时揪到衣兜里的几枚青红辣椒，在夹沙的小米干饭和碜牙的菜汤难以下咽的当口，掏出来咬咬，催促一下食欲。唯一的奢侈呢？就是跟同学瞅空子，踅进道北桃树林子，寻个蜂咬过的青桃解馋。

起初并不知道凡被蜂咬过的桃就甜，只是想这桃有伤，摘来吃不算偷。摘桃之先总要若无其事地四下望望，望妥了才伸手照准了去够，然后隐进灌溉沟里，先在解放鞋的帆布面上将桃毛蹭净，再开牙。

那时节的大桃真是好吃，甜脆略带果酸头儿，极鲜的甜桃滋味儿，脱核儿，是品种退化以前的久保桃。一来是怕被看林员发现；二来也是有觉悟，吃一个即止，不再多贪，将桃核儿扔得远远的便销了赃。然后起身穿林登坡往南道方向走，到预定的地块去干活儿。

忽然一天听说队里派了工上山去摘桃，装了几手扶拖拉机拖斗，要运往城里的水果公司。中午收工回村，我在村东口看见了拉桃的车，一筐挨一筐煞得满满，横歪歪乍出来。车影桃筐在道口空场晃了几晃，便穿村而去。同时目送桃筐的，还有几十双本生产队老少的眼睛。

我到场院归还农具，已经是少有的一片挤挤攘攘，见有几个柳条筐摆在饲养员屋子的门前，只听生产队队长李成吆喝："谁还没领？一人三个，吃过的就别过来了。"又听见义忠妈叫我："小张，快去拿桃呀，烂桃不烂胃，甜着呢，快去吃呀。"只见场院上的男女老少们，几乎个个都是刚吃完桃和正在吃桃的样子。正在吃的，一手兜着衣襟，一只胳膊横架着，嘴上吸溜吸溜着；吃完了桃的，则吸吮着掌心指缝，舔吮着流到手背上的桃汁液，目光自觉不自觉地溜过那三只桃筐。此外还有人按照人头份儿，领取了未到场的家人的个数，用衣襟兜稳了，慢慢往场院外走。

正晌午烈日当头，晒得人通脊是汗。女人多穿蓝布旧衣，男人多数是黑白蓝粗布褂子，四怀大敞。咸味儿的汗水从太阳穴流到口边，连着桃汁一起吸溜进嘴里。这是非常少见的全生产队人齐聚场院的场面，熙熙攘攘，连村里大喇叭叫开会，都到不了这么齐截。连平日里显得清高强势的生产队队长李成，也是一副刚刚吃过好东西的样子，脸上绽放着少有的笑容；长得老相的粗汉模样的副队长大从义，则正用粗布褂的衣角擦着大嘴。

我近前一看，才知道义忠妈"烂桃不烂胃"的所指。原来三个筐里装的，全都是伤桃、坏桃、烂桃，拉了来分配给全队的社员吃。我怔了，心头一阵阵悲哀一阵阵愤怒。那些一年一季高似小山的几车斗鲜桃蛋子，呼隆隆像冰雹倾泻一般坍砸在我的心上，那几辆拉桃车的粗粝的轮子，吱吱嘎嘎碾过我的胸膛。种桃的人吃不上一个正经的桃子，这是什么道理什么现实？我手背发白，手心冰凉,心里是说不出的痛楚和怅惘。我开始沉痛地想,这么多的农民,这么多的知青,春秋寒暑年复一年地苦作劳累,到底是为何许?农民就这么不是人吗?我设想自己一旦彻底融入这样的乡村底层后,未来的一生将会是多么可怜。

我内心流着泪走出场院。视线没有模糊,变得无比清澈透亮。

那是当年我所在的那个村庄那个生产队的农人们,一年当中唯一的一次吃桃子。

我这人不大记日子。那是1976年的夏天,肯定不会错。

1998年10月12日

翠　屏

早晨上街走在行色匆匆的人流中，满眼是穿流行夏装的都市男女上班族，盈耳都是各式的皮鞋、凉鞋踏出的乱鼓点般的声响。这时，人们的手臂的摆幅比一天中的任何时候，都要大而夸张。这使我想起了一个人，我在记忆中再次看到了她走在梯田上的身影。

长胳膊长腿的她，肩上挑着一副水担，两只桶里是满满的清水，她身后跟着一队高矮不等的男女社员。我担水走在最后。她挑水的步态身姿真是棒极了。长而有力的胳膊，长而有力的双腿，有力而又极具柔韧性的腰身，在忙碌的春种的田间，格外的醒目惹眼，给人以说不出的动态美感。

浇地的水是由拖拉机驮着胶皮大水包运上山来的，由人一挑儿一挑儿地挑到地里，灌坑栽白薯秧。那是我下乡后头遭干这种活儿，邦硬的柳木扁担压得肩膀生疼，头上腾腾暴青筋。在上斜坡的时候，我的前桶撞在坎儿上，水洒了快一半，身子依里歪斜地要倒。这时一只手从后头抓住了我的担梢，帮助我保持住了平衡。我回头一看，正是她，带队浇地的妇女队长。这时她刚好到了我的身后。

她撂下自己的水挑儿，抢过我的扁担，一哈腰挑了起来，说："初练乍干的，不碍事，我来。"强烈的自尊心使我耳热身烧下不来台，我抓住筲钩不让她迈步。我努力抢回那半担水，终于把它挑上了坡。我看见她向我投来赞许的目光。

她是我所在的生产队的三名队长中的唯一的女性。那年春天她19岁，也就是现今的高中毕业生的年纪。算来她跟我们这拨知青差不多同岁。

插队的第二年冬天，我发过一次长时间的高烧。那几天把个我烧得天旋地转不能动弹。上工的钟声敲了一天又一天，我一个人躺在东墙根儿的木板床上昏天黑地。在高热迷糊中我忽然听到一个声音问我："你这是咋了?"透过眼缝隙，我看见一双明亮的大眼睛关切地俯视着我。她迟疑了一下，伸手一摸我的前额，说："这么烫!"她掂了掂箱子上的空暖瓶，提着走出去。

大约过了三袋烟的工夫，她的温和清悦的声音再次荡漾在我这间冷屋子里。这是我第一次仔细地听她的声音。她往我的白瓷缸子里倒满她新烧好的开水，看我吹着气慢慢地喝。然后她捧过来一个白粗布包，塞到我手上，说："刚烙的香油饼，趁热吃吧，香油去火。"

我已经好几天没吃东西了。一听说有香油饼，肚子立刻咕咕叫起来，口水也涌了出来。又忽然想到庄户人家一年当中只有少得可怜的一点菜籽油，谁家舍得拿香油烙饼呀！她却给我烙白面香油饼，这是多大的好心、多大的情分啊。我一咬，吃出了芝麻粒儿，问她："你还放了芝麻?""嗯哪。"她含笑点头。

我插队第三年的冬天的一个中午，我路过翠屏家门口——我早就知道她叫翠屏了，正碰上她的父亲在柴门前站着。这是个老实巴交的石匠兼庄稼汉，尚在壮年，头发却过早地花白。他热情地邀请我到他家坐坐，我跟他进了院子。我原以为就他一人在家，没想到翠屏也在。她说锅里蒸的白薯马上就要揭锅，让我稍等一会儿。

翠屏爹是个不善言谈的人，只问了问我这几天干什么活儿了，便不知道该再说什么了。他刚从水库工地回来，我便问他水库那边的情况怎么样，他略说了说，忽然想起件什么事，道："你坐着。"便一挑棉帘子出去了。

屋里只剩下翠屏和我。我这才看清今天在家里的她，上身穿了件抱身的红毛衣，是她自己一针针织的。紧身弹力毛衣把她的曲线显现无遗，逼人眉睫。一看之下我心跳过速，坐在没有火的冷屋子的炕沿上，我明显地感觉到自己脸烧，傻傻地坐在那里不知道该说什么是好。

平常她下地干活，夏天一件布褂，冬天一件棉袄，掩盖住了她的女性特征，如今她在家里大曝光，着实给我震撼不小。贫困时期贫困山区的人家，平时就吃些白薯、玉米面贴饼子、棒子碴粥什么的，却竟然出落出这么春意盎然、风致动人的女儿家，怎不叫我感到意外？这是我第一次不把她当女队长，而是当作一个女人来观察。但可惜这次见面来得太晚，时间太短了。

她也有些窘，拿了红枣、笸箩招待我，又揭锅抓了块刚熟的白薯让我吃。热白薯烫得她两手来回倒，到我手里后，我也来回倒。给我的是一块白瓤红心的白薯，不是现在常见的红瓤白薯，而是有粉红心的那种品种。我在紧张的心情中吃这块热白薯，吸溜吸溜地直冒汗。

那天我简直是从她家里逃出来的。那时候的我太年轻，太怕别人对自己产生什么看法、想法之类的了。出来以后，我又懊悔于没有多看她几眼。

我曾经猜想，她的命运会是怎样？嫁到外村去（当地多是这种情况）？会嫁个什么人？配不配得上她？这么些年当中，她过得好不好呢？

2000 年 12 月 23 日

旧　邻

我曾经在东城的一个院子里住了十七八年。我们院门以东七八米的地方住着一户临街的人家，这家人口很多，却挤在一间十二三平方米的小屋里过活。胡同里的人管他家叫外国猴。这是带有歧视性、侮辱性的外号。为什么这么叫呢？原因大抵是这家主人老刘的媳妇是俄罗斯人，他媳妇的母亲也是俄罗斯人，而老刘两口子所生的几个孩子，都带上了或多或少的外国人的相貌特征。

我们刚搬去的那几年，俄罗斯老太太看上去身体还好，她们家做饭烧水在临街的屋门外，因此总能看见背已经驼得很厉害的这位外祖母的忙碌的身影。每次她揭锅盖的时候，锅盖就几乎挨到她的脸，驼背使她的下巴颏看上去更加的往上翘。她跟她的女儿说话的时候，全用的是打嘟噜的俄语，没人能听得懂。大概这老太太没学会什么汉话，因此看不见她跟胡同里的人打交道。我从书里、电影里知道十月革命时有一批俄国人跑了出来或者被赶了出来，这老太太可能就是这么到中国来的。

老太太的女儿就是老刘的女人，那时候还年轻，黄头发，在脑后梳一个髻，面部线条比较硬，黄眼珠。她好像在工作，但去哪儿上班，没有人知道。我第一次跟她说话，是我20多岁的时候，她到我们院子里来执行轮流收房费的公务。她没什么话，但她其实是想多说说的，她在我们院儿停留的时间很短，因为收完房费后，她就没有事由多待下去了。

她的三个女儿中，只有一个头发肤色随了她的，其余两个比起她们父亲的黄皮肤来，显得还黑些。她的两个儿子，一个肤色随她，一个肤色随了老刘，一黑一白两个儿子，都生得肌肉发达。她两个黑皮肤的女儿当中，有一个初中时跟我一个年级。秋季运动会上，她参加负重比赛。只见她身背挺重的背包在体育场的环行道上奋行，顺脖子流汗。她本来就个矮腿短，经背包一压，人更往地上矬了。她走路本来像鸭子似的往两边哈巴，这一负重再加上累，她走得更哈巴了。她的这一姿态被拍成了照片陈列在墙上。照片上她负重行走的两条腿，实在太短了，看上去就像板凳。

这二丫头是她家女孩中最厉害的，有天半夜里跟她爸打架，把竹板凳扔出来砸击她爸，并且大声吼骂："臭流氓!"吼骂一声接一声地从黑着灯的屋洞里往外拽，左邻右舍都听得真切。老刘是个顾脸面的人，他跑到胡同当街上，不再吭气，刘家屋对面的胡同墙壁上，抹的是一层沙子灰。那二丫头扔板凳的力气着实大，在板凳击中的地方，留下了一个坑。

他们家的屋子实在是太小了，想象不出夜里他们是怎么睡觉的。据说是夜里搭板子白天拆，并且还得是上下铺。夏天的日子要好过一点，老刘可以在屋对面的墙跟前支一张折叠床，铺个凉席睡觉。我十一二点回家，路过他家门前，看见他摇着蒲扇躺在路灯底下不时地用扇子扇打腿部以驱赶蚊子。这时胡同里已经很安静，槐树叶子遮蔽着星空。

这老刘但凡有一点道行，他的住房条件都能得到改善，他倒霉就倒霉他哪样儿都不沾，弄得一家老小都跟着他受罪。"文革"前期全市上街游行，我在北京某厂门外的集合队伍里看到了他，于是我便知道了他是这个厂的工人师傅。工人队伍里只有他一个人留背头和络腮胡子，所以他的形貌很容易辨认。只见他从别人手中拿过红缨枪，做了几个挺枪直刺的动作，然后有点不好意思地把枪还回去，随后又抄过一面红旗来，用力摇了几下，就是京剧舞台上耍旗的那种动作，像是过过瘾的意思。

上世纪70年代末80年代初，随着时局和政策的变化，一些人的境遇得到了改善，如右派，如被罢了官的，但改善境遇的福音却没有落到这家人头上。“文革”前和“文革”中，中苏交恶，对国际政治他们指望不上。“文革”结束后，中美关系变暖，中苏关系也好转，沾中美关系的光的人很多，沾中苏关系的光的人却有限。在整个80年代，没有任何权力机关想到过他们，因为他们所处的社会等级太低、太边缘之外了，根本就不在政策考虑的范围之内。他的子女们都怨恨他们的父母没本事，一辈子混在了一个小破厂子里，以至于多弄间平房都弄不到。这样的家资背景，连子女们谈朋友搞对象都不能不受到影响。

80年代末，我们院子里的三户人家中，一户老军人和我们家先后搬走了，留下原来的房产主继续做他们被中断了的房产主。自搬离那个胡同后，我多年没有再回去过。前年春天5月份的时候，我到那一带去办事，动了情绪要去原来住的地方走走看看，便沿路走了去。

走过老胡同的两棵三人围抱的老槐树的时候，我猛然看见“外国猴”家的男主人老刘，还像从前那样坐在他屋门对面的墙根前的藤椅上。藤椅还是那把藤椅，只是坐在上面的人的头发、胡子都已白了。

我瞧见了他，他也瞧见了我。他认出我后的举动是将头转了过去。胡同里很安静，没有第三个人在路面上，我是从西边走来的，他将头转向了东边。这是非常难堪的时刻。在决定重走故地的时候，我没有想到他们，没有想到会遇上他家人。如果我事先想到的话，我可能就不走这一趟了。说老实话，我把他们淡忘了。甚至在我的潜意识里，认为他们都搬走了，不在了。现在这家男主人突如其来地出现在我必经的路段上，着实叫我吃了一惊。

按照习惯我是会跟我认识的人打招呼的，但我马上意识到跟这人不能。因为我不知道跟他说什么，甚至连问什么都不知道。并且他根本就回避任何了解他的生活境况的人，他避免跟人开口说话。

胡同里很安静,没有第三个人。从他身前走过的时候,我心里是说不出的滋味。我想起我们刚搬到这里的时候,我的妹妹还小,跑到院门外玩,找新邻居家的孩子玩儿,可又很陌生,远远地跟刘家的孩子们观望、对视。只听刘家几个女孩儿唱着几句不合辙的歌谣,她们齐声唱道:“你不认识我,我不认识你,咱们怎样好好玩。”她们反反复复地唱诵这几句,把个胡同唱得热热闹闹,槐花落缤纷。此时此刻,我感觉得到老刘滞留在我后背上的目光,而我眼前叠映的是,他30年前坐露天藤椅的塑像。

2002年1月24日

基 建 科

时下我们逛家具城，所看到的多是用成板制作的家具，纯木制品少之又少。正是这种制作工艺的变化，导致了多年以前满大街木匠揽活计的景象的消失，也导致了城里人自己打家具的情形的消失。从前，城市居民家留意收集木料；现如今，你白给他他还没地方搁哪。20 年前，情况可不是这样。

那时候，在一片拆成瓦砾准备盖楼的空场上，堆起的一大片木料曾经令许多职工心动。那都是些拆房拆下来的木柱、木梁，还有些旧柜子、旧架子。职工们盘算着单位会象征性地收俩钱儿，分给大家。事情没这么简单。

早晨一上班，基建科的人就先在场地上踅摸忙乎开来。凡是柜子上的铜拉手，他都用赶锥卸下来，然后拿出去卖钱，装入自己口袋。传达室人的议论说："嘿，什么都是好的，不拿就跟他们家短了东西似的。"

接下来，基建科人干的下一件事，就是将成材的木头、木板，从乱堆中挑出来，集中到一块儿。夜里 12 点，他们带着找来的 130 卡车，开始将这些木料拉走，不用说，也是私着去卖钱。

这事发生在 20 年前，是基建科的几个人的小打小闹小试身手，比起他们后来的大贪大污来，那只能算是毛毛雨。随着单位日后的几次大规模工程的上马，他们个个都——用职工的话说——"个个都肥了"。首先是工程回扣、材料回扣捞足了，然后把房子捞足了。他们中一个姓张的红脸大头科员，硬是把一座公房院子变成了他家的私房，你说他靠的是什么手段？并且在他们连捞带贪的十几年间，他们一直平安无事，谁爱怎么议论怎么议论，他们该怎么干还怎么干。

职工也不傻。“早买哄好上头了。”他们说。

基建科的这几位，是中国开放时期最早的一批利用工作职务之便为自己搂财的分子。掐指算来，他们退休在家至少已有五六年了。在一大早遛鸟晨练的人们当中，你也许就会碰见他们；在拎着菜篮逛菜市的人们当中，也许就晃动着他们的花白头。他们每天吃喝拉撒睡，看报纸、看电视、看看影碟，接送孙子，日子过得很消闲。既然没有人想起要追究他们什么，他们自然也就什么都没干过；什么良心上的不安，自然也就是没影儿的事；至于说忏悔，就更是他们没有的概念了。他们的自我评价，是自己很成功。

当他们偶尔遇上现职的基建科成员，遇上其他单位的同行，听他们牛里牛气的煽乎，看他们假眉假式的做派，便不觉脸上笑眯眯，心里在冷笑，心里话：小子，谁还不知道你们是怎么回事，充什么大尾巴蛆。

萍水相遇

这趟列车没有不满员的车厢。坐我对面的是一位三十七八岁的操四川口音的女人。她身材偏瘦，动作灵活，小方脸盘上转动着一双机敏的眼睛。一路上她跟我有一搭无一搭地闲说话。她告诉我她在石化公司唐山分公司的一家商店工作。她说话快人快语，处处显出她是她们一行人的领袖。她指着斜对过座位上的三口人告诉我，那是她弟弟一家，从四川来北方旅游的，下一站的目的地是首都北京。

在这一档座位间，最活跃的是她弟弟的4岁的女儿，蹦蹦跳跳、大说大笑，一副无拘无束的样子，满嘴天真话，又仿佛头头是道。女童的父亲是位细身削肩的青年，和姐姐一样的小方脸，却没长姐姐的双眼皮。他上穿一件咖啡格真丝汗衫，下着西装裤，留一副一边倒的发型。他起身去厕所时，指间夹着香烟。

在全车厢内显得出众不俗的，是他那位一直沉默不响的太太。后来她跟她夫姐换了位子，坐到了我的对面，与我交谈起来，才发现她是个善谈的女人，才知道她今年24岁。

在她坐到我对面之前，她一直不怎么说话，基本保持偏头望窗外的坐姿。她身穿一条浅粉色连衣裙，一双灰白色凉鞋配着低口丝袜。她的侧面形象看上去十分优美，额头高而光洁，头发自然披肩。她头部由眉至鼻至唇至下颏的比例线条，极其的标致高贵，以至于这天下午的夏日阳光，因她而格外地富有美感。

中途只有她的一个动作，泄露出她是来自外地小地方的这一背景，但在我看，这也同样不失美感。她的十足南方体貌的丈夫坐累了，要求跟她换靠窗的地方坐。她站立起身，果然身材如玉树临风。她起身到外边座位，双手一撩外裙的裙摆，轻扯里面的白衬裙，坐下去。这种落座法的唯一理由，是怕坐皱裙子。这一撩之间，一览无余地暴露了她的光洁均匀的几乎全部的腿。

做姐姐的见状急忙摇手纠正，用压低的声音奋力说："不卫生。"没出口的还有其他的意思。

做弟媳的迅速领悟，双手沿臀下一抚拉，外裙贴腿捋顺，她重新坐下。她依旧沉静如水，凝姿而坐，望窗外原野或想心事。车过塘沽，她们一家人轮流上厕所。等回来的时候，做姐姐的换到弟弟对面说话，她回来的时候，便坐到了我的对面。像旅途上常见的那样，她和我进行了交谈，渐渐竟谈得热闹。她讲到他们来自四川的一座小城。她说北方的物价比他们那里高许多。在这边100块钱吃不到什么，在小城，他们一家三口花二十几块钱便可以舒舒服服饱餐一顿。她说小城相对闭塞，但也免受了外界的纷嚣的侵袭，居民相对自然淳朴，日子过得默默无闻，倒也十分的平静。她说她女儿正上幼儿园。她说人们收入不多，但也并不紧巴巴。大有大的优越，小有小的好处。

她一张口我便发现，她是个思维清晰流畅生动的人。四川话语势连贯、抑扬有致的特点，在她这里体现得相当精彩。她说起话来几乎是不假思索的，又几乎都是想好了的，自信而又贴切。她不但观察了周围的环境，还对之有独家的分析，不但将之与外界进行比较，还站在高处审视思考。

她有段原话我可以一字不落地复述，是关于气候与女人的。她说："北方气候太干燥，因此女人的皮肤粗糙。而我们那里空气湿润，女人的皮肤因而特别的细腻润泽，都是粉白粉白的，气色都十分的好。女人就是女人，少妇就是少妇，味道都比北方的足。"

我说："你说的是对唐山妇女的印象，北京女孩漂亮细腻的很多。”她说：“不是的，北方女人大致都差不多的。”我不认同她，也不便跟她辩论，但我得承认我面前的她就是粉白粉白的，肤色甚佳。我猜她这番话的潜台词，是讲她对自己的美丽的了解乃至自我欣赏和自豪。她在笼统地赞美她家乡的女人的时候，自然而然把自己包括了进去。

在这样面对面的近距离，她的裸露柔滑的双臂在我的视线前佐证着她的观点。这是夏天，女人着装赤裸出的部分，是欢迎他人的目光降落的。她胳膊外侧的皮肤上，生有一层齐顺均匀的小黑汗毛，汗毛色黑而不粗野，显示着她生命的健康旺盛。这层小汗毛分布在她的小臂上，不仅不破坏她的少妇的韵味，反而有所增强，强调了她的成熟。

这时她的女儿钻过来找她，母女俩开始做一些她们常做的游戏。年轻母亲出谜语由孩子猜，猜中了，她用小手搓妈妈的前额，猜不中，她妈妈搓她的前额。她们管这个动作叫“飞机场”。小孩儿一口川音，把飞机场说成“飞机唱”。

孩子母亲左手大拇指根部虎口一带，有一块伤痕，由几个齿形小疤和一道伤痕组成，疤面光亮，与手背的皮肤形成反差。起初我没有注意到这个现象，一经注意到，心下便疑问百出，猜测那疤的来历。是机器咬的呢还是刀伤？是和什么人冲突时造成的吗？这背后是个什么样的故事？与此同时，我暗暗推测她的职业。萍水相逢，我不便多问，只可猜猜而已。交谈中间，她只有一句话提她的丈夫，说他做一点生意，这次到北方旅游，也是为了看看能否走出来做做。她只字没提她自己是干什么的。我感觉她是头脑和修养都不错的女子，从她和女儿的宽松自由的关系上，便可以看到这一点。

我心头不免感慨人才绝不止集中于大城市，优秀出众的人分布在各个地方。所谓人杰地灵，是一种普遍现象，遗传、天赋、灵性，造物主是均匀公平分发的。也正因为是这样，一个国家的人才资源才会取之不尽，用之不竭。美女资源亦如此。

交谈中间，我留意到她的丈夫在一次次起身去厕所的时候，将视线投到了我们这个角落。当他目光扫过来时，做妻子的似乎看见了，又似乎没看见。她越往后说话越快，思路越通畅，但不久随着女儿的过来而打住了。我想不能跟她再聊了，再聊怕会给这个家庭埋下火星。对男人的心理，我了如指掌。

当我们一道走出火车站通道的时候，我知道与这一家人的交道到此为止。她男人的肩头只挎了一个小挎包，两个大包都提在女人的手上。我帮她拎起一根提包带，她伸手拎住夫姐的一根。这样一来，她负担的依然是一个提包的重量。她一路无语。

走至地铁站我排在队尾买票，见过世面的当姐姐的加塞儿到队前，趁乱抢先买到票，挤过来塞给我一张，说我给你买了。她们要去的地方是石化部招待所，跟我方向相反，我指点她们该坐什么车。分别的一刻，做丈夫的朝我招了手，她不易察觉地向我点头告别。

生活中的偶然并不是没有意义的。1994 年夏季我萍水遇见的这位四川少妇，留给我灿然的印象，也遗下遐想的空间。假如那一次的车程再长一些……假如她不是与家人一起而是单身坐这趟车……走出车站通道时她一语不发，神情是有心事的。我无法大大方方给她留联系电话，她也无法问我，即便问也会担心是否冒昧。她丈夫对我招手，她默然朝我点头，意义是不一样的，她丈夫是释负，她是惜别。

转过年，我将她的容貌风韵，移给了小说《断层》里的叶榕，以作为对那次萍水相遇的纪念。

2000 年 12 月 8 日

在去罗平的列车上

那一年我从昆明乘火车去罗平县,是在一个晴朗明亮的日子。列车穿行在翠岭明水之间,忽然钻入暗无天光的隧洞内。其中有一次在洞中穿行的时间较长,给人的感觉像是一顿饭的光景。待哗然天亮之际,车窗外已是石林地带。

起初我的车票的座位在比较靠前的车厢,中途因为出了点事,我提着行囊往后走了几节车厢寻了空座,重新坐定下来。蓦然见一双眼波在明亮的车厢里闪动。在我没有看清楚它们来自哪里的时候,就先已经感觉到了它的光芒与波漾。我对面座位上的两男一女中年人,是出差干部的模样。一经询问,他们便向我讲解起当地的风景民俗。

我再次感觉到了那对眼波,很明亮很清澈。来自哪一个人呢?我看清楚了。它们来自我的斜对面,在错过去的一对座椅的靠过道的座位上,生着明亮有神的大眼睛的是位少妇。她右手边的座位上,坐着她的刚刚学站立的孩子。孩子旁边的座位上放着他们的随身包裹。在她和孩子的对面,坐着孩子的父亲,一位黧黑精瘦的农民模样的男子。男子的相貌酷似老挝那边的人,深眼窝、高眉骨,深陷的太阳穴,黑又亮的皮肤。他的一只黑大的手上夹着香烟,很享受地欣赏着眼前的妻儿,很享受地品着香烟的味道,一口一口地将口中出来的烟团,吹向自己的小孩,表达着他的父爱。从我发现他们一家人时起,这个男人吸进肺部又放出来的烟雾,一点没糟践，全部喷到孩子的小脸旁边，把他的小脑袋团团包围。

我忍不住想提醒那位男子，他这样做对孩子的健康是不利的，可是一想到方才发生的不愉快，一想到云南这地方的男性对烟草的疯狂嗜好、不可理喻的无知，便一下子不想管闲事了。

男人喷出的烟拐一拐弯就飘到了女人的耳鬓之间。女人的耳垂上似乎有耳环。她手边挎包上的穗子和绣工，透露了他们的少数民族身份。她究竟属于哪一个少数民族呢？会是布依族吗？她的穿着汉化，虽然能看出乡村背景，但看不出是哪一个民族的。女人中途站起来过。看得出，在云南女人里她属于中等的身材，高矮中等，胖瘦中等，一张端端正正的血色充盈的脸庞，当属于村子里的头等的姿色。我开始仔细地端详她，端的是位匀称的少妇，生得挺大气的一张方圆匀称的面庞，薄厚合适的嘴唇，时而抿时而露出雪白的牙齿，鲜亮鲜亮的十分健康而绝对没有涂过唇膏之类。她的两道眉形清晰的眉毛下面，就是那一对秋波闪闪的明眸。像这样农家装束的女子在人群里易被忽略，你非得将目光在她们身上停留一会儿，才能发现她们身上的天然的美，自然内在的健康。

我忽然觉得坐车不沉闷了，时间过得不慢了。方才在前面车厢带给我的不愉快过去了，如同闪在列车后面的树木屋舍。在每一次感觉到目光拂掠的触动的时候，我不由自主地去端详她，猜测并且在心里描绘。中间有几次她的目光和我的目光碰上了，她察觉到了我的存在，察觉到我对她的探究，有一次她隐隐地微笑了，十分善意的。

她是一个带孩子的女人，免不了要弄一弄孩子，给他擦一擦鼻子，整一整衣服，护一护拦一拦，免得孩子跌下座位。她解开过一次头发，又重新梳扎好。她的手挺大，比昆明城里一般女子的手要大，这是一双从事劳动的手，这样的手的内侧有茧子，比昆明城里一般女人的手掌硬，可她真是天生的好丽质，手背跟昆明城机关里的女人的手一样白净，白里透红，健康有劲。我看她也就二十二三岁的年纪，生过孩子反而平添鲜灵的气韵，甚至带着些隐隐的奶味。

我想，大约只有劳动妇女再配上天生的丽质，才能成就这样一种天然健康、生气盈盈的女人味儿吧。辛词说："城中桃李愁风雨，春在溪上荠菜花。"真是不假。时尚靓装的天地里有赏心悦目之美，素衣村装也掩不住上天的恩惠。

也许是我看她的眼神过于专注了，她投过来的目光在我身上停留的时间变长了。她脸上没有通常城市女人惯有的不悦神气、傲慢神气、造作装假神气，片刻间她的脸颊红了红，随后善意地微笑，似乎是说，我就是挺好看的，你欣赏我不是错，这让我高兴，我领情。

她的温和善良、通情达理，将田野携花香鸟语的春风播送进了车厢，给人说不出的适意之感，让我感觉到一种人性的简单自然情态的传递。这使我记起有一次在北京的街上迎面走来一位金发碧眼的外国女郎，她的目光和我相遇之际，她友好地灿然微笑。又记起一位老作家讲起去西南少数民族地区采风路过池塘，塘里正有几个女人在洗澡。作家有些局促，洗澡的女人却向他打招呼笑闹，说你也下来洗吧。老作家感慨道："我们汉族人受礼教影响太深了，失去了许多自然的反应，而少数民族就不这样，比较接近自然。"

男人的手指一直没有离开香烟，他口中喷出的烟味整节车厢都能闻到。除他自己外，他的孩子和老婆都处在重污染区，可是他却浑然不觉，只像冬天锅炉房的烟囱一样喷云吐雾，我不由得可怜那母子俩无法逃脱被动吸烟的不幸。方才我之所以离开那节车厢，就是因为坐在对面的男人无所顾忌地吸烟，全然不在意对别人的污染，他的身边坐着他的 4 岁大的孩子。

我耻于跟这种不通理的人坐对面，才离开那节车厢坐到了后面的车厢里，却被我看到了值得一看的女人。因为看到了她，方才那烟民带给我的不快的阴影，很快地被覆盖了，心里漫上一种沉醉感。

突然,值得珍藏的一幕出现了。

少妇起身站立了一下,重新坐下,向我这边波光一闪,忽然双手拉起衣裳,露出了双乳。她身体的皮肤像闪电打亮天空,白乳凝脂,生动而神秘。她的衣裳卷起于双乳之上,贡献于我的视线之前,突如其来,又有一个恰到好处的持续的长度,给了我足够的看清楚的时间。然后她转身抱过孩子,将孩子的头抱至一侧的乳前,随着衣裳的自然垂覆,一切如正常的喂奶行为一样。

她的举动来得果断突然,让人猝不及防。最初我的头蒙了一下,怦然心跳,即刻被一种幸福感所氤氲,夹杂着说不出的感激之情。方才我还在猜测她的婚姻状况,猜他们是自由恋爱结合还是父母包办成婚,猜测她对她男人的情感与评价,现在这些都无关紧要了。她此刻的心情已然被她用行动宣示了,再迟钝的男人也不会误读。

她对我对她的欣赏竟回馈以如此贵重的礼物,全然超出了我的预料和期望,令我心跳、欣悦、深深地感恩。然后随着她放孩子回座位,起身收拾行囊,我才意识到目的地罗平县城快到了,才意识到她竟是用这种方式和我道别。

细节决定意义。女人奶孩子的正常动作程序是抱过孩子来再撩衣服,可是她却把动作的顺序颠倒了一下,先撩起衣服,再去抱孩子。她的动作安排里,给了她的礼物接受者以观赏的时间。这就是她的动作的顺序的秘密——一个不易被发觉的隐私,一段美丽的身体语言。

她的这一举动起源于她的心情和环境。在她的丈夫和同车的人们看来,她是在尽一位哺乳期的母亲的义务,无可指责。在我看来,她表达的是一种心迹、一种语言。她肢体动作的不寻常性和她毅然决然的庄严神态,如同一首永垂史册的音乐,经典而非同凡响。

这是一个多情而聪明的女人。用欣赏的目光看别人或被别人看,是不需要回礼的,可是她却给了我这么重的回礼。这是我平生所仅见的。那一幕成为永恒的经典，一曲生命的歌唱，一个慷慨的纪念，值得我在有生之年珍视珍藏。

列车在罗平站停靠了，人们纷纷离座下车。少妇一家人走在我的前面。男人用大布将孩子背在背上，少妇背上背篓，背篓里装满从昆明采购的日用品，她的一只胳膊上挎着花布兜，脚上穿着一双红帆布球鞋。

步出车站不远，他们向一面缓坡走去，我则要去县城里找我要找的人。她回了一次头，用目光找到了我，我向她微笑道别并致谢。

2011 年 4 月 21 日

解放纪念碑上的血

宜珊今天心情既愉快又紧张。日渐成熟的爱情,使她一度灰冷过的心,变得明亮激荡起来。潇洒实诚的新舟下午告诉她,他的父亲星期天也就是明天请她到家中吃饭,也就是平常说的“相看相看”。新舟的眼睛里满含着愉悦欣慰,仿佛说:瞧,大功快要告成了。他紧紧握住宜珊的手不放,最后加力一握,意思是:别害怕,有信心。

丑媳妇迟早要见公婆,丑媳妇不怕见公婆。谁丑?我才不丑。嘁,要丑点倒也落得些安生。行了,真要丑下一点去,你准要哭鼻子,才真的没有信心了。但愿今晚平安无事。宜珊胡思乱想着,一边穿上新舟才陪她上街挑选的一套价值400多元的时装衣裙。这是一套珊瑚红、祖母绿配以几种复杂的中间色印染而成的纯丝绸时装,穿在宜珊身上,华贵、飘逸、新潮,更使她如雕似玉的脖颈和胸部三角区,在灯光下明媚夺目。

满怀着这样的愉快的自信,她穿过细雨蒙蒙的街道,走进了位于市中心附近,她几乎每晚都来上班的卡拉OK歌厅。她高跟鞋上一厘米见方的小铜掌,嗒嗒地敲出了她青春的心韵。茶色的大玻璃门,她没有推就开了。假如门再多几道,路再延长些,就好了。她今晚竟这样喜爱在世界上走动。

她在镜前左转转右侧侧地欣赏着自己俏丽的姿容,想象着明天在新舟家的应答。她想象着自己一袭婚纱,空中飘落下闪光的彩屑的陶醉模样。悠悠的乐声已经响起,她匆促利索地在唇上加重一点口红,款款登场了。

“哇!”台下发出了一片呼叫声,是因她而发的。屏幕上出现了林海雪原,依依情侣。她拿起麦克风演唱第一支歌《雪在烧》:

雪在烧,雪在烧
火中的身影绝望地奔跑
泪水化成的雪在烧……
心痛的故事,没有人知道。

开场的气氛已经提起来,客人们开始上台献歌。何经理很可人意地递上一杯冷饮。宜珊欠身道谢。她一边饮着,一边和经理议论着场上的变化。

何经理用下颏示意宜珊注意靠近歌台的一左一右的两拨人。何经理告诉她:左边这一拨为首的是靠皮草品批发发财的阎易山,人称“阎锡山”。右边那拨为首的是靠倒卖古玩玉器致富的白兴岭,人称“古董白”。“这两拨人在咱这疙瘩斗富摆擂已经好几天了,有来头。”“也有油水。”宜珊添加一句。何经理狡黠而得意地笑了。

没想到这一笑,给宜珊笑来了祸殃。皮草“阎锡山”递上点歌单和钱来。他们点宜珊唱《大海航行靠舵手》。这首歌对于现年23岁的宜珊来说,简直就是“此曲只应天上有”,她根本不会唱,只依稀记得小时候听过一句半腔。在这种事情上,装腔哼唧是没有用处的,只能实话实说,表示歉意。

宜珊致歉的话音未落,“古董白”这边的20元钱和点歌单就到了。他们点的是《我和你》。宜珊接过来看了一眼就开始唱。通常都是这么个程序。可是今天两边都较着劲,情况就与往日不同。两边开始对着点歌加钱。你二十、我三十;你四十、我五十。两边都点宜珊一个人,其他歌手被晾在了一边。点歌听歌的同时,叫劲的双方,加要饮品,在本已很满的矮几上,搞超级垒方。

七八支歌唱过,宜珊略感不支。她深鞠一躬,走下台来饮水,趁机跟何经理交换意见——这样下去怎么办?何两手一摊,意思是:顾客点歌、歌手唱歌,这是规矩,我有什么办法?末了,他找补一句:"先唱着,到时候我出面解围。"

"阎锡山"、"古董白"的争风斗富行径,激恼了落座在一个不起眼角落的一位大"顽主"。此人姓胡,是一个铁面冷心、靠吃人血发家的血霸。所谓血霸,就是方圆多少里,要到医院卖血的人,都得经由他办理手续,由他收一份"买路钱"的那种人。这时,他冷冷地看着,冷冷地恼,冷冷地填写着点歌单。一百块钱一首歌,破了东三省卡拉OK的点歌费纪录。

血霸点歌与众不同。别人是有选择地点,他则是顺着点歌单挨着排地划。他是没有任何音乐细胞的人,也从不哼什么短歌小调,他来卡拉OK就是为了来。现在来了的他、恼了的他,就是要不停地点、大票子地点。他要叫那两帮贼王八蛋点不成,到了拜倒认输。他要叫他们知道全东北"拔头份"的是谁。他的两道小老鼠尾巴尖尖眉紧蹙在一起,两只贼亮的弹球眼珠,死死盯着台上歌手的嘴巴和他自己手中的点歌单,一支破旧得扔在街上都没人捡的圆珠笔,紧捏在他手里。他已经记不得自己点了多少首歌,扔出了多少张百元一张的钞票。但他感觉到了全场的震惊,感觉到了一些人的不满。他听出了台上歌手的声嘶力竭和有气无力。钱包里的钱使完了。对对号打开密码手提箱,一捆一捆的长方形票子,整整齐齐地在茶几上码着排着。这是他的钱,随心所欲买高兴的钱。他是这里的主宰。

耶,啥时候那两伙比"份儿"的杂种都溜了。真他妈泄气。这正像闷着头冲锋,抬头看时,敌人早已不知去向。他冷森森地看着台上的宜珊。他们跑了,你没跑,小婆娘,今天我使死你。其实宜珊早就成了这位野兽冲锋队员的冲锋对象,而他倒好像于空寂的战场上,突然发现了攻击的目标。

今宵今夜,全世界同一时间的倒霉人遭受的苦难,怕没有超过宜珊的了。这漫漫干旱的、撒哈拉沙漠之中的歌唱之路,对她来说,似乎永无尽头。宜珊充血的喉咙里像撒进了沙子,像着了火烧灼得干裂生疼。她感到极度的气促,气闷、头很晕、脚很飘。不能唱了,说什么也不能唱了。何经理早该出来解围了。姓何的在哪儿?刚才还坐在那里。怎么不见了?沉进沙丘中了吗,还是钻进了金字塔?怎么办?怎么办?新舟,快来救我,还在点……这该死的,天呀!已经唱了三个小时了。

突然,歌声折断了。宜珊听不见自己的歌唱了。自己明明在唱呀。啊,自己的嗓子,从小爱唱歌的嗓子,清亮如泉的嗓子,艰苦训练出来的嗓子,怎么突然丢失了?不,还在的,但那是自己的么?自己的么?那么木,那么哑,那么沙,像从一口很深的废井中发出来的呜咽,像从一个破葫芦中挤出的呻吟。完了,自己的嗓子。完了,今夜的世界……

场上发生了骚动。血霸阴冷中略呈愠色站立起身。这头毁坏了自己的秃鹫。

金钱……冷酷的心……咚的一声,宜珊扔掉话筒,双手捂嘴,泪水滚滚而下。她低着头跑下台,跑出门外,跑上大街。路真长真长……街灯、店铺、高楼大厦,纷纷倒伏。满目鬼火,遍地坟茔。眼中的一切迷离如烟,都成了虚景。

她脚步趔趄地跑着跑着……她撞在了冰凉峭立的解放纪念碑的碑身上。哇的一口咯出血来。胸闷缓解了些。她呜呜咽咽地哭出声来:“我再也不唱歌了,再不唱了……”

人的血是鲜红的,年轻女子的血尤其鲜红。然而在这样的夜幕下,在这样漆黑的雨天,屈辱的血、受难的血、愤激痛楚的血,却是黑的,只有气味无法辨认。这血是默默的、无助的。而天空的落泪,将很快地浇凉这血滩、冲淡这血迹。明朝的熹微中,还可见碑上与碑前的淡红吗?

“新舟,新舟,你怎么……不来呀……”

远处,城市的霓虹灯照常闪烁着。广场四外雨声潇潇……

1992 年 11 月 22 日

勇者绣球

忽然想到了猫爱干净。谁要是往它身上洒儿滴水，它都要扭头舔净。夜里它到房顶上逛世界，回家吃睡之前是一定要将身上沾回的毛毛杂杂舔干净，并且一定得给自己蹭灰了的毛恢复本色的。看它在美容上下的那份工夫，可不在从前闺阁小姐的梳妆之下。猫这动物真邪门，皮毛是干净了，脏东西却都进了嘴里，可就这么一天无数遍地舔，它也不得肝炎、痢疾什么的。

在说到猫的这个习性的时候，我脑子里映现的是我上小学四五六年级时养的一只鞭打绣球猫。鞭打绣球不用多解释，养过猫的人都知道这种毛色图案的猫，跟四蹄踏雪、雪中送炭一样的齐名，是在论的名品猫。

是不是好猫光论毛色还不能算数，要紧的是看这猫聪明不聪明、本事大不大？什么是猫的聪明，首先要看它眼里有没有事儿，对人的意思理解得多不多，能不能跟人有所交流。聪明的猫能听懂人的若干常说的话。我指的不是在叫它吃饭上，而是在别的事上。聪明的猫不爱上人捉弄它的当。猫的聪明更体现在它的本领上。绣球干过几档子险事儿。

一档子事儿，是它把同院高家放在一人高的小窗台儿上的腊肉，给鼓捣了下来。那时的绣球刚步入少年，还没长足个头，它平常的弹跳高度全院三家人都门儿清，谁知道它是怎么蹦上去又把个高挂的腊肉篮子给钩下来的？

这下可捅了大娄子，只听高家屋里老军官喝吼一声，拖着一条被日本手榴弹削去一块肉的腿追赶出门。只见绣球嘴里咬着根一尺来长的长条腊肉仓皇奔逃，东一头西一头，冲不出院子。它想上树，树跟前有人，它嘴里呜呜地发出不让人靠前的威吓声。

高老太太拐着小脚儿追了几步不追了，见我出来，她晃着手臂嗔道："这个碜东西，它怎么那么大的本事，蹿那么高上去偷肉吃，这个碜东西，真有它的。我还没见过能跳这么高的猫。"见我过去要夺肉，她拦住我说："你让它咬，咬几口吃不进嘴里，它就不吃了。"我说："都粘上土了。"她说："不碍，拿水冲冲，今天就吃了它。"

第二档子险事儿，是它吃人家的鸽子，被人上房看见，拿了火枪、气枪，一路蹿房顶追了来。那天我正坐在海棠树荫儿下看书，忽闻南房顶上一片人声，抬头只见一溜人居高临下，气势汹汹，枪口、弹弓朝下。这时只见一道白光从房檐下来，落地后就地一滚，三长身两长身奔到我脚前，是绣球！我猫腰把它抱起，它急跳的小心脏，在我怀里极其剧烈地打着鼓点，浑身哆嗦成一个个，眼神里充满了惊恐和求救的乞求。

我高声问为什么追我的猫。房上人一齐声恨嚷："这只猫吃了我们最好的鸽子。"他们要求我把猫交给他们处置，否则就开枪。当时的情势紧张万分，枪口、弹弓和房上人手里的石头，都瞄着我和绣球。他们在上我在下，我连一点还手、招架的余地都没有。

把绣球交给他们，准任由他们活剥皮，我死也不干。那几年绣球跟我好得就跟一个人似的，叫它去死还不如叫我去死。我心里怨着它尽惹事，招谁不行，去招这伙儿人。这关口我也只能"瘦驴拉硬屎——硬撑着"了，我仰头大声抗辩着："它是只猫，你们家猫不吃耗子不吃鸽子呀？你们都那么大的人了，何必跟猫一般见识？"

“你少来这一套，今天你不把这死猫交出来，就是不成。我们把你院子都给砸了！”房上汹汹愈甚。

我也无计可施了，身上跟怀里的绣球一起冒汗。我突然脱口而出：“一只鸽子多少钱，我赔你们，再买只新的。”

南房顶上一时哑然。也怪了，怎么一提钱，就不言声儿了？大概是不好意思了吧？那时代人缺钱，可一提拿钱摆平事儿，打上门的人倒先自己不好意思起来，像先输了人格似的。我那时正上小学，哪儿懂得有意识地利用社会心理，只不过瞎猫撞死耗子——撞上了罢了。

我问：“多少钱啊？”房上还是没人回应。这时南屋主人听见房上乱腾，门帘一响冲出来，高声嚷，说他们踩坏了房，让他们赔，负责修。这一嚷，又一说是让赔，房上的人泄了气，像木偶剧谢幕一般，七闪八闪的就都不见了。

我松了口气，这才想绣球这家伙不能太惯，这次它差点儿没惹出人命来。只见它的眼色也平静下来，在我怀里蹬腿儿想下地一溜完事。我把它撂到地上，照屁股给两巴掌，着实数落了它一顿。这鬼东西，我口气一软，它就想起身走，我手一指：“别动！”它就又趴下，它忍着呢，心里其实已经烦了。

以后的至少两天里，它走路蔫蔫的，眼神怯怯的，一副悔不当初、知错改错的样儿。有那么几次它跳到我书桌旁的另一张椅子上，四脚缩在身下，身子蜷成个大绒球望我，一叫不叫，卧累了，稍稍变动一下脚，又重新凝然下来，我一看它，它就闭一下眼，像是不敢正视我，仿佛说，我就等着你说一句原谅我的话呢。

第三档子事是，绣球有一次被我父亲带到火车上，在离北京几百公里的地方，父亲把它扔到了野外，意思是让它永远也别再回来了。因为它是只爱惹乱子的猫，一惹就惹大乱子，这一定是我父母二人合计出的主意。

好多天里我房上房下地找绣球，急得像热锅上的蚂蚁，什么可能性都猜想了，就是没往扔它上想。退一万步的最坏的设想，是哪怕给它收收尸，把它埋葬在海棠树下。在那些日子里，一个孩子内心的难受劲，就别提了，那跟生离死别没什么两样。在此之前，有一次一连三天我没见到绣球，以为它是在房上找个暖和地方睡觉，就没太去找它。到第四天还不见它，我慌了，东也找不见西也找不见，心里断定它这是丢了，或者叫人给抓住吃肉了。这样一想，我便在厨房的蜂窝煤垛前，号啕起来，谁劝也没有用。那一场好哭，足足哭了得有一个钟头，等我泪也哭干了，劲儿也没了，正待转身离开厨房时，睡了一觉的绣球，从蜂窝煤垛后的两排煤上冒出来，伸长四条前后腿，张着嘴打舒展。顿时我一惊一喜，破涕为笑了，那才是三天不见，更别提这回它一失踪就是一年零十个月了。

我记得清清楚楚，难熬的一年零十个月的第二十二个月的月头上，正好是在冬天，那天中午我正在二道门的院墙下，鼓捣着个什么东西，忽然我听见自家房檐上有恍若游丝的喵喵声，风一刮就断了，再刮就没了。是幻觉吧，这种幻觉在将近两年当中我经得多了。忽然喵声又细撒而下。我直身上望，见房檐上正有一只在风中打晃的白猫在看着自己。“绣球！”我失声叫着，“别动，等着我来接你。”我不知哪儿来的那份上墙身手，后退几步加助跑，脚尖在墙砖边上一点，身子就蹿起来，双手一撑墙头，右腿一蹁，一撑，人就上了一人半高的墙，我伸出双手去，正好把绣球接在手里。捧在我手上的绣球，轻得像片棉花，瘦窄得就剩下一条脊梁宽了，身子瘪得就剩个小空皮口袋儿了，干涩的毛，摸上去倍儿凉。

它一到我的怀里就瘫软了，浑身都在哆嗦。

我眼眶忽忽发热，心里叨叨念念：“太好了，真是太好了……”

在我以后上中学、上高中，到农村插队的长时间里，父母没有向我透露过绣球第一次丢失的原委，直到我走入社会后，在闲聊天中，母亲才透露了真相，我震惊，继而唏嘘不已。它真是一只了不起的猫啊，整整一年零十个月的日日夜夜，就靠四条小腿走，得越过山山水水,人烟稠密区,车流不止的大马路,吃什么喝什么,它就这样一步步地重新找到了家,找到了我。这得有多么强烈的精神,多么强韧的意志才行啊。都说猫行千里,狗行八百,可谁家养过这么神的猫呢?偏让我养上了。它这一路吃了多少苦,受了多少罪,除了它自己,又有谁知道呢?只可惜它不会说不会写呀。

作为一个养过这样好品质的猫的人,作为曾经跟这样品质的猫朝夕相处、为朋为友的人,我骄傲并且庆幸。

绣球的第二次失踪,也是母亲后来闲说话时泄露的。说是绣球重归家门后,待身体养壮了,依旧是一副淘气、惹事的本性,继续地惹来街坊四邻的訾议,并且在我升入初一后,母亲希望我把书好好念起来,不要玩物丧志,又明知道把绣球送人我不干,于是心生苦闷。一次跟南屋女兽医张某聊天,说到这只棘手的猫。张某出主意说,把绣球交给她带到她们兽医所去做实验品。

绣球的结局,也是从张兽医口中透露出来的。她说绣球被关在她们实验室的笼子里不吃也不喝。当人们打开笼子抓它出来去接受注射的时候,它咬了实验员的手,蹿出笼子跑了。这次它没有回家。我起初不信绣球能逃过死于药物的一劫,我跟张某说:"你是编来宽慰我的吧?"她说:"都这么些年了,我还骗你干什么?那次我们那个女实验员的手叫它咬得不轻,到现在还留着几个猫咬的疤,幸亏没把骨头咬碎了。不信,你来我们单位,我让她把手给你看。"

1997年8月22日

心情在线

永新的美人

奇景出现了。一轮满月升起在地平线的东方,与地面呈很小的角度,低空悬挂,天地澄净如洗。江清,湖远,帆樯如画,山静天幽林空,平原万里莹澈。

月亮真圆真满真亮啊,伟大的柔和的光明,温润而使人无比地亲近。十几度的夹角,站在下面似乎伸手可及。天地岑寂澄莹,庄严的美丽的仪式就要开始。月神莅临大地上空,好的事情就要肇始。如此的美景良辰,再满就要溢出来了。让我们一起谢恩吧。

今天是十五还是十六,有什么关系?主要是美,美得人迷迷欲醉,欲仙欲永生并永爱。原来如此大美的月亮,竟是我平生爱过的第一美妇人,竟是我上过的第一堂美学课,领受过的第一条审美准则。

你看她身下的一带浮云,不就像她出水上岸的浅滩或者她醒来起身的仙榻?在她的上方,有张翅护卫她的神鸟。不久那神鸟便振翼飞行了,它们要为月神去探看前方的消息。随即卧榻也撤去,因为月亮女神要赤脚行走了,她的步子开始迈大,她以君临之姿俯瞰了,因而也更加的明亮了。船舰的身上,房屋的檐上,笔直的道路和机场上,乃至裸睡的婴儿的屁股蛋上,都撒上了牛奶,镀上了纯银,覆上了歌谣、童话、叙事夜曲的音膜、花饰。

20 来岁的月亮,跟女人的成长一模一样。新月小小的时候,不是该叫她囡囡么?新月如镰的时候,囡囡不是该上小学了么?上弦月下弦月的时候,是不是已经发身进入青春期了?满月呢,那不是出落得亭亭玉立、风姿绰约了吗?她成熟丰满进入生育期了。谁爱上了这位美人,那就一定是从其幼小时节就与之相恋,就像音乐家舒曼之于克拉拉。那你就得耐心地等了,看着她一点点地成长,直等到可以采摘的时候。

月亮是永新的美人,她为世世代代懂得欣赏她的人赏了又赏,恋了又恋,可是她永新永洁,无人可以亵污。她是永新的美人,永远的圣女。什么"明月几时有"、"山高月小",什么"素月分辉"、"峨眉山月半轮秋",什么"对影成三人"、"不知江月待何人"……"月"这个"月"那个,没完没了。张若虚是个情疯子,《春江花月夜》是他写给月亮的诗体情书。还有些金发碧眼的诗人,还有把月光写进琴谱的那些个男人,全都是男人。数一数吧,月亮美人有多少个恋人?他们排起队来,够绕地球一圈儿了。那么就让他们都拉起手来,像彝族人跳圆圈舞那样,在月光下一齐起舞吧。

最好我不算在内,舞尽管让他们跳去吧,我更想待在室内,让月光慢慢地浸透我。大家看舞得最起劲的莫不是李白和屈原,还有阮籍和拜伦——唐璜也来了,还有爱琴海的艾利蒂斯,黑塞也来了,他曾经让他的哥尔德蒙和一个陌生女人在月光下做爱。杜甫没有露面,他的妻子正在熟睡中,他怕扰醒了她没敢动身,斯时月光照临他妻子裸臂的画面,正令他深为感动。耶律楚材也没有来,他因为去天山望月得了感冒。舞者里也不见莫扎特的身影,其时他正坐在海屿,听月下潮汐起伏,心潮随之而律动。肖邦把月光写小了,他忽然醒悟,有些不好意思见人……

今夜我待在室内,不去跟月神的恋人们跳舞邀宠。我今夜不开灯,独自静坐于窗前,晒月亮,行一场光荣的沐浴,长时间地一动不动,领受伟大的洗礼。请关掉所有的街灯,有这一盏就足够。

光芒万里的时刻到了。无影的花瓣撒满我的房间,连房间里的油画上的景致都无限生动起来,生意流荡,气息盈盈。

请允许我不去跟他们跳月光舞,因为我的心比脚和身舞蹈得更为热烈浓郁。请允许我以不动之身加入普天的舞蹈吧。

那么就让我们人类在月光下净身吧，净完了身马上净魂。让诗意成为人生命的第一性的事情，让人们停下伸向金钱和女人内衣的手，关掉电脑、电视机，中止跟算计有关的计算，也暂时中止身处贫困所做的挣扎，也撇开一切不良的心思和嗜好……让所有的人都停下来，就在此辰今夜，大家都走到户外或者坐在窗前，沐浴月光，花一些时间注视明月，领受这普世的纯粹至美的洗礼，然后再入睡和重生。

2011年11月18日

秋　魂

秋天是一个老掉牙的题目，如今谁来写都是费力不讨好的，可是为什么偏偏自己又来干这事呢？不外乎是目有所见心有所感而已吧！心情为秋景所掀动的时候，有一肚子的话要说，可一想起耳熟能详的那些赋秋咏秋的名篇，便一路地泄了气。脑屏上再映出林风眠、东山魁夷的几幅画，再记起柯罗、康斯泰勃画布上的秋原村庄——一律的都是描绘秋天的，就更加没脾气。连柴可夫斯基的第一钢琴协奏曲里面，都灌满了秋收田野的麦秸气息，我还瞎跃跃欲试个什么？

起因是初到小城的第二天中午，我走至一片园林处，便被满目秋树的色彩惊艳，简直就是走进天然的油画，又恍如倒回到四月天春花绽放、万树鹅黄的光景。同样是晴光朗朗、阳光煦煦，区别只在于后者蒸熏蒸蕴，是主生发的；前者是清澄清淀，走着收敛的趋势。

放眼四野，满山满原的秋叶大红大黄，半天火焰似的层叠燎原，竟然是从大绿大葱茏的转色，俨然是将春天的献礼再一次追忆重放，并做告别似的模拟。虽为一荣一枯，却都同样的多彩。至有一天开始缓缓地一片黄叶子飘下，一片红叶子飘下，于深夜时落地发出清响，而奏出音诗，从上古至于今，年年的佳响、年年的音诗，而点缀着天地的寥廓与悠远。

心想从春到秋真快呀，说话又过了一年了，大地又要冬藏了。

人也要老一岁了,树木的内部又要普添年轮了。心想还是树好啊,生长期可达几百年乃至上千年,而每一年都是在一荣一枯的轮转中度过的,每一年都经历一回看似凋零、看似僵死的时段,然后卷土重来,润了颜色、青了枝条、红了花苞,万树荣发,漫野葳蕤。每一个轮转都貌似大生小死,都貌似一次转世,而终由一枝一条、一株一苗长成百丈的腰身、隆茂的肌体,而阅尽人间春色。

正是人生易老天难老啊。

人从青春期到衰老期,从荣走到枯,就好像一个长长的春夏秋冬。你倒是也能像树那样过完了冬再返回春天呀,没有那样的好事呀。大约就是因为树木玩的这种大生小死的把戏,使它们长生长长,而人因为不会这一手,所以一走到肃杀了,便一路走下去,享受不到轮转复苏。而人因此也就落得个一年四季活活动动,劳碌营生,生活创造,践行生命,铸造历史,忙完自己,既不休眠也不蛰伏,每日价踩得大地咚咚响。

有道人生如梦,转眼就是百年;又道人活一世草活一秋。生命不能逆转,几十年是他,一百年也是他,望穿秋水是他,春去也也是他。人生易老天难老,岁岁秋风今又秋风,每个人只活个体生命的这一段,也只是在这段生命行程中欣赏四季万物,生发移动灵性。在你之前的和在你之后的天地之美景,都没有你的份儿,而属于其他先来后到的人们。故我们每一位曾经生活过的个体人,都无例外地"前不见古人,后不见来者"。

人生纵有这苦那苦,头号的苦原不过人生苦短这件事。我想如若我们每一天都能生活在诗意中,都为诗意所浸润着,那我们的人生便因饱满丰盈而变长了。

可是有人对我皱眉头了,说你这人是不是活得太有闲了,拿着诗意当饭吃。对于那些在资本家的流水线上或作坊里一天工作十几个小时的男工女工,对于那些拼死拼活在矿坑深处挣命的人们来说,你让他们到哪里去找诗意,哪里来的诗意浸润?对此责难,我只能说,人间地狱的存在,是我们人类之羞,获得了或部分获得了自由的人们，理应关注这些严酷的现实，不可置诸脑后。那些水深火热中的生灵，不要说诗意地生活，连起码的人的生活都无法保障。这是民族之痛、人类之羞，非得改变不可。

与此同时，我也有一个诘问：我们这些年见过的许多由贫穷转为富庶的一族，谁见他们中几人斩获诗心，懂得诗境，从而诗意地生活着呢？又谁见他们登临秋岗，歌之咏之呢？

曾经听从四川乡下出来打工的人讲起，说农村许多人家用上了农机，劳动强度减轻，劳动时间缩短，人们却把闲暇时间都用在打麻将赌博上面。他们难道不比我有闲？

诗意地栖居这件事，不取决于贫，不取决于富，不取决于有闲，而是取决于修养，取决于心，取决于你有没有一副诗意的灵魂。

由此看来，我们每一个人的个体生命之值得珍视，是怎么说都不过分的，而每一年每一季之于我们自己，看似轮转交替、周而复始，实则不可重复，万分珍贵，过一季少一季。每一天的日子都是泼出去的水，因之生命中的每个晨昏都弥足珍贵。不要说春华秋艳之无价，便是夏季里最酷热难当的那一天，冬季里最冷得要死的那一天，都值得我们去细细体味，去亲近、去拥偎，有所得，有所会心，有所快意，有所酝酿凝结，有所爱。如此，即便是最惨淡的人生，也会有花朵开放。

2011 年 11 月 11 日

太阳之约

绝鲜的阳光照彻着北方的秋天，绝对直接、不假他求、水洗般地照彻着。你只需要走上阳台，坐在庭院，走在江畔、垄头，这一切就都是你的了。白热。白炽。却并不熔化什么，除非你的心。以无比细腻的质地和密度洒下来，分布于天空和大地。在秋天。以绝对的原生性和纯度。

是谁的诗句："在那里，是谁来了，右手提着金筐，戴着美丽的花环，静静地替大地加冕。"

无风无云的日子阳光普照的十月之秋，真是无比美妙的时辰。现代人惯于说"金秋十月"，这四字距离我今天感受到的阳光的美妙，还差得远呢。"金"是什么金呢？黄金呢？白金呢？硬要靠一靠，当然是白金啦。但这暖烘烘、暖洋洋、暖融融、暖醺醺的魅惑，白金有吗？"纯白"的光辉统治着伸展着的、为灵魂翱翔的、无际的天空。这是使人说不出快意的通体的感觉，岂是一个简单视觉所能概括的呢？

大白天睡觉，如果不是开夜车，应该是不好意思的事。可是才刚上午，在太阳还不强的时候，我在阳台上看书，渐渐被它晒暖、晒迷，竟坐在海滩椅里睡着了。难以言喻的酣畅小睡。鼻腔里是熟透的麦秸的气味、玉米穗谷穗的气味，是一望无际的收获季节的气味儿。合着眼皮，罩在一派一派金光金晕里。热性的、带穿透力和压力的。一派是白金的雾，一派又是白金色的海。时而光华粼粼、光气蔚蔚，时而又金烟茫茫。朦胧间，有蜜蜂飞舞的声音，携着花粉的微粒轻尘和花萼的颤动。当然不是科萨科夫的那种节奏、旋律。他的野蜂飞得太急太快太匆促了，是简单印象主义式的，太缺乏主观的体验性、渗透性了。而我半睡中感觉到的蜂飞蝶舞，则是舒曼的、优柔的、悄声细语的，若有若无，似断似连，似见似不见的妙乐。容容与与，不慌不忙。那位趺足安坐在菩提树下的印度诗人，衣袍上毕竟有花凉儿呀。而我此刻，则完完全全是在沐浴呀。

忽然想到古希腊人有日神一说。其中一定包含着古希腊人对太阳的赞颂与愉悦。我想，谁若能够无纤丝尘念俗虑地在自然天地间享受日光及其所造就的一切，谁就该算是日神的孩子了吧，或者他简直就是半个日神了。

我感觉我的双脚在走动了。心都按捺不住了，脚怎能按捺得住呢？往市里头走吗？一走进去，你就掉进夹街、楼厦的阴影里了。偶尔撞上一缕半角的太阳光线，有多么可怜。连同落满车灰积尘秀色全无的街树，都一起成为扼杀阳光的帮凶。隔着一溜一溜大玻璃窗、大玻璃门望进去，你便知道有多少人被关在了阳光外面，不能自由地进入日照。

惠特曼是一位酷爱户外活动的人。他那头顶草帽，身穿牛仔裤、开领衫，拎着锯子、斧头、蚌铲，身影闪动在平原、大路、海滩，时而演讲、作诗，时而歌唱草叶、肉体、民主、航海的形象、气派，应该是健康人群的象征。后来的城市化、室内化了的诗人骚客，为什么谁也赶不上他那般才情横溢、汪洋浩荡呢？与脱离了户外阳光，脱离了阳光光合过的空气中的豪迈生活，难道不无关系吗？

“昂然行走，轻快而自得的步态，以宁静的目光或以光辉的眼睛观望……”这是自由阳光、自由人身给予人的自信和从容呵。光辉的太阳和光辉的心情交相辉映，大地生命于是蓬勃不息。

地球一角，红瓣黄蕊透红透黄的玻璃花傲然开放。吸足了日光的铁栏杆上的七星瓢虫、十二星瓢虫快速爬行。我蓦然想起几年前曾经在一座城市的黑白栏杆前等待通过。丽日蓝天下，一列露天敞口的黑皮载人火车,正隆隆驶过。车厢内密密集集,拉的都是煤矿工人。这一定是来自矿区的下班班车了。他们的面庞、手肘,敞露的胸膛,一如他们身上的工作服一样,一律都是煤色,只是脸部的黑色不够均匀。我心想:这都是从地底下上来的人呀,漏不进一滴太阳光的巷道、掌子面、提升罐笼,那是怎样的一种活法呢?我看到一车厢一车厢上露出半截上身说笑打闹的,都是些生龙活虎的壮丁青年,个个都是颇具膂力,粗犷而无所顾忌,个个都是黑金刚、黑精灵一般。黑黑的,划开白昼。他们身上洋溢出来的穷欢乐,没遮没拦的率性宣泄,不是常年在地面上工作的人们所能理解的。除去他们这些井下矿工,还有谁能够一见到大地阳光,便止不住笑逐颜开、手舞足蹈呢?

在看到他们的一瞬间,我想起自己做上班族的时节,内心曾经有过怎样的冲出去的冲动呵。一层压一层的大屋子的屋顶,严严实实地悬覆着,荧光灯嘶嘶地呻吟着。穿过开着的半扇门,眼和耳贪馋地攫取着外面如诗似画的阳光和披着金纱的银杏树,车窗玻璃倏然晃进来的耀眼光块以及时而走过的行人步履,笃笃咔咔的鞋跟声、清脆成串的车铃声……那种感受,那种焦灼、痛苦,比蹲监狱差不了多少。想想管他呢,玩儿一天,哪怕不去什么野景,就在街上走一天呢。等到铃响下班时间到来,牢笼是出了,但抹在身上的,只剩一点淡淡的余晖了。而那些要晚上八九点钟,下班铃才会放他们出来的男男女女们,便连这星点余晖也沾不上了,而只能披星戴月了。再一想,出什么了呢?那螺旋弹簧形状的牢笼,每天都张着嘴等你进呢。与太阳违约的日子,什么时候是头呢?

可是与此同时,另外一些人——失业、待业的人们,却还在四处奔走,为求这样的套夹板套诸己身而不得呢。这真是巧妙的连环设计。我们还没有说到它的深处要害,但至此,我们生存方式的荒谬性,充分呈现出来。这是阳光下的荒谬性。深夜醒来扪心,谁敢说这是可爱的生活呢?

又岂止我们成年人呢?中午我对上小学的儿子说:“太阳这么

好，我带你出去走走。”“下午还得上学呢！”稚嫩的嗓音无奈道。

你看，当今城市的小孩子，出生后刚不过六七年，便被关在了一窟窟教室里，不许说不许动地被排列在那里，像码放整齐的机件，被进行繁冗的冲压加工。自由走动、听看、玩耍的权利被拿掉了，在阳光里跑跳的自由没有了。按照别人的设计要求听课、做作业的漫长历程，霸占了人生中最鲜艳如花的幼年、少年和青年时期。全部的课程里，唯独没有阳光课。难道就不能把孩子们的学生时代，安排得有趣而阳光灿烂一些吗？千篇一律的隧道。稍微意识一下，令人不寒而栗。

可就在这样的教室外面，贫困失学的农村孩子，还在眼巴巴地羡慕着、啜泣着呢。这又是一个明明白白的悖论。

好容易走出来，容不得透口气儿，便又进入更为苛严的谋生场所……一双又一双俯视着、轻视着、无视着你的冷目……背上的规则、制度、等级、指令、大人物小人物、理性的非理性的，一层又一层……

还没能好好地生活过，便——更不能好好地生活了……呼隆一下子，华发已生。究竟是为了什么？逻辑上那么不对头。亿亿万万人依然那么呼噜呼噜通过，并不从根本上怀疑。呵，巷道。呵，矿灯。

“且夫天地之间，物各有主。苟非吾之所有，虽一毫而莫取，惟江上之清风，与山间之明月，耳得之而为声，目遇之而成色，取之无禁，用之不竭，是造物者之无尽藏也，而吾与子之所共适。”苏子没有提太阳——造物主在太阳系的最大“无尽藏”。他一定想象不出一千年后的人们，居然还要为争取阳光而斗争。

《复活》第一部第一章的第一个自然段，写的是何等好哇——“……阳光送暖，青草蓬勃生长……可是人——大人，成年人——却依然无休止地在欺骗自己和相互欺骗，折腾自己和相互折腾。人们认为，神圣和重要的不是这春天的早晨，不是为造福万物而生就的人间美景，神圣而重要的倒是人们自己想方设法，施行人对人的统治”。

我一向认为，比起这本书的第三部第二十八章来（大量引用《马太福音》的一章），这个诗意勃发、力透纸背、高屋建瓴的开头段落，才是《复活》全书的总纲。因为它的根扎在阳光照耀的大自然生命和践踏不尽的人类愿望里。一旦人类世世代代深抑着的愿望与激情，直起腰，挺起身，走向那期待已久的烂漫约会，拥抱而泪流满面，便是真正的复活节了。

1996 年 10 月 9 日

心　境

辞职过一个纯粹文人的生活的想头，由来已久，决定都是突然做出的。辞职第一天晚上，我沿河走在路上，是一种释然、空荡、悬浮、开悟的感觉，一种被压迫、驱使的日子突然到头的感觉，一种未知而又必须走下去的感觉，一种生死置之度外的感觉，一个一生结束，另一个一生开始的感觉。有一点悲壮，有一点淡漠，有一丝苦涩和微笑。天地悠悠，脚下突然掣去，世界忽然空旷。

那是一个元旦过后春节将至的夜晚。往日里看着林立、垂直、轮廓清晰的高楼建筑、树木灯杆，瞥睇之间，退远，缩小，模糊，随风倾斜起来。我所在的地面忽然高出四外，整座城市变得下陷，我产生了走在伊甸园高地和山坡墓园的幻觉，世间仿佛只剩下了天、我、地三者的简单关系。

夏秋夜时，倒映暖玉色月光的邃静的河面，倒映对面大饭店贴嵌式茶色玻璃内，升降明灭的电梯灯光的宽阔的河面，在这个多云渐阴的黑夜，只有一层幽明坚硬的暗冰横陈，偶尔发出一声绷裂的低沉弦响，像潜意识里的某一动静。从对面突然耀出的轿车的灯光，不再惹起我的怒意。它的放肆疾驰，耀武扬威，只使我看出它的虚弱和无聊。忽然间我想到，中国的文人、知识分子，之所以有那么多的猥琐、畏惧、小家子气，易于被人操纵控制，跟他们依附于组织系统的地位直接关联，正如同家犬有不了猎豹的雄姿，家猫难有千里远行。我心豁然。V 字形，扇面形，辐射出的开阔，在我脚下铺展开来。

一刀两断的那个什么单位，那段暗淡的跋涉，成为历史了，只在眨眼之间。原来历史是可以飞跃的，原来历史就这样简单。我什么都没有，什么都不是了，这样我才可以是我想是的，才能和世界建立一种我想要的联系，新的联系。

我推开温暖的家门。妻子坐在灯下等我。彼此轻轻地笑了。几年过去，辞职后的那个夜晚变得遥远，也成为历史。我除去庆幸，没有悔意。渐渐，被碾碎失落的东西，开始回到身上来，整合，长好，并且发芽。完整起来的自我感觉，站立在阳台上，走动在大路上，逍遥在人丛中。别人看不出差别，我内心蚂蚁过镜般分明。"这个人有病。"嘿，有有病的。麻风区里只有一位健康的医生，少数倒是病人吗？"人有病，天知否？"

距离放射出美妙。车尔尼雪夫斯基说看画要站在适当的距离。看颠踬人生，运转社会，也需要距离呀。现在，我站在全副的社会组织之外看它，一切都变得清晰如瘦肋，线条分明，简单而又不足道。从敏感的社会人口中发出的滔滔不绝，迷离惝恍，辞采斑斓的人生感喟，道德思辨，神秘求索，在你眼中显得幼稚和可怜，"仿佛在昆仑山山巅，用望远镜观看山下儿童积木戏"。

这不是时间上的视点，而是空间上的视点，但还是给你以眺望历史之河的错觉。

在里面的时候，你极力要够到边缘，摸索到全象。跳出来了，返身观照，全貌、真概就在你眼底目下。一切一切的世道规则，意识形态的迷雾，只不过是你手边的一个小面团儿，一个嚼剩的泡泡糖，一个随风上下的透明肥皂泡儿。你可以从中瞥见一个哈哈镜里的肉色的小鬼脸儿，在里头咧嘴调笑。啪的一声，无影无踪。这时候你才能体会马克思在大英图书馆，在他静静的书房，写作《德意志意识形态》，写作《资本论》的状态；才能够会心尼采说的，"我写出查拉图斯特拉，把所有的诗人甩在了千里之下"；才能朗诵李白的诗句："吾将囊括大块，浩然与溟涬同科"；才知道橄榄山、奥林匹斯山并不在别处，就在你伟岸起来的精神的脚下，就在你自由心灵的翼下。

只有先曾经在荒谬中生活过了，才能于荒谬性有切肤之痛；只有已经站在了荒谬性以外，才能对其有明白的指认。自由人的心境，让你鉴照到社会人的脆弱。他们的眼中，他们的心里，怎么有那么多的规矩，那么多的禁忌，那么多的畏惧呢？高高壮壮的一个汉子，怎么竟有那么小的胆子，那么狭的心思，那么谄笑的一掬容颜，那么深重的企图，那么深重的耐性与无奈呢？且怎么在家庭以外的某些地方、某些时刻，他竟是那副屁颠儿屁颠儿的样子呢？

那个手指短肥、目光阴郁、朴厚中带有狡诈的厚嘴唇男人，怎么该有那么大的派头？想践踏谁就践踏谁？为什么他把牙签吐到了谁的眼睛里，别人只有蹲在一边儿慢慢拔的份儿？那被前呼后拥的是什么人？同样是人，为什么你们呼拥着他，他不反过来呼拥着你？肩并肩平等地闲谈而行，比什么不好？那个天生丽质、娇嫩似菱花尖的妙龄女子，怎么会恁般地听命于什么"总"、什么"长"，恁般乖巧熟络地上他昏天黑地的腌臜床？

这是这个时代的传奇之一：浪漫纯情的少男少女，转眼之间就变得现实冷酷，老谋深算，赤裸裸功利。这是这个时代所剩下的悲剧主题之一：千千万万成年起来的男女，生生被压回退行到婴儿孩童时期，仰赖、被动，依指令、"流向"行事，自主的思考力和自由的意志力刚刚发育，便丧失掉了。他们仰望星空，渴望救星拯救，企盼强大人格魅力出现于自己的头顶上。一个无法无天，摒弃任何游戏规则的顽徒、匪徒的一声吼喝、一个顿足，都会令他们面面相觑，拔腿就跑，或者误以为神迹而欢呼。

查拉图斯特拉发出了冷笑。他怎么能不冷笑呢？混世英雄每每打他们的主意，有什么事业比得过操纵、役使千千万万众，更划算、更效益最大化呢？

组织性似乎是社会发展所不可少的，但摞着生活有什么好呢？人罩子，人坎子，人梯子，人垫子，人的牺牲与薄奠，跌跌爬爬一梦，青春成泥，鬓发成霜，尸骨成烟。“晴川历历汉阳树”，怎不历历在目呢？

城市的喧嚣沉落下去，往日的时光粼粼起来。“穿水的眼睛，守望着多沉的安眠在火幕底下，我的沉默呵！灵魂深处的大厦……”沉思默想的日子里，水底的事物浮现上来，游动、闪烁、喷射、聚拢、翻转、言说、变幻色彩和组合。与生命的联系，与生活的对话，重新涌现，创造的时刻，笑吟吟莅临。

收起再一次投落到我身上的悲悯目光吧。你们的末路我的末路，你们的结局我的结局，大家——我们所有人的末路和结局，在我早已是胸中成竹、隔窗之物、迟早要碰面的朋友。病魔、灾害、笔被折断、流刑苦役和死神聚餐……收起来吧收起来吧，要来的将来的，就让它来吧。我不会为将来的某个时刻、某种惨苦，而出卖我所剩下的唯一的壮年时代了，我不会为对于未知的种种玄思、惧悚，而对不起自己的现在了。让目光越过生活的篱笆，越过城市和山脉，越过生和死的遗址，投落于太阳休息其上的无限之海吧，“放眼远眺神明的宁静”。

这时，不事妆抹的缪斯姑娘在我的房间里走来走去。她说：“只需要一个自由，你就会成为才情风发的人。”她说：“来吧，到我的花圃里来吧。”

1995 年 6 月 6 日

心头中国雨

雨呀，叫我说什么好呢？本没什么的安安静静的早晨，经它这么一淅淅沥沥，便撩得你整个人都心神不宁了。这百亿年千亿年都这么下降的天水，后来被我们人叫作雨水的情景，就有那么大的魔力？一阵的湿湿淋淋，就不由分说抓牢了你的心，将你的神经、肤觉、黑甜乡、白日梦，拉进她的睫毛林，跟那潇潇茫茫哗哗刷刷沙沙掺混在一起，让你的心情心绪萌动、萌蘖，跟土地里的一切一切，一起感动、生长。

这雨呀，你简直没法给出一个恰当的描绘、形容。那种天上地下的湿漉漉的意象，可曾有画笔、音乐给过全真的完美的表现吗？那种雨的触觉、雨的肤觉、雨的味觉及雨的视觉和听觉，那几乎无法分析的雨天的现场，是永远也找不到自己的词汇，自己的替代物、比拟物、象征物的，直接就是它，通感就是它，什么艺术的表现啦、折射啦，都显得苍白不中用，都不如它本身。这真是永远的遗憾。可即便是这样，你还是忍不住地像别人做过的那样，拈一支秃笔，涂涂抹抹。这时节，睁着眼的人如同睡去，梦境活跃起来，飘飘荡荡的，在大地上，在雨季。

这是雨燕的剪子尾，红泥路上的屐痕，岭表岫间团团绕绕的雾云的触手，迷魂的羽化飞行。

这时，在那座弯弯拱起的小石桥上，一定准时准点地坐着那位卖酒酿的江南老伯吧？他那架硬木扶手的箱橱式手推车，一定停驻在桥顶靠栏的地方。他背后是河水，眼前是河水，澹澹荡荡的一条老河流，从他身下流过。这时你从他车子的平板上，端起一只蓝花细瓷碗，品呷、品咂，然后一口而下。那种欣悦舌苔的醇香酸甜甘洌适口，几令你五脏六腑欢呼不已。于是再来一碗再来一碗。于是面色黑红、留着雨果式的花白胡子的酒酿老伯的眼睛里，掠过十分得意的笑花花儿，不言不语，持重又准确地一碗一碗盛给你，给你的感觉是，他每天来这桥上，简直不是为卖什么，而是为了炫耀手艺和技艺，为了展示他酒酿技艺的炉火纯青、登峰造极、江南第一。他仿佛是天天到这里来宣布，他的酒酿是被他作为工艺品来创作的，是他的一份自我实现。他的老字号，他的威望、声名，全不用言语、广告，全写在他的桥上，写在他那沉稳安详的坐姿神态里。

于是当你远远地望见他，或者是走过去了再回顾他，便觉得他简直就是石拱桥上与生俱来的石雕像。于是在我的关于雨的记忆里，就增加了关于江南、酒酿、桥与老人与河流的拷贝。以至于直到今天了，我还没能分辨清：是小城雨酿就的酒酿呢，还是酒酿酿就的小城雨呢？

这时正有无数透明玻璃丝般的雨丝丝，从天到地挂满天涯海角。打开一把海滩椅，坐在雨天的阳台上，手边放几本陆放翁、辛稼轩、杜樊川的集子，真是无限地享受。“七八个星天外，两三点雨山前”，“梦泽蒹葭楚雨深”，“满池春雨辟第飞”。满纸的点点回塘雨，雨打荷叶声声，一千多年前的唐风宋雨，落到了今天。

忽然忆起少年时住四合院，春、夏、秋三季逢雨紧，每将屋门大开，搬把椅过来坐在门槛里观看。一时白马啦、奔烟啦一类的比喻词，纷至沓来。转眼之间，里外跨院儿地里积起半尺来深的水，汪汪的、跳跳的，高粱秆儿粗细、秫秸秆儿粗细的雨秆子，汪天汪地密栽下来，齐齐地插地。齐刷刷的雨脚，戳溅起沸沸不息的雨泡雨涡雨骨朵儿，齐匀而又急遽变化，闹出个有声有色的世界。

这时可以听到院外胡同里，不时有急脚步，蹚水跑过。你知道此时刻的胡同里，已经是九地黄流乱注，槐低柳乱檐水冲击成瀑了。这时正雨弯风满，白飚奔突，人急水跳，一派的混声交响。这当时，假如邻街的房子里突然放起华格纳的《女武神》来，另还有一台音响放出琵琶独奏《十面埋伏》，再配以低空的电闪雷鸣，那真就立体得可以，互衬互动，相得益彰。

渐渐里外院之间的石阶过道门槛，被水没过，里里外外连为了一体而成湖面。叠个纸船儿放上去，木片上装个帆放上去，挥把扇子扇扇，便荡漾开去，摇摇晃晃地滑远了，一滑又滑进了江南。

这时再看花盆花圃里的草本花枝，已然都依里歪斜了，而木本的桃树、柿树、海棠树、丁香树和迎门白墙前的小毛竹，却支棱起枝叶，百倍地青翠精神，一副副吃饱喝足、挺拔不俗的样子。

想：曾几何时，一树树繁花怒放正妍，忽然一晌急急雨，打个湿红满地，芳菲凄绝，捡也捡不起，安也安不回去，使人感时伤怀，叹青春易老，韶华倏忽，"更能消几番风雨"。树们呢，狼藉自是狼藉，却全如蝉蜕一般的满不在乎，有的似得了新生之道。不消几日，就株株肥绿肥绿得可观，急着挂起小青果来。

挂满青灯笼的是山里梯田上大片大片的果林。雨地里抢收夏麦秋谷，分不清是雨柱头还是谷穗头往脸上戳打。雨紧得熬不住，呼啦啦跑进果林里躲雨。几个小媳妇儿捅捅你叽叽嘎嘎说笑成一片。

春播后遇旱情，田野一片焦干，玉米苗儿、白薯秧，蔫成了细卷儿，棉秧苗儿上的腻虫起了一层又一层。农民们眼巴巴地望天恨天。忽然一日某刻刷刷刷下了些许的甘霖，人们心头忽忽地热了，眼角淌出了泪花。枣树下的老太太，一边迈动着解足脚，一边叨叨念念："春雨贵如油，春雨贵如油呀。"走十几里山路去播种，晌晴的天上，乌鸦鸦的密云滚上来，丈来高的岩石都被遮没了半截。如同托不住水的纸哗啦啦破了，倾盆大雨眨眼就下来。这哪里是天上下雨呀，简直就是司雨的什么顽神，对着你的头皮直接浇水。这时雨就是你，你就是雨。嘎啦啦轰轰轰的低闪滚雷脆麻雷，就在你的头上脸上身前四周抛甩爆炸，窜闪划绕。你走也是炸，跑也是炸，蹲也是炸，爬也是炸，炸着了就死，炸不着就生。

此时此地，华北平原和长江中下游平原常见的雨碰泥土、“霏微雨”的意趣韵味，全都不见，而只存有一种事实关系：水碰山，水碰石，软碰硬，阴柔碰阳刚，皆皆坚坚的一派生猛脆硬的山雨声。什么杏花雨、梅子雨、潇湘雨、乌篷雨，在此都一变为金戈铁马钢甲，峻凛亢奋苍怆；丝竹弦歌，一变而为清一色的铜管军乐，鼓钹号镲，雄浑吹奏，伴送你凯旋。

从长长的鱼脊山道上走下来，雷火球一路地跟下来，沿途不断见绞刀般的闪电，劈掉树帽树冠，不断有山石被冲下深谷，回声还没有发出，就被山洪声抹平。

咣当一下，鬼门关被撞响又关严。

走下暴雨酣畅的燕山麓，我们还是往南去，去寻找较为柔和的雨韵，恰如听交响乐、协奏曲，听过快板、急板，该听慢板、柔板。

王禹偁《黄冈竹楼记》：“夏宜急雨，有瀑布声，冬宜密雪，有碎玉声。”深得自然音响之妙，使人想象宇宙如大琴，生命如天籁，无不可以拨动、叩响、演奏赏听，共鸣以至于自鸣。可以专心致志地听一处，也可以茫茫漫漫地全听。嫌竹楼听雨听雪朴真不足了，可以去珠江之滨听椰实堕地，听午夜芭蕉雨。可是还没容我们动身，早就有沈周写好了的《听蕉记》。且听他录制给我们的蕉声原版：匝匝嚓嚓，剥剥滂滂，索索淅淅，床床浪浪……

南粤的雨是芭蕉的雨，木麻黄的雨，鱼尾葵的雨，广香兰的雨，菠萝树的雨，台湾相思树的雨，印度橡胶榕的雨。本来就水满的宽浑的珠江，一阵滂沱，江水几乎于岸，更加宽阔泛漫。铁锈斑驳的各色机船，在缆、桩的牵制下，拥拥荡荡拥拥，寂寞而无奈。长岸与长林互衬，雨声和江声共语。

湖边密植的印度橡胶林，集南国的热力与凝厚于一身。墨绿墨绿的一堵高墙，晶亮浮泛着蜡光，滚动流转着水珠。肥厚阔挺的一片片长圆形大叶，一年四季幽聚、散发着亚热带的激素和情欲，投射下近乎大提琴室内独奏的浓重影调，使人疑幻其下或可有曼妙女郎飘然转出，与你交谈听雨，登舟泛湖。

怪怪的广东雨，是位不速之客，说来就来，说走就走，如同洗澡间的沐浴喷头，有与无只在一拧之间。怪怪的广东雨，大时雨柱粗如麻秆，小时竟细到藕丝的程度，简直是从绢上筛下的一般。湖山草树，倒扣的木船，全像在一层薄极薄极了的纱中，全世界至今还没有织出这样的婚纱呢。这时节的景物和你的心影，都成为无声的默片，步履如走在黄山的云海。“不敢高声语，恐惊天上人”。更生怕不经意碰破了嫩柔纱，处子的佳期。

笔尖到底还是碰到了黄山，那可是我十几年来不敢涉笔的畏途。时至今天我还依然不解，当年漫游黄山道，究竟是在像广东这样的藕丝雨中呢，还是在翻腾游走的云层中呢？

那谁都想画好写好的首屈一指的黄山，是仙境，艺术永恒的题材，其雨境当推为雨景之圣。捏着凡俗笔杆的我，还是退避三舍，只把它留在梦里吧。

我心头的中国雨！

1996年5月8日

熏　风

春日阳和，熏风弥漫在城乡的空气中。古有“迎熏亭”，熏风是不迎自来的，蒸熏得天上地下的一切活的有机的颗粒、物体，微生的、宏生的，全都膨胀分蘖，蓬蓬勃勃发出无声的欢歌，以一夜一变的绿声势，缤纷光影，哗闹喧嚣于天光丽影之下，誓师于一年一度的光明季节。

阴霾与沙尘十分知趣地退走了，柳絮杨花准时地出来，将轻飘的不定的妖娆散布在城乡上空。“春城无处不飞花”，无处不飞的是，将春天加以固定加以强化的强韧的自然意志，以及万物成功葳蕤的宣言。宣示种子的力量，宣示根系与枝丫的力量，宣示季节时令的信用，它的如期而至，宣示生命内部的全部规定性的力量，宣示太阳普照大地生生不息的力量，宣示不朽，宣示宇宙生命的美丽、荣耀、不可磨灭以及一切扼杀性力量的最终无用。

在熙和的明媚里走路，连鞋尖上都是沾着花粉的，连眉梢上都是荡漾着杨柳柔风的。更别提春山深处的杜宇声声了，更别提琴匣子里捺不住春讯的弦索了。走过琴房，琴房传出《春天奏鸣曲》的旋律。走过音乐厅。里面正在彩排《春天交响乐》。舒曼在信中说：“此曲的创作动机发自春意，这是自然界的神力。人无分长幼，一年一度，皆受其激荡。”

我的心随同柳絮飞花狂驰到原野。原野的泥膏这时松软膨胀得流油了，抓一把芬芳蒸蕴的春土在手里，闻一下就叫人心醉。大地的发育一切丰饶植被的伟大体气，就在这一嗅之间冲入脏腑，使你终生强壮，与天地共荣。

春耕的鞭声划开田野的空旷宁静，犁头走出的翻花的湿土黑壤成万道新浪。布谷鸟唱这个村庄又唱那个村庄，唱这个山麓又唱那个池塘。而匍匐了一冬天的冬小麦，从妥协的隐忍的休眠中醒来，打着舒展，挺直腰身，迎风抖开了自己的小袖，以草原般的宽广翠色笑傲苍天。

那年由一股疾风刮至檐下的一粒苹果籽儿，如今已长成了一棵小树。它那仿佛上了蜡光的小树干，隐隐泛出果青色，仿佛要告诉你它生来就是要长苹果的。它那疏密有致的青绿带鹅黄的大大小小的叶子，把自己长成了韵味十足的春意代表，叶子上的那些纤纤的小绒毛儿，把无限的娇意嫩意渗透了出来，那一线线一丝丝分布得极其优雅和谐的叶脉纹理，真比画上去雕上去的更精致百倍，一片一片叶子地观赏下去，就让你比参观一座美术馆还赏心悦目。大马蜂围着它飞翔几圈儿走了，金蜜蜂在它头上悬停了片刻也走了。它还小着呢，还不到顶骨朵儿开花挂果的年龄。蹲在它底下观赏它，它看上去还真像一棵婆娑大树呢。

那一年年不管天多干多旱，多缺雨少水，只要准时准节细密出土的都死不了，这时就都像红蚂蚁似的把土坡土坎糊了一层，比它们还心急的马莲菜、车前子，抢先将自己的小绿叶瓣拱出地皮儿。心更急的野牛草，一出土就蹿成蚂蚱腿长的高度，急急火火抢点阳光和空气，它们知道最没人疼怜的就数它们，它们得为自己争抢生存的空间。

人们管死不了叫死不了，是从它生命的强韧来说的。这名字真正的朴实无华，就像平民家孩子的小名儿一样。可它开出花来就叫太阳花了，日出而开，日落而歇，每天早晨都奉献新花，绝不把老花儿拿出来对付事，绝不把开过的花苟延到第二天。红的、黄的、白的、粉的、正红的、橘红的、浅黄的、正黄的、黄中夹粉线或夹红线的、重瓣的、单瓣的，迎风颤动，嫩得人心疼，又不会被风扯破。

“山下兰芽短浸溪，松间沙路净无泥”，兰芽短浸的溪边是漫漫铺排的勿忘我，净无泥的松间沙路边，连春带夏盛开着连陌带渚的紫花地丁。

心魂就这样化作杨柳花中的一朵，在好春光的熏风的蒸腾中欢欣飘行。一刻俯临到江头，“春风春雨花经眼，江北江南水拍天”。一刻俯临到江河入海口，“云霞出海曙，梅柳渡春江”。一刻俯临到苍鹰的岩窠，“春晚绿野秀，岩高白云屯”。一刻又俯临到浅溪流花的幽谷，“啼莺舞燕，小桥流水飞红”。白羊游移于巅顶，青驴踏蹄于山涧，松鸡于密林深山喙食籽仁，蜜蜂安落到羊角上歇息，又误绕着鲜艳的鸡冠子寻花粉。

熏风熏风，熏风熏蒸得游商贩似的野蜂子嗓子眼儿痒痒了，于是它们城里城外、山上山下、溪头溪尾，串联个不停，跟柳絮子比动感，跟衔泥燕比勤快，跟纺织鸟比编织春光的能耐。于是蓝天绿野为幕，黄的是飞蜂，白的是飘絮。于是午夜梦回，就有雁阵横空，雁叫声声，就会有热烈的春雷震响于天庭。

2001 年 4 月 18 日

曾在池塘边

我当知青头一年住的房子，位于村西池塘边。塘边的几块大石头，成了我们乘凉闲坐的凳子。可这凳子三九天冰腚，三伏天正晌午炮腚，其余时间坐之，还算惬意。

目光越过池塘而望，是迎在村口的一片小杨树林。春枝芽胀，努出万千嫩尖芽，转天便是鹅黄浅翠的一大片。天色向晚，一轮老大的夕阳落进杨树林，半拉在林中，半拉在梢上。一声鞭鸣炸响了田野，寂静的更寂静，燃烧的更燃烧。彤日深处，走来荷锄归村的农人的剪影。

月亮上来得突然，抬头便碰上鼻子。傻大的一个月轮，说不定会从哪个山岔上跳出，哐啷一声宣告一个好月夜的开始。接下来便是无限的柔光媚影泻落进池塘。几声雁叫自霄，鱼儿起劲地摆尾，月亮盘子就分成几瓣了。石河对面传来饲养员遛牲口的步履声、马蹄声。夜幕里他叼在嘴上的旱烟的火头，像个游魂似的忽明忽灭。比卖布人的吆喝声还响的驴嘶鸣，像把大剪子把村庄一剪两半。

附近场院的铁匠棚里炉火熊熊，打铁声从白天响到夜晚。火光前，抡锤掌钳的汉子都光头赤膊，大锤小锤此起彼落，叮当叮当叮当叮当……嗞啦啦一股白烟腾起于淬火的水上，一件农具便算打成了。成品上铸着铁匠的姓氏。

铁匠的肌肉是真正的肌肉，铁匠的汗水是掺火的汗水。铁匠棚的红光映上场院墙，映上夜空，是法国画家保罗·汉特的石版画《马蹄铁匠屋》的意境。有所不同的是，汉特石版画的气氛是凝重甚至旷凉的，而那年初到乡村的我的眼中的景物，却是田园牧歌化的。与其说是我看池塘，不如说是池塘装饰了我的梦，铁匠棚的打铁声，刚好给我的梦配上了音乐。

我插队第二年夏天的一个傍晚，池塘水面上乌云滚成一团，浓如泼墨，一个手牵小孩怀抱小孩的妇女突然栽倒在塘边。刚刚她还跟我打招呼说话来着，眨眼间就撒手人间了。方才曾听她跟人说她感到胸闷。

她的丈夫，一个胡子楂如刷的男人，挓挲着两手，双眼望天，从村外往村里跑，在池塘边上转着圈痛苦吁天。闻讯而出的乡邻们交头接耳地叹息："好好一个家，转眼间就完了。"

这桩事和那天傍晚的乌云，在我心头和池塘上空镀上了阴影，原先诗意化的乡村景色，变得寻常写实起来。每天披星戴月的大田劳作，把我变成了一个与自然条件、生产条件苦斗的农夫，并开始认识农村现实和乡村政治，对中国社会结构及性质的思考，开始占据我的脑海。这时期，我看池塘就是池塘，看杨树就是杨树，夜半听犬吠驴鸣宿鸟啼啭，也习以为常，不那么文学了。一度我曾经因此而怀疑自己的文学感受力是否受到了戕害。

冬夜里我和同学长时间漫步村中，然后走出村外，穿过树林，走出很远，直到望见其他村庄的灯火，才慢慢往回走。当年我们这些默默无闻的青年，常在一起讨论天下大事，谈论一知半解的哲学、经济学命题，当然也谈自己把握不了的日后去向。

回到村西，我们再次驻足池塘边，长时间地望星空望皓月，望泛白光的冰面，望瓦蓝夜空下的寒气袭裹的村居房舍，冬树黛岚。月亮像被冰块打磨过了一样，明净而冷硬，似乎伸手一摸就能将人手吸住，成为定格。我们身处活人栖居的区域，却恍如置身广寒之地。

土坡是邦硬的，土坎是邦硬的，土墙是邦硬的，大路小路是邦硬的，池塘冰是邦硬的，山影天空，连同脚上的翻毛皮鞋，连同鞋里的脚趾，都是邦硬的。一只记错了时辰的芦花公鸡，刚啼了半声，便嘎巴冻断了。

这是使人涌起无限情思畅想的北国的深夜。世界被三面山屏住，又为一面平原敞开。心绪攀缘上山峰，又顺着山势滑下。星空辽阔，空气冰结，寒气肃杀、阒寂、彻骨，似有无边的冷焰在静烧。农人们睡着，铁匠们睡着，鸡犬猪鸦驴马骡牛一律地睡着。游思之花静静开放。在此天地间我在心里放声啸歌。

我最后一眼看池塘，是在我返迁回城的那天。那天中午我在伙房吃完午饭往回走，远远看见塘边停着辆吉普车，我知道这是来接我的。临上车前我略作停顿，一一扫视周围熟悉的一切，直到确信它们不会从我的记忆中溜掉。

我歌唱我童年时候的欢乐

乘坐在匿名的列车上,仿佛穿越了很远很远了,仿佛丢失了许多许多。

我曾经在哪里呵？这里是哪里呵？这样一个没有标志的、转辗不出的角落。

我想起爱伦堡有趣的书名:《岁月　人　生活》。

当知觉的潮水打湿沙岸,心的小鹿在榛丛间复活,我就由壁上开凿一个孔,窥我记忆深处美丽的童话,我那童年时候的欢乐。

那时候我是一个没有忧虑的孩子,疯玩儿的身影像条欢快的小河。

铁道边上,楼外野地,铁丝网圈起的积物场,都是我出没流连的王国。

那斜斜的梯形的碎石块儿的路基啊,那长长的弯过去虹样的钢轨和钢轨下排开去的木格……

那是怎样清鲜的野艾的气味啊,那是怎样的滚亮瞳睛的朝露和露下丛杂青葱的草色……

那是多少回挂破我衣衫的铁蒺藜啊,那是怎样荒凉的散置生铁块儿的积物场和锈铁间长蘑菇的木垛……

……远远的小山子在钢轨上敲,这一头我把耳伏上去听……听着听着跳起身猛呼叫:火车。纷纷的弹球样跳跃下路坡,又追着火车跑到桥下看铁轮滚过。

哐当当……哐当当……哐当当……哐当当……心要蹦出嗓子眼儿，手指紧堵进耳朵……

……提拎着用铁窗纱做成的笼，蹑着足在野地里捕捉。草尖上低飞花老道、蜻蜓，草棵下走动蚂蚱、蝈蝈，觑准一只大蚂蚱扑下去，慢慢地移开手发现给它跑了。抬起一双懊丧的、茫然的眼睛，旋转身复向四下里搜索……

……哦，多么亲切的铁锈味和腐木味儿啊。在那附着菌类的潮湿的板垛内，有我和小山子、小跃掏成的窝。那是我们一块一块掏成的密室，三两道白亮光由板隙间射入。在里面我们分吃饼干、水果——从家里偷的。支出来的板尖尖有时戳破前额。我们细细地咀嚼、哧哧地笑着……哦，多么好啊，我的灿烂的星空啊，我的童年时候的欢乐。

那时候我是一个不知痛苦的孩子，活像顽皮的山猴带哨的鸽。

依稀还记得小时候的保姆，她头发总那么一丝不乱，呢喃的吴音总像催眠的歌。3 岁的时候她离开了我，走的时候她哭了，而我却什么也不懂地傻乐。

有一天母亲在地上摆了两个方凳，叫来了楼下的小山子和我，发我们一人一块小黑板，教给我第一个词：和平鸽。有一天奶奶用梳子蘸水，给我梳了个小分头儿，母亲给我换上件灯芯绒夹克。她们领我去给女老师鞠了一个躬，老师一手拉我一手在我头顶轻轻抚摸，然后亲切地领我走到正中一排课桌……

那时候我最爱玩儿骑马打仗，我背着你，你驮着我，东边一阵，西边一拨，发一声"冲啊"，就开始了揪扯。不是上午撕破衣袖，就是下午磕青胳膊……

那时我还爱玩弹弓，远远地立一个瓶不停地击射。有一回打碎了人家玻璃，吓得我一溜烟儿躲进了厕所……

那时候我梦想飞檐走壁，常翻到楼栏外扬扬自得。直吓得母亲一脑门惊汗，不敢高声呼叫，只能低声劝说……

那时候就连打架都是快乐的，说不清为什么就动起手来。王八拳、大背胯，又凶又恶。于是就有好几天，我不理你，你不理我，然而说不清怎的，一下又讲和……

哦，多么好啊，我的灿烂的星空啊，我的童年时候的欢乐。

那时候我是一个未识悲哀的孩子，是清晨雀群中最纯真的一个。

伙伴们每天都相约着上学，散学后做功课又围坐在一桌：山子、燕生、增辉、义德、陆红、佩芬、茹萍、玉娥。

有一回，玩沙土老师留下了我，山子、义德也陪在一边静坐。老师问放学后为什么不回家，他们起立回答，不能光留下他一个，玩沙土的还有我、还有我。

有一回，茹萍让我看她的腿："我是蛇皮腿……我妈这么说。"她说，"多麻人呀，你摸……真的呢，你看看我呢。"

心都是水晶一样纯洁透明，不知道什么叫戒备、隔阂。进校前大门外齐跳猴皮筋，女同学、男同学、一个个蹦来一个个跃过。那样难忘的中午的太阳光，才是我见过的真正的金色。

我忘不了第一回戴红领巾的喜悦，我忘不了拿成绩单时心情的忐忑，忘不了小跃给我看小人书，忘不了小小儿借给我厚小说，我忘不了男孩儿们女孩儿们，围坐一圈玩丢手绢，队日晚会齐唱："时刻准备着……"那样难忘的高悬的中秋的月亮，才是我见过的真正的银色。

如今，乘坐在匿名的列车上，在这样一个转辗不出的、没有标志的角落。当知觉的潮水漫漠上沙岸、心的小鹿奔跑上山坡，我就启开我久已不会歌唱的喉咙，歌唱我珍藏的童话，我那童年时候的欢乐。

那是我心间的自由的星空啊，那是我永恒的快乐的天国。

聆听生之韧力的鼓荡

今天是阳历11月17日，距农历的立冬已经过去了10天，秋天已成过去，冬季已经来临。起风的时候，有树叶在空中飘，是风卷残叶的景象。

我家阳台上没养一盆奇花异草，夏天有个七八盆自生自长的死不了怒放争妍，一个大花盆里是一株由苹果籽长成的小苹果树，在那里绿叶婆娑着。秋天自不必说，到了这立冬以后的节气，死不了们还在那里红着茎，绿着叶，开着虽然变小变团缩，但依然红是红黄是黄的小花儿。

正晌午我面花而立的时候，有不紧不慢的瓢虫在阳台栏杆上下飞进飞出。忽然一只身上带黑花纹的蜜蜂飞落到死不了的花朵上，东落一落西落一落，瞅准一朵朵大的花儿，它落上去有顷，不知道忙些什么。它那对被明亮的日光照耀得亮盈盈、又透明又反光的薄翅，真给北方的初冬增添双倍的生动。

那株小苹果树可是我的心尖宝贝儿。一次我吃到青皮甘甜的印度苹果，以为是上品，便埋下了果核。我是眼瞅着它由一个小嫩芽儿，一点一点地长成今天这般光景的。看着它静立在冬季的寒天里，就像看着一个没衣服穿的小男孩在户外挨冻。每年的冬天我都担心它会被冻死，可是每年的春天，它都报我以满枝的新嫩。先是鹅黄，然后是嫩绿、浅绿、翠绿、油绿，健旺活泼得像个小犊，气味清鲜得像少女的发肤。

我期待着它有朝一日受孕开花，在我的窗子外挑起灯笼。

苹果树的根部周围，由春到夏到现在，密生着我管它们叫三叶草的小植物。几日来，它们每天夜里都要经受零下好几摄氏度的气温，可它们依然崭绿崭绿的，直挺挺地蓬勃在那里，开着几十朵小黄花，让人赞叹它们生命的劲韧，生命精神的激荡。它们丛簇着如同乐池里的管弦乐队，在阳光的辉煌下向我高奏着凯歌。它们还朝天擎起了数枚小宝塔形状的籽荚，这是眼前的活力同长远的生命计划的精致的组合。

那年去郑州的时候，我见过成片的这种用三叶草种成的园林绿地，农学家说它们不怕压、不怕踩、不怕干旱。又忆及朋友讲起死不了在农村被叫作瓦鬃，它们长在房上的瓦间，没人给它们浇水。他说乡下人把这些死不了拔下来，挂在屋里，它们用根吸收空气中的水分，照样开花，是名副其实的死不了。

一时间，我觉得我的咫尺之地的小阳台，是生命歌舞的豪华舞台，是生命意志磅礴的高地。而我自己就是置身在了宇宙生命的大链条大氤氲当中，正感受着那副大发条的劲力，聆听它的妙响。

2001 年 11 月 17 日

阳 光 味 儿

心情与天气的关系在我身上体现得最为显著。在阳光特别灿烂的上午,我的心情一定是欣欣向荣的、洋溢欢快与美感的,我心间敞亮如天堂,通畅如天街,明媚有如天上的花园。

冲出城区,越过田野冲上山冈,冲到河渚、沙滩,冲到菖兰与雁来红争荣的向阳的坡上,恣情沐浴,与长风共舞,久立久坐或者缅怀,让来自九天之上的至真至纯的大光明、大和煦,将我晒透晒熟,晒出庄稼瓜果的醇香味儿。

阳光味儿才是我的本色,才是我的本色的气息与亮度、色彩与质地。我从空气中嗅阳光,我从土壤山体上嗅阳光,我从树木裸露的粗根与叶脉上嗅阳光,我从枣骝马的鬃毛上、红蜻蜓的薄翅上嗅阳光,从谷穗、玉米穗、槟榔上嗅阳光,从柳岸、荷风、喷泉、虹影上嗅阳光,从白帆拉长的云彩与海浪线上嗅阳光,从少女的乌发、粉红指甲的反光上嗅阳光,从所有为太阳明媚了的眼瞳与歌声上,嗅我的万古普照永不吝啬的阳光。

阳光是父性的兄弟般的无所不在的。阳光是什么味道呢?让飞在高空的纸鸢和飞机机翼告诉你吧,让马上要被采摘的棉花与晒热的棉被告诉你吧,让干燥的松木、榉木、橡胶木告诉你吧,让黄土路上的马蹄印和金黄的麦秸告诉你吧,让寂静山川的起伏重叠告诉你吧,让婴儿的午睡与山狸的倦眼告诉你吧,让星形的石榴花与馥郁的栀子花告诉你吧,让少妇的体香与牧童的幻想告诉你吧,让振翅欲飞的花瓢虫与长空雁告诉你吧。

秋耘过的沃饶的田野上，畦埂井然，成千上万只饱蘸着天风与艳阳的大雁，密布起落于平壤之上，仿佛在辽阔的舞场上演出。这些黑羽的、灰羽的间杂着白羽的、善翔的天空主人，从南到北，从北到南，追逐着日光的热力迁徙，追逐着日色的浓度与深浅旅行。

阳光的女儿是单眼皮的，很薄的眼皮，很薄的嘴唇，穿一件天蓝色的上衣，温静而富于神采。她小步溜丢地跑来迎迓我，以一弯浅笑，她盈盈融融地望我，以细软的轻音唤我。她招手浅笑，盈盈如溪畔的紫槿花枝。

她小跑溜丢地朝我跑来，穿过春夏，穿过秋天的树林，出现在沃野的中央。瞬息间大地哑静。片刻后雁群如飞雪翔舞于她的周身四外。

1999 年 4 月 18 日

活着万岁

我每一次走出苦难之后，都会从心底涌起对生活对人生的挚爱。平常看着那么不入眼、那么不屑一顾的种种，这时突然显现出它们的新面目。对于一切入世的活的存在，我都另眼相看。

年少时读车尔尼雪夫斯基的美学论文，没有真当回事，现在重温他的“生活即美”的定义，感到颇有共鸣。这不是一般的学术推论，而是从经历中从感悟中得出的判断。从九死一生、漫漫磨难中走出来的人的眼光，不再是苛求的、厌世的、虚无主义的，他这时觉得能跟世上一切属人的活的人和物在一起，已是莫大的幸事。能像他们或她们一样行走坐卧，说话做事，心存愿望，已是莫大的幸事。这时候的他心存感恩，感恩于草叶、花朵、枝干、茎蔓，感恩于阳光、土壤、心灵，感恩于躯体活着并且健康，感恩于自己有一条命在，还有时间去完成自己的志愿。

从九死一生、漫漫磨难中走出来的人的眼光，是开放的，乐于肯定、乐于赞美的，此前他反感的一些东西，如今在他看来都是美好的。他觉得刮风、下雨、打雷、打闪是美好的；奔驰于夜深人静的火车拉响的汽笛是美好的；孩童的林间喊叫哭闹是美好的；产妇的大汗淋漓的分娩嚷叫是美好的；黎明前汽车的报警器的突然鸣叫是美好的；武断男人的暴跳如雷、气急败坏是美好的。甚至商人的利害盘算，小市民的急功近利、狡黠心计也不算太坏。因为你只有活着，一息尚在，才能演出这些情节。

被人遗落在路边的一只芒果是美好的,它在热带地区经历了一个完整的生长期,由青涩长成香甜四溢。在穴口上营造起颗粒均匀的环形小土包儿的蚂蚁是美好的。它们寻寻觅觅爬来爬去是美好的。它们活着,知道自己需要什么。小商贩的求生存的吆喝声是美好的,人们鄙夷"人为财死,鸟为食忙",忙着就是美好的。

枝叶在月夜婆娑是美好的。小草的迎风抖颤是美好的。豆蔓的伸展盘绕是美好的。鸽子的咕咕叫拍打翅膀是美好的。妇女的大声喧哗说长道短是美好的。赶潮女孩儿的时尚装束花枝招展是美好的。飘散于街尾的油炸食物的香味儿是美好的。嘤然飞过的七星瓢虫和夏日野蜂是美好的。远处工地上的施工声音,那长臂入云的老吊车是美好的。一切年轻的、建设中的事物是美好的。此时此刻,我的心境是美好的。活着真的是太好了。甚至做一个活着的坏蛋,都自有其滋味儿,跟死比起来,那可真是强百倍。甚至苍蝇、蚊子这些害虫,在生的意义上来说,也是美好的,它们的生的能力、生的意志,十分的不凡。

活着就比死了好,生永远地强过于死。我此生将做生的歌者,直到最后的一天。我将以在苦难中获得的对于世界的热诚,回报世界以炬火。

活着万岁!

2001 年 5 月 9 日

千古的雪

我走在大雪覆盖的桥上。

飞猛的雪落在TC布面的羽绒服上，沙沙有声。这是元旦过后的第一场像样的雪。民谚：雪花大收棉花。真是好意象。此时当我一踏上这座宽阔、绵白、润爽的大桥，即刻就置身于一种壮阔洁白热烈的氛围情愫之中。虽然脚下雪地已被他人走过，但自家脚掌按上去，仍然感到极其松软棉厚，给神经和心灵以极大的娇柔。我知道，一种被称为浪漫抒情的心境，已经不可遏止地弥漫开来，在寻找自己的形态和调子。

一对依偎而行的少男少女从北岸的坡上走向岸堤。突然女孩儿一声惊叫，俩人滚下雪坡，随即腾起开怀的笑声。二人中不知谁先发动攻击，于是打起了雪仗。投掷与谑笑纵横起落，并不时扭扯翻滚在地。远远望去，宛然搏戏的两头小熊。

眨眼之间，像从十字转门转出来的，双双对对情侣夫妻从我身边走过。经过生人跟前的时候，他们的手虽然拉在一起，但却尽量走得稳重规矩；眼睑向下，表情漠然甚至古板。但是走出一段距离后，自以为脱离了陌生人的视线，便正式依偎挤靠，使身姿步态呈依里歪斜邪状。忽然男的蹲身攥雪，女的娇嗲叫嚷："我知道你会这样子的。"于是追逐投雪的镜头再次开拍。

我想，这样凉沁感人、普天洁白的日子和时光，大概永远是人类内心的一种暗中的企盼、事先的默许、自不待言的启拨、不约而同的宣泄，都是呈示情感的契机和舞台吧。

每年遇雪，我都由中国的雪联想到更北方的雪。很久以前我就有个梦：去看一看西伯利亚和高加索的雪景，看看那里雪原雪岭中的白桦林、菩提林、老橡树。想来，这大约是得自俄罗斯文学。

上中学时就读过普希金的《驿站长》、《上尉的女儿》、《叶甫盖尼·奥涅金》。那些发生在风雪他乡的故事，披着俄罗斯大围巾起来的纯情果敢的北方少女……她们确立了我最初的审美基调。那位高歌礼赞"白发的高加索"的旷世天才的激越而忧郁的诗篇，曾经为我排遣了整整一个冬季的无助苦闷。于是他和另一位早逝天才舒伯特一起，成为我青年精神血肉的一部分，永不消逝的青春偶像。纵情眺望延伸向远方的皑皑中国河川，耳畔油然丁零响起列夫·托尔斯泰笔下乡村冬夜马拉雪橇的悦耳铃铛声，喧播起雪橇上拥坐的俊男淑女的说笑；仿佛听到屠格涅夫的长筒靴踏雪的吱吱声，猎枪别断干树枝的脆响……嗒啦啦嗒嗒，1918 年，彼得堡，勃洛克的积雪……沙沙而落的帕斯捷尔纳克和巴乌斯托夫斯基的细雪……这些以雪霰、雪片为背景的俄罗斯叙事诗、抒情诗的河畔与树冠，涂抹上列维坦橙黄如火的颜料……

而此刻，雪落在中国。

夜幕像灰蒙蒙薄明的大床罩降落在万里皆白的中国城乡。一格一格的窗户内，正是人们团圆晚餐或者坐到电视机前看《新闻联播》的时间。节日的余烟仍然不绝如缕，居民区方向不时传来爆竹的钝响，悬留一刻，即被亿万朵雪花像海绵样吸收，转入长时间的岑寂。桥栏的线条，河岸的边际，会忽然在你的凝视之中由朦胧而鲜明起来。无论远景近物，你在心中都可以触摸它们。于是，似乎有淡粉色的微焰与微光，遍生于四外，冷中蕴热，有芳草天涯之势。

我走在洁白的河岸上。

"爸爸,下雪了!"今天下午伏几准备明天期末考试的儿子,突然抬头望窗欢呼。他登上沙发隔玻璃观望远处路口的红丫绿童,兴奋地嚷:"爸爸,有人在雪地里玩儿。"少顷,他无不焦虑地问,"爸爸,你说明天雪会化吗?"我说:"明天雪也许根本不停呢。""噢……"他稍稍放下点心。

"明天我们上午 9 点就考完试。然后妈妈、你、我咱仨去玩雪……可是……人会把雪踩脏的……"

这令街道、楼群、帽檐、汽车顶棚、郊区麦地,一律白皑皑白绒绒的天降的美意,在一个 8 岁童心上激起的幻想和热情,真是难以估量,而一个小学生和自制力竟然这样的坚强,怎不令大人感佩和悲戚?我知道,两种相反对的东西,一定在一颗小心灵中冲突、搏杀。

我深信,儿童与雪的关系与成年人不同。他与大自然是天然谐调一致的,不存在什么"童心复苏"、"从异化回归"。但是分化破坏的力量,在他被推入社会化道路的最初阶段,就已经在起作用,这怎不叫我一个过来人扼腕悲哀?我真想抢下他手上的课本掼掷于地,拉他奔入雪乡的童话。

"爸爸,明天雪不会化吧?"

我曾经在一首诗里写道:"雪花洒落得这般均匀,世界静悄悄地呈现洁白。脸颊接受一次雪花美妙的触抚,你的心难道不会突然融化?"生活在一个机械的、技术的、实行精密的等级管理的社会里,生活在这个迫使人们的体力和精神,流向物质的生产与流通的框架里,许多人的内心深处,似乎都隐隐地盼望某种解脱,某种抒情的单纯,某种偎于美丽母性怀抱的可能。

雪,这是一种内化了的心境,一种使烂熟乃至厌倦了的环境,彻底变个样的魔法,一种与纯洁灵魂和谐印证、交相辉映,使有罪灵魂良心发现,暗中震颤忏悔的时刻,一种与日常的奸诈、权谋、贪婪、操纵、恭谨、服从、屈辱、挣扎、附庸的奴性,等等,截然两样的存在。于是,被覆盖的被压抑的,呈现了;麻木掉死灭掉的,苏醒复燃了。呼唤发自深处。

此时此地,即便是那绝望于人世,哀歌“我走到了人类的尽头”的早夭的诗人,也当喃喃一句“我宽恕”的吧?

我走在洁白的河岸上。呼吸。

在这个侵蚀消钝青春活力和精神活力的时代,灌注着公开的或隐蔽的支配与被支配的法则的时代,我不能不问:我是谁?从何而来?那个18岁、20岁奔走于滂沱山雨、漫天飞雪中的热烈青年,还在吗?当年那稚拙然而意气风发、豪情洋溢的诗歌血液,还流注在他今天的血管里吗?

总还记得清晨即响,将我们催进深山沟壑的铧头敲击声……那年入冬第一场大雪刚落,村里的人们天没亮就进山整地,十几里路走下来,天才刚麻麻放亮。山麓之下、榛林之间,光线是蓝瓦瓦的,雪地是蓝盈盈的。急雪大片大片飞舞,哇哇地横飘竖落,这是岑参的雪、高适的雪、李白的雪,这是《雪赋》的雪、《胡笳十八拍》的雪、《林冲夜奔》的雪、《雪山羁旅图》的雪,这是萨都剌的雪,耶律楚材的雪,《沁园春》的雪,柴可夫斯基《冬日的旅行》的雪,这是1975年冬天的我的雪。

1975年冬天,我身上穿一条旧绒裤、一条蓝布裤和一件旧棉制服,头上戴的是父亲用过的旧呢帽。铁锨起初还扛着,后来夹在胳肢下,双手紧插进衣袖筒。

同行的几人一言不发,嚓嚓嚓地行进在山坳里……

晚来与同屋伙伴围炉烤馒头。皮一焦黄,香味冒出,便小心而熟练地掰为两扇,抹上炸酱,趁着热吃。满口煳香酱香淀粉甜香,让人误以为做了神仙。

这样烤着吃着聊着,不觉间,两斤馒头只剩下一个。踟蹰良久,再烤半个下肚。形只影单的另外半个歪倚在小布袋里,留作明天的早点。

喝着小铁罐烧开的水,想起白居易的小诗:“绿蚁新醅酒,红泥小火炉。晚来天欲雪,能饮一杯无?”山区的井水胜酒。“那些遥远于岁月烟云的/曾经活生生的生活和联想/所有这一切可还属于我么/可还能熔铸我今日的风骨和力量吗?”

1993 年的足迹印在 1993 年的雪地上。

等距排列的烛焰式的街灯照耀着。从豪华商城餐厅的水晶玻璃窗,透射出幽幽的粉蓝绛绿的光影和钢琴声。巧妙搭配的光色印在雪地上,即成神异,琴曲激起遐想。三角墙。螺旋形铁栏杆。乡村教堂墓地。碑文。蒿子。监狱。这是陶醉了流浪汉苏贝的赞美诗么?

忽然想到火化后的骨灰颜色与雪色相同。于是思忖:将来死后请安魂公司用直升机把骨灰撒在雪山之巅,岂非相得?较之于埋入土壤、陈列于灵堂、扬入海涛以至于给潜水员沾一身骨粉,不是更近胜境吗?

百年后我们会纷纷扬扬么?

1993 年 1 月 28 日

春城无处不飞沙

户外又是遮天蔽地的风沙天气，呼呼呜呜的吼哮声要掀掉你撬开你的耳鼓和头皮，城市仿佛要被撕成碎片满天飞舞，横飞、直飞、斜飞、倏飞、疾飞、突飞，忽上忽下，抖出胡七八扭的曲线地飞，全然没有规则和来由地飞。

那些在半空中如水母、章鱼般不住地变形绞扭颠倒会飞的塑料袋，在这样的风天里，个个如同神魔附体，运动不停，翻腾不息，奇姿怪态环生，恶意而又恣肆。白塑料袋飞行着，红塑料袋飞行着，黑塑料袋上上下下兜飘着。一棵大树上挂着三五个破塑料袋，猎猎飒飒萧萧，条条缕缕析析，加强着风沙的吼叫，树底下就差着坟头了。

这时节连鸽子、连城区里无处不在的麻雀，全都停止了飞翔运动，蜷缩在阳台的笼子里，屋檐的深处，怕被怪风折断了翅膀，迷瞎了眼睛，被猛刮到楼墙上、烟囱上撞死。

曹靖华曾以苏轼“春风无处不飞花”的诗句做自己散文的书名。飞花的日子是有的，飞沙的日子更多，赶到花与沙一起飞的时候，可就是春城无处不飞沙了，满头上又沾柳絮花又沾花粉又沾沙土，乌烟瘴气。还有什么散文心情、诗意心情？

8 点钟以后便扎进厂房、商场、写字楼的人们，暂时地有福了，他们至少可以在白天的 8 小时以内躲避大风沙尘的涂鸦，直至下班铃声响起。那些躲进各式各样汽车里的人们，暂时地有福了，那铁皮的车身、透光的玻璃，给他们穿起了临时的防风衣。他们可以在里面听音乐，听电台广播，可以几个小时不停地在路上转轱辘，可以泊在某个停车场上摇紧玻璃，与风沙隔绝，合眼小憩，前提是得没有上司和老板盯着你。

别开门，一开门你的眼眶就会变成一对沙窝，你的嘴就会灌满沙砾。打开电视机，那搽抹得油光粉亮、一尘不染的播音员，又在报告说这是今年第几次的扬尘天气了，又报告说北京申办奥运会的进度如何如何。

一架飞临上空的国际航班，离地面5000英尺，黄团在下，机身像一把刀尺斜划下来，倚仗着电脑导航系统降落下来，呜隆一下舷窗昏暗，如坠乌云之中，银灰光滑的金属机身，顷刻落入了沙尘暴的包裹摩擦啮咬之中。

第一个走出舱门的旅客被一股风尘呛住，倒退回舱门，又被身后拥出的人推出来。他想应该在东京多停留几天，那里草绿天蓝，空气干净。

那位曾经报道沙漠化前锋距城只有100多公里的记者，把镜头对准了半空中的塑料袋，追拍前后达一刻钟。他想起大漠戈壁中被埋得只剩下一点的断壁残垣，想起关于沙漠化推进速度的数学计算，想着有朝一日要到来的迁都的情景。他想那个歌手唱什么你是风儿我是沙，就欠让她在这风沙天气里站七天七夜。他想，《西游记》里妖怪作法，天昏地暗，飞沙走石，也不过如此；《神曲》里地狱的某些景象也不过如此。

那些骑自行车在路上的成年人可谓是勇者，他们头发纷乱，衣服被吹鼓吹胀，屁股离开了座子，骑不动也不肯退却。那些放了学在风沙中奔跑的孩子可谓是勇者，他们拼尽全力倒腾小腿逆风欢跑，仿佛是在玩冲浪游戏。堪称洒脱的是那些依偎着揽着腰肢走在沙尘中的情侣，绵绵地软软地款步在昏天黑地的夹裹当中，目中无人亦无沙。

砰哗哗，高楼上的玻璃刮落下来，咔嚓嚓碎了一地，把石板下的蟋蟀吓了一跳，砸折了蚂蚁的一条腿。十字街口的广告牌翻倒下来，倒在孩子的身后。

老舍写旧北京是晴天一身土，雨天一身泥，住北京的外国人管北京叫墨盒。萧乾回忆录里写旧北京的冬天风沙打脸，走路得背风而行。北京哪里是适合建都的地方？赤峰来的人说赤峰风大沙大，在北京住上一阵，赤峰人说北京风沙也不小。一位在北京居住了三年的外国人的挂历上，有一种奇特的标记。别人问他，他解释说，遇上天空晴朗的日子，他便在挂历上做个记号。风沙和大气污染使北京的好天气弥足珍贵。

蒙古人选北京做都城，觉得这里已经很不错了。满族人选这里做都城，觉得这里离自己的老家近便些，南可摄黄河、长江流域，北可倚黑水白山，遇上个三长两短的，往老家撤退也方便。两拨从朔方来的民族，都认为这里的气候条件比他们家乡要好得多，但放在全中国看，可就不怎么样了，然而生米煮成了熟饭。“金陵王气黯然收”，总不能改到南京去吧？到蒋介石的基地上去建新都，总是好说不好听。

曾几何时，从北京发出的声音说，要埋葬旧世界。沙尘照这样闹下去，不定什么时候北京就会给埋了呢？想想有朝一日，街路上楼门前流沙三尺的景象吧。楼盖高了还怕沙子吗？封了楼道还可以爬梯子，是不是？

2000 年 3 月 27 日

清　算

那是一座我不曾到过的院落。院地为石料铺砌,院边上种着几株形貌怪异的树。这天没出太阳,但光线怪怪地白亮。我从院当中经过时,看见在一棵我不知其名的树前,有一悍汉手握一根鞭子在笞打一个女人。那女人在地表面上只露出脖子和头部,其余部分都在地里,她是被活活揳进地里去的,就像水泥桩被打桩机砸进地里一样。女人看上去超乎寻常地痛苦。她居然还活着。我想经过这样的折磨的人,她浑身的骨头肯定都毁坏了,就是把她从地里起出来,怕是也活不成了。可那家伙为什么要这么对待她呢?他和她之间是什么样的人身关系呢?我怀疑自己是踏进了蓄奴时代或是某个奴隶制的国家。

时不时落下的鞭条子抽在女人无可躲避的头上,头发遮蔽着看不见她的面孔,但看得出她的颈项在努力地向上挺着,显示着生还的愿望和豁出去的不屈。我以一个外邦人的身份走近前去,问那持鞭者为什么要这样。他神色狞厉,不予作答。片刻,他从身后变戏法般地变出一摞法律文书给我看。这些被他叫作法律文书的东西看上去很正规,一点伪造的迹象都看不出。我翻来覆去地验看,也没挑出什么破绽。

他鼻孔里发出一阵冷笑。

不知过去了多少年多少月,在一片我不曾到过的空场上,忽然聚集拢攒动的人群。人群的喉咙间发出嘈杂的声音。这声音似近又远，像石板下的梦魇呓语。我终于听清他们呼喊的是“清算”二字。我被人群推拥着冲到空场的边缘。人们停下来，自动地形成半圆。有几个知情人上前开始挖掘。

人们挖掘的那块地方开始有难以名状的气体溢出，透明而震颤的气体在那上面弥漫成了很大的团块。紧接着那地方抖震起来，似有无量的冤苦要破土而出。

终于，人们起出了一截残尸。这残尸没有头没有腿，只有该叫作“胴”的那部分。它不曾腐烂，保持着刚死去时的弹性，却是被人四面各一刀，切削得肋骨分明的一截。我明白了：这是那个多年前被人残毁致死的女人的遗骸。那遗骸一见天日便仿佛获得了一股生命的动能，它开始剧烈地哆嗦，然后就变成大幅度的震抖，仿佛她生前的痛还积存在这仅存的部分遗骸里，仿佛她生前累世的愤怒保存至今天要爆发成控诉。

人群里有人哭泣起来，有人发出诅咒，要求“清算”的声浪此伏彼起。可是此时在这片清算场上，只有罪证而没有清算的对象。当年毁灭她的人，正不知埋在何方的地下。人群发现了这一巨大的缺憾，突然静默下来。

突然一道电光划开人们头上的天穹，一匹白绢自空散开，上面隐约的字迹是：此诚千古之恨。

2001 年 4 月 26 日

雨雪心情

早晨起来,听到外面有淅沥声。拉开门看,见漫天降洒着匀直的丝般的春雨。饱和着水汽的冷风,扑进门来,令我打个冷战。屋里的炉子早已撤去,遇到这种天气,自然是冷的,但又懒得再换棉袄,便披一件小大衣,聊以对付。

清冷中,过这一上午。窗外的雨声,时而轻,时而重,时而缓,时而紧。还间杂风吹大树的呜响,使人联想到海滨城市台风入境的情景。不知怎的,寂寞、索漠的轻烟袭上心来,还夹杂几缕微茫、沉郁的青烟在里面。

又不知怎的想起这样几句来:"在广漠而陂陀的地面上,我走在自己生命的旅程。迎面是湿重的雾团,脚下有荆棘丛生。"这是我 19 岁在农村插队时写的一首诗中的几句,没想到却预示了未来,做了我当下状态的写照。默念着这样的句子,聆听着这样的雨声,脑海里不由得冒出跟雨有关的记忆。

记得在京东务农的时候,一次去到离村十多里地外的山里豁棒子。上路时,天响晴,阳光耀目。干着活,一抬头,不觉吃一惊。太阳早已不见踪影,浓重的乌云,越过四面的山脊,向我们所在的谷地合拢过来。许多地方已不见的山的上半部分。队长不发话,谁也不好提回去。只半袋烟的工夫,雨云便弥漫了整个上空。云低得伸手可触。急炸的惊雷,在头顶上一声接一声地响开。麻秆子雨柱,没头没脑地灌下来。地面上爆起一股一股土烟儿。随即,便分不出个地响成一片巨大的声浪,在空谷里,显得撼人心魄。

直到这时,队长才招呼大伙儿收家伙儿回村。我拉一头大青驴。那牲口的皮毛已精湿,一缕一缕的,泛着水光。雷一炸,它惊得撂蹦儿。队长把多半袋玉米种搭到驴背上,先自走了。他们空手空身空牲口走得快,我落在最后头。

脚下是坎坎塄塄的老山道和哗哗的流水,顶上是追着炸的响雷急雷紧雷带闪雷。通身上下业已透湿,单衣紧贴肌肤,山风刮来,阵阵寒战。眼镜上淌着水,大颗的雨点子还不断地砸在镜片上。身后的驴子也很窘迫,背上负荷,蹄子打滑,深一腿浅一腿,大为吃力。我用劲拉它,它才能勉强快一点。起初我担心被雷电击中,但看看绝无快速回村的希望,便只好随它去了。我不再用力拽那牲口,随它照自己的意思走。我自己也用平时散步的样子行走于空无人迹的山间雨地,并观赏起雨中山景来。我油然地记起苏东坡《定风波》那首词,四外里无人,放开嗓子朗诵上半阕:“莫听穿林打叶声,何妨吟啸且徐行。竹杖芒鞋轻胜马,谁怕?一蓑烟雨任平生。”三遍苏词诵下来,还不过瘾,又大声背诵放翁的《剑门道中遇微雨》。这样且行,且诵,且思,且逍遥,且观风景,不觉中出了山口,下到了土道。

将进村口,雨忽然止住,太阳也晃出来了。金光从西方云口子里斜斜地射下,满目是雨后新晴的山野田园。回首看身后的一座座山岭,都如游罢泳刚上岸的棒小伙,精精神神地耸峙青翠。我心头愉悦,不觉念出《定风波》的下半阕:“料峭春风吹酒醒,微冷。山顶斜照却相迎。回首向来萧瑟处,归去。也无风雨也无晴。”可惜这最末一句与眼前景致略有不合。这当儿,从对面踏水走来一位同村的女知青。她发梢上盈盈地闪着水珠亮光,一对明眸盈盈地映耀潋滟的晴光。她与我反向而动,我冒雨下山回村,她雨霁踏晴进山。她脚上穿的那双橡胶雨靴,告诉我她躲过了这场雨,是有备上路。她一定看出我自顾自地念念叨叨,她脸上漾开一层芰荷摇曳的浅笑……

多么值得珍藏的一天，“我的心像在雨天里的一只孔雀，张开它那染着狂喜色彩的思想的羽毛……”

我不由得也笑了，我感觉那时的情绪又在我心中复活起来。我打开门，站在屋檐下的青石阶上，想看看雨下得怎样了。蓦然呈现在我眼前的是一番绝出意外的景象。

方才的春雨，已变成急纷纷的春雪了。

这是北方的春雪呀！在北京的仲春时节，这景象是多么不多见；并且这雪都是成大片大片，如鹅毛纸片自天而降。由于风力和风向的不断改变，雪阵的阵容也时时地变换。时而是齐刷刷地垂直齐落，或斜刺地冲至地面；时而拧着麻花儿打着旋儿；时而又方向反悖，杂乱无章地纷飞。

在这样的雪阵里，那暗红色的窗棂、迟迟未萌的葡萄藤，都显得那么模糊不定。而也就在变幻恣肆的舞雪扬花里，却透出一团粉红的焰火来。那是当院的一株小桃树。四年前，由一枚桃核破土发育而成。今春它第一次蓓蕾。上午看还全是粉骨朵，现在居然开放了几枝。晶晶莹莹的雪水珠儿，缀在粉红粉红的花蕾上，花朵上和嫩绿鹅黄的小叶芽上，令它通体鲜艳、纤嫩、玲珑、娇丽，十分可爱而又楚楚可怜。但同时她也透露给我一派秀拔、强韧、耿介、昂奋、蓬勃、俊逸的气韵精神。比之为“凌寒独自开”的梅树而并不过誉，喻之为活泼少女而嫌意犹未尽。雪阵与艳丽的春桃树的融合，恰构成了一幅有声有色的春雪图，或者简直就是舒曼《春天交响乐》的一个乐段。此时我似乎隐约看见在低垂的云层里，有许多只屈动着的手臂，正在操运千万只琴弓；还有许多副饱满的腮，在吹奏千万把金闪闪的管号；整个的太空里，便充满了雄健、豪迈、跌宕、突进的音乐雪花——视觉与听觉兼之的。

邈邈太空布满了瑰丽的协奏，以及从我内心激发起的春天的礼花。

1979 年 4 月 13 日

活　命　水

4 岁左右时候的一个画面我始终忘不了。那天早晨我一起来，往外一走就是帐篷外，面对的就是一条不算太宽也不算窄的湍急的河。我所在的这一侧，河岸比较平展，河边有很多鹅卵石，帐篷附近是邻河不宽的平地，对岸则是高出河面几十丈的直上直下的山体，下部有些地方凹槽进去的，那些山壁岩石的纹路都是横向的，在湿潮无雾的空气中，看得清清楚楚。那河水是极其清洌干净的，流速很快，水流涌动得很高，有些让人害怕，却是很爽人很使人振奋。我这边的河滩上，除了我夜里睡过的帐篷外，还散落着其他几顶帐篷，帐篷外已经有几个大人蹲在那里忙活些什么。我记得那条河叫拒马河。

那一幕多年来一直萦绕在我的心底。如果不是亲自去过，怎么会看得那么真真切切，一辈子不忘呢？那条河，那河面上吹过来的沁凉怡人的水汽，扑拂我的眼窝面颊，我每一根发丝和汗毛上的清新愉快的感觉，是真真切切的。

我对于水的最初的基本的感觉，就是那一次奠定的。大面积地接触水的活动，自然是游泳，我曾经专拣风高浪大的天气下海戏水，借浪势前进，是一种又省力又好玩儿的游法。每次都被拥上浪峰，然后滑梯般地滑下去。就这样，一直游到了看不见人影的地方。我当时之所以敢这么干，是因为我身上套着一个大救生圈。要命的是，这种打足了气的胶皮，摩擦胳膊内侧，一场泳游下来，疼得让人受不了。

尽管下海游泳是一种不错的消遣，可上岸后海水附在身上的感觉却一点也不好，海水留在身上的那种又潮又黏的感觉，让我觉得不舒服。相比之下，在机井池子里洗手的感觉，可就美妙多了。它扎手，可是让人痛快，风一吹就干了，干得利利索索。

把嘴凑到碗口粗的往外喷涌的机井管子那儿喝水的感觉，也很不一般。在骄阳似火的干旱地里干上半天农活儿，渴得嗓子眼儿冒火，身上火辣辣地燥干，跑到机井边，伸头喝上一气，真美极了。那是从地下几百米深处打上来的水，又扎牙又爽口，干净更是没得说了，一进肚子那叫痛快，身上再出汗就是凉津津的了，多热的毒日头，多蒸人的田野，都不觉得怎么样了。

喝机井水是得有技巧的。在急流奔涌的铁管口迎着水势去喝，是喝不着水的。那急水流把你的下唇一冲老长，噎你个倒憋气，迸你个满脸花，水在你张开的嘴里，打个转儿就都旋出去，一点也剩不下，牙被扎一下，水没喝进半滴去。喝机井水的要领是从水的侧面下嘴，快速地下嘴，快速地起，一口一口地叼，衔稳了再咽下。用这种方法喝，保险你能把肚子喝撑喝圆，再扛起铁锹回到地里。肚子里的水咕噜咕噜地跟你响上一路。

这法子是自己摸索出来的，没人先教你。我第一次去喝机井水，迎着让水一冲，顿时整个眼镜片就花了，我一急摘下帽子擦脸，急中生智用帽子接了满满一帽壳机井水，端到嘴边喝。那水刚一入口的时候，别提多凉多甜了，就跟含了冰糖块儿似的，到后来喝可乐、饮料什么的，都比不上喝机井水。

不过难喝的不干净的水我也喝过。有一天我跟一个知青同学一起在梯田里干活，渴得实在忍不了了，就满世界找水，可哪就有现成水等你呀，你就是兜儿里有钱也没地儿买去呀。春种时节在山坡上栽白薯秧，都是大拖拉机上拖个黑胶皮大水包，从山下机井往山上拉水，供点种用。现在过了节气到哪儿找水去？

找来找去，找来找去，最后我们停在一段水渠边上。那里面倒是有浅浅的驴腚那么大的一洼水，都发黄了，还是存下的雨水，我们跳下去一看，水里还有浮动的小虫，我用手指尖一试，水热咕嘟得发稠。喝就喝吧，不喝今天非渴死在这儿。当时可就顾不了那么多了，我双手做爬虎状，鹿饮似的吸溜了两口，一撑渠沿儿，蹿了上来，对同学道："看你的了。"

那一次，是我平生受到过的关于水与生命之关系的最深刻的一次教育。那实地教育胜过了连篇累牍的说教文章。

有报道说，科考队发现了一处大面积的恐龙遗骨化石。研究报告出来，这些恐龙的死因是干旱缺水。又据说非洲极旱的季节，湖里干得只剩下一点泥浆，水居的河马都痛苦地死去。不要以为那只是动物的命，离我们人类像冥王星一样远。我们人和动物，说到底都是"水物"。十万年后地球上还有没有水，是一个问题。

后来听慈善总会的人说起他们去甘肃缺水地区帮助建水窖的事，他说："饿了，老咸菜你拿起来就得吃，没水让你洗手；渴了，那儿一个小沟，你喝不喝？讲究不了那么多了。"这时候我就想，要是把我小时候见到过的那条河，移到缺水地区去，那该多好。对当地人而言，那是什么感觉？该是一步登天了吧。

2001 年 6 月 2 日

听 冬 夜

现在是凌晨1点钟,天地岑寂无声,世界都在睡梦中吗?在这样的静夜里,眼睛能够看多远呢?奇怪的是,大地虽然凝霜,却看不到月亮的影子。天空无云,月亮躲到哪里去了?该是小小的一钩新月吧,瘦小如荚。远处路灯下有一棵树,永远如童话里面的仙树的样子,为橘色的灯光所装点,安安静静地通体发亮。河已经结冰有日了,冰层逐日变厚,开始有冰裂的弦响铮然发出,人在上面可以滑翔了。这条河一头连着平原,一头连着群山。山中的风这时更冷冽,山岩棱峥似铁,山间小路旁只有风吹细草的瑟瑟声,那是些已经死去的没有来年的野草。一岁一枯荣,就走完了一辈子。

一个人的时候,你才能听到宇宙的寂静。宇宙本质是寂静的,只有人类和动物界才有喧闹。飞船在宇宙中飞行是无声的,如果飞船里只有你一个人,那就跟死去了没什么两样。你听不到别人,别人听不到你。在真空态里遗世而去远行,能不能返回地面都不好说。

大地是多么美好,即便子夜时分寂静如墓地。无论如何不要离开大地,即便是天寒地冻,朔风万里。只要有一点点人气,有一点点光,大地就是属人的,就具有人间的气息。

此刻草原上的马群可安好吗?栏厩上空开始飘雪了吗?它们卧在地上的时候不觉得凉吗?互相挤在一起真的能够取暖吗?它们的眼睛望向夜空的时候,难道也在表达什么祈愿吗?这些此刻叫都不叫一声的生灵，是多么有耐力的冬天之子啊。远处有羊叫声了。那些穿着羊绒的小家伙，原来比只生着一层短毛的马还怕冷。

从掠过田野的风声里，你还能听到什么吗？那风是从哪儿来的？它的源头是西伯利亚还是沙漠的深处？西伯利亚约有零下40摄氏度吧。广袤的冻土地带，白桦林的旷海，雪粉席卷成嶂。而沙漠深处的风声是带啮齿声的，是带金属的摩擦声的，光均的沙丘被打磨得光均如缓浪，如凝止的水波。兀立的岩石如孤零零的蘑菇，如被遗弃的草亭，连兀鹰都不在上面歇脚。千年的孤独、万世的寂寥，被刻画在天涯深处。戈壁上升起一钩新月的景色是美丽的还是阴森的？月光照在古楼兰遗址的景色是美丽的还是阴森的？河冰上的月影是美丽的还是阴森的？带着阴森寒气的夜风染着白骨颜色的朔气，就渗透进寒流南下而来，在北中国的山地平原肆虐施威，削光了树冠上的每一片叶子使其赤裸成瘦瘦的影子，给大地以凝止的景象。

可是大地真的凝止了吗？它把植物和昆虫的种子都储藏在哪里了？它把蛰伏待机的生命都掩藏在哪里了？

听见大地的钟表声了吗？那只神秘的大表从不发出滴答声，而是以无声滑行的方式行走，像油脂渗透白纸一样，它如果不是被揣在地心的某处，便是挂在天庭的某间暗室里。所有冬眠的动物、蛰伏的物种都知道有这样一块大表，而眠伏得十分踏实，而只按它的刻度行驶。这只表兴许即压在冬眠棕熊的肚皮底下，为它的体温所焐热。

一个世纪前的马帮的铜铃声，这时很寂寞地透过倒流的时光薄雾隐隐传来，将一个穿越跋涉的意象横亘；而现在进行时的蚁族的秘道穿越，同样肃穆有序，逶迤向前。

大地由于将冬天制成谎言，以哄骗那个怀有寂灭冲动的上帝，而生生不息，而将终结期，将绝对的冬天、最后的冬天，推得遥遥无期。

千里屐痕

重走徐霞客游滇路

在刚刚过去的这个夏天,我远赴云南做了一次主题旅行,从滇黔交界地走起,历时一个半月,采访了 14 个县市。一直走到中缅边界的哨卡跟前方才打住。一路上我不断遇到问我此行何干的人士,也就得不断地将我这次旅行的主旨说给他们:重走徐霞客游滇路。

被岁月掩埋的东西太多了。今天已经很少有人知道 1941 年 12 月,在僻地小城遵义召开过一次纪念会那件事。这次由中国现代地理学的草创者们隆重举行的纪念会,纪念的不是别人,正是我们刚刚提到的徐霞客徐宏祖,纪念他逝世 300 周年。我们只需记住那次纪念活动,发生在烽火正紧的抗战中期,注意到热情赞颂这位明朝人的学者们,都是些受过西方教育洗礼的人,便不难感觉到它的不寻常了。竺可桢在发言中谈道:

"纵览十六七世纪欧洲探险家险无不唯利是图。其下焉者形同海盗,其上焉者亦无不思攘夺人之所有以为己有,而以土地人民之宗主权归其国君,是即今日帝国主义也。欲求如霞客之以求知而探险者,在欧洲并世盖无人焉。是则吾人今日之所以纪念霞客,亦正以其求知精神之能长留于宇宙而称不朽也。"

教授们的演讲没有打动我,像看一般文章一样,看看也就过去了。直到踏上这块红土高原以后,我才惊讶地发现,徐霞客这位已经死了将近 400 年的写过本游记的人,在云南人心中的地位和分量。随着行程的推进，一种崇山峻岭之中的红土世界的自然与人生，渐次在我眼前展开。

1. 罗平　不会使你心情平静

罗平是我此行无论如何应该到的一个县，我曾经这样觉得。罗平县地处滇黔桂交界地带，隶属云南省曲靖市管辖。“不去罗平，对你会是个遗憾。”曲靖市的朋友这样对我说。当我在那个云色蒙蒙的阴多于晴的傍晚，登上建在一座孤山上的观景亭，环顾四外山景的时候，我不禁脱口而出：“来罗平，值了。”

山亭上的风打在着单衣的身上，带有十分的凛冽之意，与才不久到过的多依河河谷地带的闷热无风的感觉，形成鲜明的对照。“从多依河到这里，咱们已经攀升了700多米了。”司机小张说道。从多依河到这十万大山观景台再到县城这条路，这位戴眼镜的司机兼向导，不知跑了多少趟车，从他嘴里说出的高程数字，不会有错。

“这里是广西的山。”他指给我正面的横亘如城、高伟齐天的茫茫屏障告诉我。这一派山障真称得上是浩大崇峻的了，一层叠一层叠地高上去，穿云摩天，浩浩漫漫，烟岚蒸蔚，望之使人雄襟万里。

“这边就是咱们说的十万大山。”小张指着我侧后两面的山群介绍：“你看这些山一峰一峰的呈锥形体，是咱们这儿特有的喀斯特地貌，数也数不清，所以叫十万大山。”“这些山看上去就比较秀气了。”我评论着，“它们的形状更像乳峰，为什么不叫乳峰山群呢？如果改叫乳峰山群，会把全中国的男人都招来的。”我调侃。

不久，我的视线又转移到广西那边的巍峨山脉上去了。我觉得更能吸引我，更能激荡我情怀的还是这些磅礴千里的存在物。我说：“这里真是打游击的好地方啊，往这儿一站，就想当游击司令。”小张接到：“来个万把人根本找不着。”

这一带的好山色，不见于现存的霞客游记。会不会在散佚的部分中他写到了呢？“徐霞客两次来过罗平，现在留下来的是他第二次到罗平的日记，第一次的都毁了。”罗平的友人无不遗憾地慨叹。

这天中午，当车子穿行在鲁布革峡谷对岸的时候，车右侧连绵翠耸的山体就激发起我的兴奋。这真是一个可称可赏的大峡谷。山上有山，再往上还有山。一面漫坡上去，呈凹兜屏升之后，再从山上长出山峰来，这就将人的情绪和视线一级一级地推了上去。而在危耸的高山之下是深切的河谷，谷中流淌的便是徐霞客在游滇日记中多次提到的黄泥河。他写道：“北经矗崖下半里，下频江流，则破崖急涌，势若万马之奔驰，盖当暴涨时也。”他还写道：“峡逼路下，两旁山势，似觉当人面而起。”

曾一度使罗平县成为新闻热点的鲁布革水电站，就建在徐霞客笔下的这条黄泥河上。在云南省地图上，这条黄泥颜色的河就是一条小细线，它也只是南盘江的一条支流。可是身临其畔，它的水量和流速却是足可让人感到意外的。鲁布革电站的意义在很大程度上是由时间赋予它的。它动工于 1983 年，是中国水电工程史上第一个使用世界银行贷款，在国际范围内招标的工程。一时间，世行代表、欧美澳亚水电专家、中国政要、新闻纪者纷纷聚集到云贵交界的这个弹丸之地。如今，这座渐为外省人淡忘的电站和峡谷，却是曲靖市和昆明市的广告牌上的风景。

霞客游记里写罗平的这个地方给人印象深刻。

就在薄暮雨止，徐霞客跟顾仆寻舟渡河的时候，遭到渡口船家的勒索：“索钱盈壑，乃以舟受，已昏黑矣。”不承想，过江之后还有一劫等着他。他食宿的店家老板娘是一个黠恶的妇人，她的所作所为给徐霞客留下了极坏的印象。他在日记中恨恨地记下了这一幕，说此妇是“奸肠毒手”。在将近 30 万字的滇游日记中，在涉及人的地方，这是霞客用的最重的词儿，足见出他心中被激起的愤懑。

不过转过天来，他又遇到了好人。在一个名叫柳树的小冈子上，他投宿在一个姓陈的老头的茅草屋子里，这位汉族老农民“甚贫而能重客，一见辄煨榾柮，以燎湿衣，余浣污而炙之，虽食无盐，卧无草，甚乐也”。

从徐霞客游记的字里行间，可看出他是一个“志在山水”而不爱参与人世之争的人，但他绝不是一个感受力差的人，人歹人好，他的心跟明镜似的，一如他体察大自然的能力。这一反一正的两件事，都发生在旅行家从罗平去黄草坝（今贵州兴义）的路上。

从现存的文字看，徐霞客的第二次罗平之行，行色匆匆，很多为当今罗平人奉为好景致的地方，好像他都没有光顾，只是一路地奔他的黄草坝走去。很可能他第一次来到的时候，那些地方都观览过了，而这一次只是路过而已。从他每到一地就爱向人打听当地名胜山水的情形看，我想他不会不知道九龙瀑布，不知道多依河吧。

我在罗平城外的游览集中在一天里，上午先到的是叫作金鸡峰丛的地方，略作停顿，便驰车进入九龙瀑布群所在的那一带山间谷地。不久，我就走在那些山间巨瀑平摊下来形成的一条大河的长桥之上了。

在我的心里有一个比较：在楚雄州大姚县赵家店的高山断崖的缺口处，飞落下整整一条蜻岭河，其势如乱虎出洞狂奔直落，落地成潭的落差为 92 米，高处的水与低处的水成飞花粉末急上高空，凝而成雨。那条瀑布的特点是高、窄、急。而此时我在九龙山所看到的瀑布，却是一个特大号的宽银幕，它放映的唯一的影片就是宽 112 米、高 56 米的青崖白水长年奔泻的大瀑布。为它做配景的是其他的十几道瀑布，比起赵家店的瀑布来，九龙的瀑布是宽阔的、从容的，雍容甚至是带着几分华贵的，华贵到它根本不需要我去涉笔描写它。它以它的自在性自在于它所在的那片天地间。

罗平人也曾拿自己的九龙瀑布跟别处的做过比较。在一份评估上他们认为:“九龙河瀑布的规模、气势、数量、大小景观、山景、水景及生态环境,不及黄果树瀑布,就景观密集程度,且胜过黄果树瀑布,规模、气势与大叠水瀑布、大关标水岩瀑布在伯仲之间,但其他方面优于这两处。”

有人请我以瀑布为背景照张相,我说:“不照。一照就小了。就照原大记在心里比什么都强。”可是回县城的当晚,负责接待我的徐主任的问话,叫我吃了一惊。他问:“看到乃格沙瀑布了吗?”我说没有呀。他连连跌足:“从鲁布革三峡坐船进去就可以看到的,小张怎么没带你去看呢?”我说小张说休息天没有船。“唉唉。”老徐连连惋惜。“140米落差的瀑布呀,黄果树瀑布是比不了的,你竟然没有看到。”

从云南回到北京的一个多星期里,我的眼前还常常浮现多依河畔的那一群女人和孩子,浮现多依河边穿蓝布镶边的民族服装的她们,原来是些并不认生的现代布依族女子,一旦你与她们说上话,她们便欢声笑语地跟你有问有答,性情十分的开朗柔和。罗平的民族学家告诉我:“布依族女人尚温柔。”情形似乎是这样。你跟她们交谈,言轻语重的她们不跟你急,总是面带善意的笑容。

过午的阳光下,两位脚穿凉鞋的布依族女子在河边洗头,我坐在一边看她们洗。多依河从她们的发丝间流过,从垂拂到水面的凤尾竹的枝叶间流过,从古榕树、合欢树的裸根间流过。从漫滩上水生的灌木间流过,从蝶翅和鸟羽的拂掠下流过。

多依河的美丽就是这么含蓄掩映,她不论流的是急是缓是宽是窄,是一定要在竹与树的遮映下行进的。她绝不会让自己光裸粗野地出场,而是一定要穿好彩饰的衣裙才肯走出竹楼的。多依河的美丽又绝不是平铺直叙、简单质直的,它蜿蜒曲转如舞者的身腰,走走一道跌水,走走一道瀑布,使人心一阵昂扬、一阵柔软。它昂扬于那齐跌齐落飞花碎玉的湍流,柔软于那绸面似的钙华滩上的平波,平波静静如处子无言。

如今回想，多依河是我此次云南之行见到过的最美丽的河了。不是壮美、宏美、秀美，就是美丽。

藏匿于山弯深处的这条处女河曾经默默无闻，一如民族纷争时期逃避到它岸边的布依族人。打不过别人的布依族部落，在高温潮湿植物茂盛的这块谷地，找到了托身之所。于是多依河两岸就有她们插秧栽稻的身影了，岸水边就有她们设置的竹水车了，河影中就有她们的花头巾、花米箢篓了，月光里就有她们的婉约派的情歌了。没有一个民族的男男女女能像多依河的儿女这样，带足一个月的米，跑到树林子里去对唱上一个月的情歌的。

多依河在我走后日夜流。绿树掩映的多依河，为老水车搅动的多依河，映照着水边民族生生死死的多依河，当我看到它第一眼的时候，便知道这是距离我的梦境最近的一条河了。

2. 富源　说吧烽火古道

到富源县我首先是冲胜境关来的。富源县城东 8 公里的胜境关，是出滇入黔或由黔入滇的咽喉关口，被称为“滇黔锁钥”，关里关外从明朝起有一条石砌的通京大道。当年云南的秀才进京赶考，都要出胜境关走这条红石头路。而中央政府派到滇省的官吏，也都要从此关此路入境。不用说，崇祯十一年二月出罗平的徐霞客，再度进入云南地界，是非走胜境关不可的。“滇南胜境，乃分界山也”，他在游滇的日记中记道。杨慎在《滇程记》中写得更明白：“西望山平天豁，还观则箐雾瘴云。此天限二方也。”

胜境关当然比不了山海关那么高伟，也没有山海关那么长的城墙，但它的确是一座正南八北的城关，其高度看上去跟大理的城墙差不多，厚度好像没有大理的城墙那么厚。它建造在 V 字形丫口的两山之间，行人从门洞底下通过，脚底踩的就是明代的官道。把守这样的关隘相当简单，只需在城头上架一挺机关枪就行了。

通往关墙的云南一侧，建有一座高牌坊，制式很像当年北京的西四牌楼。陪同我一起来的蒋双祥、尹佐玉没有让我穿坊而过，而是拉着我看牌坊两面的颜色和石狮子的颜色。经他们指点，我看清朝云南方向的石狮子干燥，呈干红的颜色；而朝向贵州方向的两头石狮子，却是乌潮乌潮的，有的地方还挂着青苔。“怎么样？就这么神，就差这么一点，两边就不一样，你说咱们古人怎么测得就那么准。”佐玉抚摸着石狮子，不无神秘心态地说着以上的话。我说：“这里不光是地界，也是气象界了。”佐玉眨眨眼：“你说是不是很神？”我笑道：“你们就爱神话和你们本地的事物。”我想起徐霞客在云贵交界处，曾经专门观察过黑土红土的分野，恍然明白，风吹的土的颜色不同，久而久之，石狮子和石柱两面的颜色就自然两异了，还不光是干湿度的问题。

脚下就是五尺道了。蒋双祥说：“这些明朝修的五尺宽的官道，‘文革’中被填上了土，种上了庄稼，因而保存了下来。”双祥手指几块路石让我看，又说：“这些都是马蹄老走老走磨出来的坑。”我提醒佐玉小心不要崴了脚。她今天出来穿的是一双黑皮高跟凉鞋，走在光溜不平的石路上咔咔响，笃笃咔咔的就回响到了明朝。

事实上我们脚下的这些路石上，几百年来，不知道印上过多少人迹蹄痕。徐霞客的脚印、杨升庵的脚印、林则徐的脚印，贺龙和他的红二方面军的脚印，沐英统率的征元军队的脚印，从中原远赴云南参与民屯的人们的脚印，以及披枷戴锁被押解而来的流放充军者的脚印，千千万万人的脚印和足温，都在这宽仅 5 尺的红石古道上交汇叠印，纷纷沓沓，寂寂寥寥，匆匆促促匆匆。

当年朱元璋派出的这支由沐英、傅有德、兰玉统领的 30 万军队，不光是为围歼盘踞在云南的元朝残军而来的，更是为彻底解决云南问题而来的。当云南局面平定下来以后，朱元璋就命令入滇的军队就地实行军屯，并批准了沐英的奏折，让这些军人的家属起程到云南去团聚、定居，同时鼓励入滇的军人与当地人通婚，这才有了云南人常说的“夷娘汉老子”现象。1389 年，沐英还滇，携江南 250 余万人入滇。至此，云南的人口结构发生了根本性的转变。土著人成了少数民族。

我在云南遇到的许多人里,一问都说是当年入滇的明军的后代,家乡是南京应天府、柳树湾、高石坎。研究云南史的专家告诉我,柳树湾、高石坎是当年入滇的那批明朝军队驻扎过的地方。他们就是从那里拔营入滇的。这其实就是在告诉我们:今天人们所看到的云南省的历史面貌,在很大程度上,是在朱明王朝定型的。这"型"的历史轮廓今天还依稀可辨,在有的地方不仅看得见,而且摸得着。例如有人说过,明朝城市不是按照商业要求营造的,而是按照军事需要营造的。这话很有道理。例如《徐霞客游记》中提到的那些数不清的"所"、"哨",就是国家军队驻军的地方和设防的哨站。"所"、"哨"是两个不同等级的单位,在现代被合并成"哨所"一词。

6 月 21 日下午,我们一行四人看完一个叫出水洞的暗河以后,登上这个出水洞上方的山脊,去访看一个当年驻军的烽火台。这一路翻山越岭走得很辛苦。过了一座高悬于空的铁路桥,便踏着铁轨当间的水泥枕石,进了黑洞洞、冷飕飕的隧道。随后又沿着水渠走了很长的路,才接近了通往那个古烽火台所在地的坡道。

说来让人丧气,爬了这么多的山路,找到脚下不过是一块直径不足两丈的土台子。现在的这个土台子上散落了一层玉米秸,踩起来暄乎颤悠。带我们来的荀怀书的家就在这个村子,他说以前这土台子上是有守哨的房子的。我想起在昨天的座谈会上,富源县史志办的张一鄂,曾提到明朝驻黔的军官有五种颜色的军服,烽火也分五种颜色,代表不同的情况。这时蒋双祥指着远处夕阳下的一段长谷提示我:"那就是胜境关。胜境关一放烽火,这里就看到了。"

在来的路上我们遇到了一位名叫荀金安的看山老人。一问,他今年 70 多岁了,祖上是从南京应天府柳树湾来的,被安排来这个地方守哨。荀老汉说:"在这里守哨的就我们一家,后来才有姓唐的姓魏的搬来。早年间看哨的人，朝廷发工资，一个月四两银子。遇到当官的路过，守哨的负责接送。到民国的时候，烽火哨所就不起作用了，因为通了电话。”我仔细端详这位戴旧布帽的老汉。他说他有南京人的血统，从他削硬的下颏和面相上看，他的确有点像南京那边的人。如果不是当年的历史变动，他根本就不会生活在滇东的群山峻岭之中。

想想看，在古代的通讯条件下，在中国广大的国土上，有多少人在哨所上日日守望呢？他们的眼睛加在一起，够不够组成一片星空呢？

云南也只是历史的云南。淋淋漓漓的云南雨，催发了多少种子，也冲淋掉多少鲜鲜活活的生命体、多少望乡的目光。

3. 沾益　徐霞客的遗憾一言难尽

徐霞客错失珠洒源，是地理考察史上的一桩千古憾事。中国第三大河的源头的发现时间，因此推迟了 340 多年。1638 年农历九月，徐霞客人已经到了珠江发源地马雄山所在的沾益州，以他的专业能力，17 世纪的一个重大地理发现，似乎已成煮熟的鸭子、到手的支票。

沾益是徐霞客的麦城。考察江河源流是徐霞客入滇旅行的重要目的之一。为了寻找南盘江、北盘江的情况，他在滇东南、滇中南兜了老大一个圈子循江溯源。以今天这个拥有卫星探测手段的时代观之，他徐宏祖以一人之力、血肉之躯来从事这种考察工作，实在是太艰辛、太难做、太难保证不出差错了。事实上，他是抱着找到中国第三大河珠江的源头的意识，风尘仆仆进入沾益地界的。结果，正是在沾益这个地方，他已经是到了珠江源头的边上了，却十分不幸地与珠江源的发现擦肩而过。这件事在谁看来都有点不可思议，可事实也就是这样。你说沾益是不是他的麦城？如果霞客知道了事情竟然是这样，也真够他哭一鼻子了。

1638 年农历九月八日，徐霞客穿曲靖城而过抵达沾益境内，刚走到新桥就遭了一通雨加冰雹，好不容易挨进沾益州城，他径直就奔他原先住过的龚起潜家去了。“见其门闭，异之，叩其方知演剧于内。余以足泥衣垢，不乐观，亟入其后楼而憩焉”。在接下来的三天里，旅途休整中的徐霞客只写了三则很短的日记，十一日他记道——

> 余欲行，主人以雨留，复为强驻，厌其酒脯焉。初余欲从沾益并穷北盘源委。至交水，龚起潜为余谈之甚晰，皆凿凿可据，遂图返辕，由寻甸趋省城焉。

要命就是这几句：“龚起潜为余谈之甚晰，皆凿凿可据，遂图返辕……”“返辕”就是掉转航程了。要命的是，龚起潜的“凿凿可据”。这一次霞客光用了耳朵，而省却了用脚和眼，这才导致历史上的一次重大地理发现成为泡影。他至死都不知晓这一次的错失良机，这就更是遗憾中的遗憾。

不过徐霞客毕竟是徐霞客，他在他的《盘江考》一文中，最终确认南盘江发源于沾益州炎方一带。这已经是对官方的《一统志》的勘误和挑战了。

6 月 23 号这天中午，我来到了珠江源，同时也就到了云南的重要分水岭之一马雄山。这是一个大好的晴天，马雄山上空碧澄无纤云。纵目眺望，一览众山小，山峦环亘如长波缓浪瞬间固化。在珠江正源出水洞前的石头上，我一坐就是老半天，听水响，感受那凉津津的水意清气。看上去它不是什么了不得的大洞，可就是它跟流经广东境内的那条大江血脉相连。放一片青栎叶下去，它不知要漂流多少个日日夜夜，才能到达陆地尽头的出海口。

长江的发源地唐古拉山山脉主峰格拉丹冬雪山海拔 6624 米，黄河的发源地巴彦喀拉山脉的雅合拉达合泽山海拔 5442 米，而马雄山呢，它的海拔高度才只有 2444 米。这么半大高的一座山，会是2000多公里长的中国第三大江的发源地,无论在今天还是在徐霞客时代,乍听起来都有点匪夷所思。虽然登临其顶可以顿见它的相对高度高于四外群山,但是在山下,却看不出它有什么崇峻之态来。其形只是像一匹卧马,开着车就可以开到马背上去。如此一来,就给徐霞客和他以后的考察家制造了最大的盲点。也正因为如此,珠江源头在哪里的争论,一直迁延到了1983年,才尘埃落定。

徐霞客在沾益的遗憾多多,并不止珠江源这一端。你像沾益境内的那条长57公里的绚丽多彩的大峡谷,你像沾益人新近探明的那个包括12个洞厅在内的大溶洞,你像被当地人名之为姐妹坑的大天坑,还有那夕照下线型优美的花山湖……湖中的体大如人的花白鲢。这么些好地方好事物,都不见于旅行家的滇游记文本中。这很不像徐霞客的作风,我只好推断在沾益的那五天当中,徐霞客的哪根神经出了点什么毛病。或者像有人推测的那样,他第一次去沾益的时候看到了更多的东西,相关的记录都在他佚失的那部分日记里。这种好意的推测需要证据来证明。独立于他的日记的那篇《盘江考》,反而佐证着他的遗憾的存在。

行走在被沾益人命名为七彩谷的大峡谷的崎岖山路上,我不止一次地想起美国作曲家格罗菲的《大峡谷》。在我看来,也只有格罗菲的这首交响诗,才能诠释被古牛栏江深切出来的这条色彩如画的大自然长廊。似乎总也走不完的红岩谷一段的两山的岩壁,直削如劈赤赭斑斓,即便是在阴雨的天气里,都像腾起的连绵火山似的。悬在我们头上的巨大的山壁纹理和色彩,看上去就像高天飞瀑被染进了云南的火炭色红土,你会感到你的凝注稍一松懈,这些火流熔浆似的红瀑布画,就会哗啦一下子流泻下来。

雨时慢时紧,时小时大。夹路棚架在我们头上方的青栎树、白栎树、青冈树、毛栗树,加深着谷地的幽秘与曲折。一群黑黄毛色的山羊跟在我们身后,铜铃叮当响,我们快走,它们也快走,我们停驻，它们也止步，并以啃啮路边草的方式打发时间。当你想着，这回它们不会再跟着了吧？却又听到铃铛声尾随而来。我想生活在这个峡谷里的牛羊是有福的，除了秀色的可餐之外，什么样的好草吃不到呢？

牛铃声，羊铃声，雨打伞布、打在树叶上的淅沥声，牛栏江出峡的澎湃声，组成了这个充满了年轻基调的峡谷走廊的音乐。

沾益的朋友说："你写首诗，我们给你刻在山石上。"我说："一定不要，任何人写的什么诗什么字都不要往这山里头刻，半个字都不要刻。这里好就好在它全是天然的，人家来也就是奔你的天然来的。千万不要刻什么破字。"

那么这条得走三天才能走完的大峡谷是怎么形成的呢？一条牛栏江有这么大的能耐吗？我把这个问题提给了沾益县水利局局长兼旅游局局长史新华。史新华学的是水利，1980 年毕业分配到沾益干的是水利。这是一个从干技术员、跑野外干起来的人，10 多年间他跑遍了沾益的山山水水、沟沟坎坎，我很相信他对沾益所下的判断。

"不是造山运动造成的，是水造成的。"他说。

谈到七彩谷红岩峭壁和峭壁下的青草蒙茸的漫坡的时候，史新华向我讲解："漫坡是由山岩倒下来的石头形成的。当初牛栏江的水位非常高，把两边的山底下掏空了，半拉半拉的山就坍倒下来，形成了漫坡和峭壁。"

我在脑中回放着看到过的那条峡谷。如今的牛栏江深嵌于峡底，当初水满的时候，它究竟能涨到什么高度呢？我想如果昨天牛栏江突然涨水，涨到它曾经有过的历史高度，那么我们这些行走在山腰小路上的游山人，就都要做虾精鱼精了。

史新华说："天坑也是在七彩谷形成的过程中形成的。底下通了，石、土、水往下走，把坑带通了，天坑就开成了。天坑里的植物的年代很早，保留了原始森林时代的植物，因此很珍贵。"我说："你的天坑让人眼晕，站在边上看不到底，往上袭的风扎骨头。”他说：“气压都不一样，坑底的竹子拿上来就爆开了。”

我说：“竖的有天坑，横的有溶洞，都让你们沾益给占全了。”他说：“彩云洞是个落水洞，形成年代早。海水还在半山腰，洞就形成了，是个地下水的通道。”

说起当初探洞的经历，他语气淡然：“洞里地表层全是泥，穿大水鞋踩进去拔不出来，人要趴在泥巴中爬行。每进去一次报废一套衣服，五六套衣服丢在里头。”

我是6月23日进的彩云洞。因为上边只穿了件半袖衫，一进洞便觉得冷，心想看一眼就出来。结果一路看进去，一个洞比一个洞大，一个洞比一个有看头。史新华说洞中的岩石中有很多晶体，用一种灯光打上去，就会呈现出各种颜色来。这是这处溶洞与其他溶洞的最大的不同。当走进最大的那个洞厅的时候，我不禁说：“这里可以开全国人大。”

水给个沾益造就了天然礼物，沾益人觉得水的文章还大有可做，他们设想着、规划着，打算把沾益新城建成一座现代山水园林城市。“城市沿南盘江而筑，房子建在岛上，河里走船，让珠江第一湾把县城绕进来。”史新华简述着他们的计划。我说：“搞个云南威尼斯。”“对。”史新华说：“大理、丽江搞古的，我们搞现代的。到时候城市里帆影点点，汽艇穿梭，你再来看吧，就好玩了。”

4. 曲靖　翠峰与生态惊梦

需要交代的是，在当今的行政区域上曲靖是一个大的区划概念。我们前头写过的罗平、富源、沾益，都是隶属于曲靖地区的。我在现在这个小标题下提到的曲靖，是指曲靖现在被叫作麒麟区的地方。

“农历九月十二，主人情笃，候饭而行，已上午矣。”这天早晨的徐霞客有些捺不住性子了，他急于要去曲靖的翠峰。他出龚起潜家奔翠峰，走过的两座老桥，我都到现场看过了。他先提到的新桥，当地人又叫黑桥，陪同我的当地友人介绍：“它建于唐武德二年，比赵州桥只晚了十几年。”这是一座能交错过两辆马车的三孔石桥，桥两边竹树葱茂。桥头的村民指着身后的村子说：“这里是从前的驿站。”一条石铺的古驿道穿村而过。

徐霞客在这条路上走过的第二座桥在白石江上。名叫白石江的这条河，历史意义大于它的地理意义。朱元璋派遣的军队，在云南跟元朝军队打的最大的一次战役，就发生在这里。傅有德率军在正面对敌，沐英则领兵绕到元军的后面抄后路，战役以明军获胜落下帷幕。徐霞客察看过白石江后，写下了一段为史家所看重的文字：

> 戈家冲……而西，并翠峰诸涧之流，皆为白石江上流之源矣。源短流微，潆带不过数里之内，而沐西平曲靖之捷，夸为冒雾涉江，自上流渡而夹攻之，著之青史，为不世勋，而不知与坳堂无异也。

徐霞客的意思是沐英和傅有德有夸大战功之嫌。徐在他的《盘江考》里也写下了类似的意见。其中：“白石江……涓细仅阔数丈……”

“今观线大山溪，何险足据”！这句话就显得自相矛盾。在白石江边我跟沾益县文化馆的王文讨论了这段公案。照王文的意思，徐霞客到达的时候可能正赶上河里水少。可是在涨水期里，这河水的涨势是很大的，我们都见过。

很可能，沐英们被徐霞客冤枉了。

翠峰是曲靖城外的名山。急火火赶来的徐霞客上山一住就是10天。是天气把他羁留在了山上。“达旦雨不止”、“雨竟日不霁”、“阴雨”、“雨复达旦”、“雨竟日复一日”……他天天在日记中说雨。巧的是，我上翠峰山，也赶上了雨天。

翠峰从近处看，似乎貌不惊人。拾阶而上，渐渐地感觉到它山林的意趣、翠荫的浓翳了。在云南很多山地都消失了的竹多古树多的“箐”，在翠峰的山腋腋山坳坳都可以看到。我以为翠峰的价值不在于他有几座庙，而在于它有一山的好植被。

现存的《徐霞客游记》62 万字，其中写云南的占到 26 万字。这是他一生中所做的最大的也是最重要的一次考察。云南的植被已然是昔非今比。徐霞客游滇日记的一个重要价值，就是于安保存下一份昔日云南的原始生态实录。如今，当我们在公路、铁路沿线看到座座山上覆盖着胳膊粗细的松树，看到凡有土的山都辟为梯田、台田，种满烟叶、玉米、土豆的时候，看到半座山半座山地被炸药炸豁，乱石嶙峋寸草不长的时候，看到当年曾经蓄水漾波的海子，如今已成稻禾连畦的农田的时候，对照浏览徐霞客的滇游记，便仿佛是在重温一个梦，一个“古木盘耸，悬藤密箐”的大云南生态的旧时梦。

徐霞客的记录是很真切的，因其真切就更足资对照。当初的滇省有多少人口？徐霞客常常见到的居庐云两家、四五家的情况，当年到处都是，可那些村子，如今哪个不是百十户人家？人数的增加，使得坝子里的农田不够用，原有的房屋不够住，农民于是向山要粮要木料。四千万人齐动手，给千山万壑剃一遍光头，也不是什么难事。“重整河山待后生”，后生们就把河山给整了。后来的退耕还林、植树造林，仍然是壮举，山还是那些山，却不是原来的容貌了。

沧桑是什么，沧桑也是一个可以被缩短的东西，也是一个可以被捏挤的东西。360 年的沧桑之变，在徐霞客的眼睛和我们的眼睛之间完成。

从滇东到滇西，山山披新绿，绿得悲喜交集，抚今追昔。因而昆明西山的古树变得稀贵了，鸡足山的古树变得稀贵了，老君山稀贵了，翠峰稀贵了……可是云南人的木结构新屋还在翻番地建着。玉龙雪山栈道旁的那些搭盖中的农家小店，全都是用整圆木重叠垛成的，就为卖一点没有卫生保证的牦牛肉，就为挣一点小钱。在腾冲绮罗村我参观一家新建的二层民居，主人介绍说："本地的山上都没有大树了，这些木料都是从缅甸运来的。"那些绝对是暴殄山林的什么木楼，什么木楞房，什么掌楼，至今都在被当作地方特色、民族特色宣传着……

5. 昆明　新照片　老照片

晴日里的高原省城的空气，透明得反光。金耀耀的是阳光，瓦蓝蓝的是天空，波光粼粼的是500里滇池和穿城而过的盘龙江。1999年世博会以后的昆明市主要街道，已经可以用"昌光流丽"、"挺现代的"等语词来形容了。它的写字楼、宾馆、商城、民居、中小型店铺，依序成街，但并不是密不透风，而是高低错落、疏疏朗朗的，使人一抬头就可以看到湛蓝的天，看到树枝梢顶着的几朵闲云。掠脊而下的风吹爽行人的肌肤，吹跑汽车排出的尾气。昆明人说昆明的风是分好几层的，每层的风向都不一样。因而城市的空气容易得到清洁。

20年前，两位曾经在云南当过兵、插过队、工作过、读过大学的熟人跟我说，昆明城市很小，十几分钟就从这头走到那头了。在昆明，他们这些北京人相互之间都认识，因为城市小。今年6月间走在昆明的街道上，我想起他们20年前讲到的情景，心想时隔20年后他们再回昆明，肯定会不认识他们的这个第二故乡了。

在我住过的东风路，我认识了一位瘦身板的姓何的先生。他是退休民办教师，同时也是水果摊的摊主。他说他家以前是菜地，就在巷子那头，离这儿很近。他说昆明的老城新城、新中国成立后的几次扩建都装在他的脑子里，他能分毫不差地画在地图上。

云南被称为北回归线上的绿洲，昆明坐落在绿洲中最适宜人类居住的一个坝子里。走在法桐交织的林荫路上，我曾经想：要是北京的空气污染还得不到控制的话，干脆搬到昆明来算了。从陆军讲武堂的那一片黄房子出来，撑伞走在对面的翠湖外围便道上，我脑子里又有闪念：住在这里感觉确实不错。几出几进昆明，使我想到，如果我在这里住的时间再长一些，我大概就会不再多想这里地处边疆省份这件事，一个新的中心城市的意识，就会确定下来，甚至会慢慢忽视其他更大城市的存在。

提腰挺胸昂头走在街上的昆明女人的身姿，最好不过地表达了这种意识的稳固性。这些皮肤含有阳光亮色的女人，身体发育得别提多充分的女人，长腿细腰旁若无人，高挺着她们的自信与丰美，行进在艳阳与细雨中，构成了现代春城的第一风景。

昆明人对开放的问题并不像内地人那样关注，因为历史上昆明本来就是开放的。昆明与东南亚国家的联系往来比中原地区似乎更频繁紧密。也许对越南、老挝、缅甸人来说，昆明就是他们心目中的“香港”。一个云大中文系的越南姑娘告诉我：“学校里有许多东南亚留学生在学习中文或其他专业。”黄皮肤的老外和昆明人一起走在街上，不太好区分。

昆明就是一个中心。这个城市的人们生活在中心大城市的氛围之中，行走坐卧，穿衣吃饭，进屋出屋，睁眼合眼，生殖衰亡，老与年轻，做事与不做事……昆明是一根扁担的中间的着力部分，一根扁担挑着两头：滇东与滇西。还有滇北、滇南，滇东南、滇西北，滇东北、滇西南。这是几根扁担了？因而它更像车轮辐条中的车轴，全云南所有的地州县都辐辏到这里。

徐霞客在游记中提到的“省城”的地方，当然就是昆明。可是他似乎对城区没什么兴趣，只顾在城外转悠了。等转悠够了，便一路奔武定、无谋、大姚而去。因此，明末的昆明城是个什么样儿，他并没有写给我们看。

在云南做官多年的清朝人张弘倒是写到了，但是线条过粗：“滇之省会，即秦苴兰城，传为庄跻所建，周九里十三步。吴逆三桂架以宫阙。万家灯火，一片昆明，群山如拱楫，诚胜境也。山下即菜海子，有大池可百亩，赤旱不竭。”

曾经担任中国驻英留学监督的钱文选的《游滇纪事》，写的是上世纪初的云南。这时候的昆明城已经打上殖民化的烙印。他记道——

海子之东，法国领事署在焉。署东有法国邮政局、法国医院。城东有英国总领事署，及电报局。城南有盐道衙，盐运使署在焉。署旁即为云南盐务稽核分所，并附设黑井区收税总局于其内……

新近我看到一篇讲埃德加·斯诺早年云南之行的文章。1929年，斯诺搭乘一艘法国轮船经香港和海防，由滇缅铁路进入云南。斯诺的眼睛给我们摄录下历史昆明的又一相貌——

在斯诺的眼中的昆明，到处都是鸦片烟味，所有市场上都卖烟枪和烟灯；鸦片就像大米一样容易买到。在大街上，母亲哄孩子不用自己的奶头，而是给他一截涂有鸦片的甘蔗。道德败坏和贫困最明显的表现是对儿童的虐待。中国各地的儿童都在忍受剥削，但是剥削最残酷的莫过于云南……在当地市场上，一个女孩只能卖5美元或10美元不等……

云南从人道的角度来看，是令人憎恶的，但是它的自然环境却是很优美。在斯诺笔下，昆明这座历史名城有着古老的城墙，有着一切边远城市应有的色彩和令人陶醉的格调。这里既是铁路和公路的终点，又是商队的出发地。马匹和骡子从石砌的城门进进出出，狭窄拥挤的街道上熙熙攘攘，这里既有外地来的狡诈的商贩，又有当地给太阳晒得皮肤黝黑的男男女女，他们从属十几个不同的民族，穿着色彩鲜艳、绣着美丽图案的服装。袒露着宽肩膀的藏民，在街上东游西逛，张着大嘴巴目不转睛地盯着文明的内地运来的劣等货色和电灯一类的稀罕东西，出神地望着电影院和蒸汽火车头。那里电灯光线十分昏暗，在一片明灿灿、十分耀眼的煤气灯光中，不免黯然失色。远山如黛，那个地区资源丰富，景色秀丽，一切都令人赏心悦目，仿佛只有人是卑微的……

向斯诺致敬吧，昆明城，感谢他把一种叫作历史脚步的东西提示在红壤蓝天之间。

6. 姚安　在古道新路的交叉地带

楚雄是一座我不会忘记的城市。我很想在它的露天音乐喷泉广场周围，多徜徉一些时间，沿着攀满叶子花的龙川江多走几个来回，跟那些爱说爱笑的人们，多扯会子闲篇。可是徐霞客的游踪没到过这里，他去的是楚雄州的姚安和大姚。于是在楚雄略事休息后，我便登车北行，一路往姚安而来。

姚安给我的第一印象是它真是一座老城。走在它的街道里，木结构的老房子，泥砖建的老房子，多有可见。我说："这些泥坯经得起雨打吗?"接待我的县旅游局局长老施说："这些房都100多年了。"那些老得漆影全无的黑苍木屋，虽然上下两层，看上去却不高，可是这些用泥坯盖起的两层房屋，却显得高峙，倒回半个世纪，它们在老城里大概就算正经的楼房了。在城外路过一个泥坯屋院的时候，老施说这院里原来是家地主，早年红军路经姚安时，曾把指挥部设在这里。我一看就笑了，这是什么地主呀，连院墙都是土坯垒的。

我说姚安县城有这么多老房子，并不是说它是一派旧社会。它的水泥楼房、砖结构房子，也是现在可见的，有的还贴了白溜溜的瓷砖。我走过的姚安的几条街巷的特点是，新建筑老房屋是插花的分布的，新夹老、老夹新，给人的印象就是比较复杂一点。像在县旅游局的院子里，就矗立着一座新建不久的灰玻璃大厦，不知道是干什么用的。离这座现代建筑不远，就是一处红粉涂墙的文庙，庙前有空场和一座老电影院。空场上有一些老年人在休息说话。我被领进它后面的房子里，一进屋就闻到一股平房的潮气味儿。

晚饭是在临街的一个回民饭馆吃的。老施是回民，我就得跟着他吃回民菜了。一起就餐的有县文物馆的王文武，一个精通当地文史知识的30多岁的书生，另外还有县文联主席和王文武的上小学的女儿。窗根下晾晒着成笸箩的辣椒、花椒,麻蝇们在上面专心致志地爬爬停停。6 点左右的太阳西晒进窗格子,斜打在我的眼镜上,小城在一派金蒙蒙的光雾中浮动。

饭桌上王文武讲解:“公元前 119 年这里叫弄栋县,因盛产弄栋木而得名。647 年,唐设姚州都督府,宋大理国时叫弄栋节度,是大理国的八大名府之一。以后又州州县县地改了好几次。姚安曾经是南丝绸之路的要冲。最能证明姚安老资格的是至今立于城外的周小卜墓。”

楚国大将庄跻开滇,是云南历史上最重要的事件。周小卜是庄手下的部将,庄跻派他一直打到姚安,在跟彝族军作战时死在这里。周小卜的尸骨就埋在石碑底座下。以前石碑上罩有一个亭子,现在只留下光秃秃的老石碑了。姚安县志上录有古人咏小卜的诗:“庄跻略滇池,名将有小卜。战殁古姚墟,墓草年年绿。”

墓草我倒是没看见几根,烟草我到看见满目皆是。墓碑一带的烟草田里淹满了水,老高的烟株都长出了长挺,挺子上缀着橘粉色的花。王文武说:“都是这两天下雨淹的,烟一开花就不行了。”后来文武对我说,烟草是他们县的支柱产业,这次遭水淹对农民是很大的打击。文武说烟田再过去是卧龙岗,是诸葛亮擒孟获的地方。

当晚我们又去了羊派水库、大石塴坝口、白塔海子。大石塴西闸是宋代修建的,徐霞客到过,现在还在使用。白海子可就两样了。老施指着一直到山根下的连片的稻田说:“这里就是原先的海子。我们现在走的路是当初的海埂。”他解释说这些地形不是人为的,而是 300 多年间雨水把山上的泥土冲下来造成的。我说:“这一片跟颐和园的昆明湖差不多大了。”老施说:“古代文人写了不少咏白塔海子的诗呢,县志里都收了。”

我在姚安的行程紧紧凑凑,一路上好像净看庙了。还没进龙华寺，我就看到了一幕两个教门一处办公的景象。原来紧邻龙华寺的半坡上，还坐落着一个道教的三丰祠。颇有一股子两家较劲、打擂、争夺市场的架势。我留意到在三丰祠的右大门上刻了一行字，其词曰："李映我恨你是一个花心大色郎。""郎"为别字。口气出自一位女性。

看庙，老庙，唐朝的门槛，宋朝的窗户，元明的楼梯。沿着徐霞客当年上下的楼梯，我登上龙华寺北轩后院的厢房的小楼。在十二日记里，霞客说道："其西大山，名龙凤山，又名广木山。寺号龙华，僧号寂空。是日下午，寂空留止后轩东厢。厢后有深峡下悬，峡外即危峰高峙。庭中药栏花砌甚幽，墙外古梅一株，花甚盛，下临深箐，外映重峦。"

徐霞客当时是从屋子后山墙的木格窗子往外看风景的，我也从这里往外看，时隔将近 400 年，今日我之所见跟他时他之所见，没什么两样，只是没看到他说的那株梅花。

直到我快离开姚安的时候，老施和文武才提起李贽在姚安做过三年知府的事。我埋怨他们为什么不早说。闹了半天，我出来进去好几趟的德丰寺，就是明代大思想家李贽创办的德丰书院院址。李贽到姚安前这里是庙，李知府撵走了住庙的和尚，办起了一家打上他思想烙印的学堂。资料上说：

"李贽治姚安三年，政绩不凡。被称的千古特立之人物，自乃属、土民、胥吏、夷酋，无不化先生者。可是因为口直肠愤，兀傲自放，政见与众不同，故为当时的社会权贵所不容。"

李贽是辞官走的，说什么也不想再当官了。从此开始了他的民间学者、民间思想家的生涯。1599 年，李贽的《藏书》六十八卷在南京出版。1600 年，他抵达北京通州，万历皇帝以"李贽敢倡乱道，惑世诬民"令厂卫五城严拿治罪，其书已刊者，令所在官司尽搜烧不许存留。1602 年农历三月十五，著作等身活满 76 岁的李卓吾在狱中自刎。

一个杀死不同声音的王朝,没过多少年便风雨飘摇了。在其摇摇欲坠的日子里,另一个与众不同的人物,走上了万里遐征之路。

7. 大姚　金瀑古镇红泥路

7月2日,老施驾他那辆紫色桑塔纳送我到大姚县城。动身前,他说走40分钟就到,实际走了一个半小时都不止。这一带沿线正在修路,又刚刚下过雨,一路上坑洼泥泞不断,老旋转着方向盘,使出他全副的车技。我心想要是开沾益老田的三菱吉普就好了。

在大姚我再次搭上楚雄州旅游局规划科的车。从楚雄市到姚安县,我就是搭这辆车来的。大姚有两个地方他们正要去:赵家店的三潭瀑布和石羊镇的孔庙。这也是我要去的两个地方。我到大姚县的时间是下午3点。跟县志办的人座谈到4点,然后汇合上规划科的人,一起去石羊镇。

重重山绵绵路地走出去了约莫两个钟头,车子停了下来。原来是前方的泥洼路连成了片,卡车深陷住走不动了。一路走下来,都是山间红泥路,此地泥泞最甚。看看没有疏通的希望,一行人只好掉转车头返回县城。只可惜这时间和司机花的力气都白费了。

山山相连坳坳相隔,在山的汪洋里,要找到一个镇子真不容易。近午时分,我们的车子方才驶进赵家店乡政府的大院。这是今天行程安排的第一站,石羊镇安排在了第二站。

两位镇干部引路,大家开始步行登山。走在一段山路上,镇干部指着远山上蒸腾悬空动而不散的白云告诉我们:“那就是三潭瀑布。”

三潭瀑布在我写罗平九龙瀑布时,提到了它。整整一条河从92米的断崖上掼下来,其力量可想而知。一条弯峡谷,三面是山,底下是三个深潭,形成了一个大号共鸣箱,一年四季水声如雷,满峡碎银飞霰,水汽升空就变成纯净水的淋淋雨,哗哗而降。“太痛快,太爽了。”楚雄女子温桂花,张开双臂旋转在山坡上兴奋地沐浴。转眼间她身上的小薄衫就被浇个精透,头发和脸上全都挂满了亮闪闪的水光。阳光透云照射下来,满峡满谷天上地下,金珠莹莹,淋漓酣畅。

规划科的人高声嚷着叫我给这个瀑布起个新名字,说三潭瀑布名字土,跟王三王二差不多,得起个响亮的名字。我就指着这万年不变的大云盖子,说这条峡谷就叫飞云峡谷,瀑布就叫飞云瀑布吧。“真是百闻不如一见,光听你们说我没感觉,连看都不要看,往这里一站就被震撼了。”规划科的人连连慨叹着。

当天到达石羊镇的时候,已是近薄暮时分。戴眼镜的镇党委书记打开孔庙大门领我们参观。想不到在这么一个名不见经传的低洼山坳里,还藏着这么一个气象宏大的殿宇。屋高院大,草木萋萋,配得上让孔老先生住。

资料上说正殿的孔子铜像,铸于康熙四十七年,高 2.3 米,重 2500 公斤以上,“是全国孔庙中仅有的一尊历史最早的孔子铜铸座像”,又说这座孔庙“始建于明洪武年间,于明万历三十七年(1609年)建成”。从挨着正殿专门建了朱子阁的情况看,这里曾是一个理学礼教气氛浓厚的地方。昨天县志办的人告诉我古镇盛产盐,出了不少制盐贩盐的商人,因此才有经济实力造这么重的铜像。儒道与商道,在一个小山疙瘩里奇妙融合,融合得有点耐人寻味。

当晚正像俗话说的“人不留天留”。我们的车子还没有出镇区便陷在泥坑中不能动了。最后不得不全体下车,冒着雨推车后倒,重新回到镇公所,于是才有了我们夜宿石羊镇的一幕。直到这时我才有机会来感受这里的山地氛围,感受这个看上去与外界隔绝的老镇的情调。当夜大雨连连,雨打芭蕉树的声音空灵入耳。

车子傍晚驶入这一带谷地时,我所感觉到的潮湿闷热,在刷刷刷的山雨中无影无踪。

后半夜3点钟，我房间的门被嗵一声撞开，我腾身下地以为有强盗，一看却是镇党委书记。原来他跟规划科的人包括司机在内，打扑克打到现在。一身烟味的书记说了句："刚跟他们打完牌。"又补充说，"我们平时规定不让干部打，可是领导来了就得陪陪。"说完，便在另一张床上倒头睡下。

第二天司机要开车上路，他要主持村镇干部会议，这些人哪儿来这么大精神头儿。

8. 祥云　从云南县到抗战基地

到祥云就到了大理白族自治州的辖地。祥云是云南的大坝子之一，举目一望就好像到了中原的某个地方。走在玉米地畔，或融入街市一角，就觉得能跑这里来拍《野火春风斗古城》或《晋阳秋》或拍个《二师学潮》片段什么的，浑忘此身是在北纬25°线上。

昆明大观楼公园里的一块红砂岩上，刻着"彩云之南"四个大字，是刻错了地方的。云南省的"云南"二字，是从祥云县的前身——云南县(州)身上扒去的。这一扒，云南县在人们的嘴里就被叫作小云南了。徐霞客《滇游日记・五》里有："又西二里，为界坊，乃姚州、小云南界"之句，听祥云旅游局副局长程建云介绍："汉元封二年(前109年)汉武帝设云南县，县治住地就在现在的云南驿。"程建云讲："汉武帝做了一梦，梦见彩云南现，汉武帝指认的出现彩云的地方，就是祥云县这一带，于是设置了云南县。"建云说："祥云才是彩云之乡。"

我没来得及去翻书考证汉武帝做过没做过这个梦，但从地理位置和战略位置上看，汉武帝刘彻真会挑地方。他拿梦说事儿，在他鞭长莫及的边疆之地，顺手就建了一个桥头堡。建云还说："祥云还是白族的发祥的地，以后白族人才迁到了大理。"我一时无法考证她的这个说法，但我想大理白族和周围其他民族的早期接触汉文化，恐怕不会不得益于古云南县的存在吧。

祥云县最热闹的时候要属二战时期。滇西抗战爆发，祥云的战略位置一下子突显出来，所有写滇西抗战的书，都提到了祥云。我们摘两段县志看看——

1943 年 4 月至 5 月，国民党抗日远征部队两个军部，一个整师及 2 军、53 军、56 军部分部队约 10 万人云集祥云，进行短期整训后陆续投入抗日前线，4 个部队医院和粮站进驻县境，祥云成为抗日将士的集结地和滇西抗战的大后方。

云南驿、北屯两个机场位于滇缅公路交通要冲，为日本侵略军由缅甸进兵占领西南的障碍。1941 年至 1944 年，日本空军先后六次对两个机场进行疯狂轰炸，扫射、炸死、炸伤机场民工及附近群众近 3000 人，给祥云人民带来深重的灾难。其间 1941 年轰炸一次，1942 年 12 月 26 日至 27 日轰炸两次，1943 年 1 月 16 日轰炸一次，4 月 26 日轰炸一次，1944 年 2 月轰炸一次。特别是 1943 年 1 月 16 日，日军出动飞机 30 架，投弹 30 枚，炸死炸伤机场民工及群众 1000 余人；1943 年 4 月 26 日，日军出动飞机 53 架，炸死炸伤楚雄、姚安、南华、弥渡、祥云等县扩修机场的民工 1500 余人，美国驻机场空军奋起迎敌，击落日军飞机三架，为抵御日机轰炸，由国民党驻机场部队与机场附近群众配合组成了防空团及养场大队，负责瞭望、侦察、救护、消防、对空射击及机场养防等任务。政府在县城及云南驿安了报警器，遇敌机轰炸，迅速组织群众离开住房隐蔽。

荒弃多年的旧时机场的跑道，于今都还在。一处水泥旧屋的屋基，还裸露着一截当年的电线。跑道两侧已被农民还原成农田，种满了叶绿缨红的玉米，风吹叶摇成一派和平景象。程建云指着远处的几个高坡地说："这底下都是当年的机窝。小时候我们在里头玩过。"

在祥云无人不知的、无人不晓的莫尼中尉，就是从这座机场驾机腾空拦截日军飞机的。在击中两架日机后莫尼的座机也中弹起火，为了不使飞机堕落到县城，他推迟了跳伞的时间，经抢救无效牺牲。照片上的莫尼是一个非常年轻的美国军官，微笑中带着几许腼腆。他是刚结完婚便到中国来参战的。

机场附近的云南驿的阮家大院，曾经被征用做美国空军训练队的学员宿舍，进驻过100来名美军学员。阮家的主人回忆当年说："都是20岁上下的小伙子。"女主人拿出一个当年的银勺给我看，上面刻着大写的"U.S"字母，是军用的。

资料显示，"二战"期间，美国空军仅在"驼峰航线"这条"死亡通道"上，就损失飞机609架，近2000名中美飞行员牺牲或失踪。

在机场近边的云南驿街心，程建云把一位叫钱家定的老汉介绍给我，说老汉是祥云县唯一健在的当过马店店主的人。当年在祥云修建飞机场他都参加了。老汉回忆昔时的战事，就像发生在昨天——"日本飞机飞来，把我们的训练机炸了30多架……一天死200多人。修机场，90多人拉一个碾子，日本飞机一来，没跑了，都给炸死了……几十个死人装一车，用翻斗车拉到马蹟箐，百十个人一起埋掉。死200多人……那天我上山运石头去了，没被炸着……五十几架飞机空战，我们都站在山上看……中国兵去缅甸打仗，用运输机从这里运大米，空投……水土不服，飞机运土过去给士兵泡水喝……"

钱老汉家的这座四方院的房子，都是木结构上下两层，每个转角有木梯，在当地叫走马转角楼。老汉领我们上楼梯，看那些被割成一小间一小间的客房。这些在今天连二十五星级都评不上的鸽子窝，陈年老土厚积，木头旧得发黑，人一进去就打喷嚏。钱老汉指给我们看从前马帮用的马鞍子、马架子、土锅和装粮食的老柜。

"我母亲40多岁开马店，铡草磨刀，挑水饮马，起早贪黑。那阵一斤草料云南票两毛，中央票一角，一匹马歇一夜赚两三分钱。民国二十三年通滇缅路，到民国二十八年，没什么牲口过了。"

明洪武十七年(1384年)云南县治由云南驿迁往洱海卫城南，

也就是现在的祥云县城这里,修建了一座中原建筑格局的县城,也就是现在的祥云县城的老城部分。

步行在老城的四街八巷里,时光一下子就倒流回晚明市井生活的氛围中。老铺古柳,城墙门洞,风剥雨蚀,被岁月催老,只有为数不多的新屋偶现于木楼旧坊间。这时仿佛有迤逦的驮马队通过城门洞,叮叮当当的铃铛声倦倦地响在斜阳的阴影下。

我跟程建云说:“闹了半天,原汁原味的古城在你们这里。你等着吧,这个消息传出去,来的人就多了。前提是得保护好它。”

在保存完好的水目寺,我再次感到了跟徐霞客的零距离接触。他在十七日记中写道:“旧寺有井,有大香樟,有木犬。有风井,有塔……暮过观音阁,观《渊公碑》……”这几样实物样样都在。井里有水,香樟树长在院子里,风井就是一个地洞,跟大理崇圣寺的塔模样差不多的塔,还在原地矗着。至于那个黑犬木雕如今就放在小侧屋的土炕上,身上缠了红绸子,像披红穿马褂的老式新郎。《渊公碑》立在露天里,字写得一般般。建云一字一句地念出来……

9. 宾川　来与去　考察生涯的终结之地

徐霞客在姚安、祥云一带走得很快,几乎没做什么像样的地理考察。他的目的地是鸡足山。一出洱海卫城西门,他就恨不得插上翅膀飞了。

鸡足山盖满了庙。中国的和尚专拣好地方盖庙,也不经过国家土地局的批准。到元明两代,这片“三岭前伸,一岗后距,俨然鸡足”的山岭,成了西南佛教的重镇,连远在江苏的和尚静闻都被煽动得心向往之。他跟徐霞客搭伴从江阴出来,半道上死在南宁,留下遗言:“我志往,不得达,若死,可以骨往。”怎么往?骨头自己不会飞,还不得由人背到鸡足山去?徐霞客“因焚其尸,取骨贮于木匣,负之入滇”。

静闻死于1637年农历九月,徐霞客和仆人老顾把骨灰盒背到鸡足山的时候,时间已经是 1638 年的农历十一月二十二日了。天底下仗义到徐霞客这份上的,恐怕也没有几个人了。

话说回来,这静闻为人也够自私的,从南宁到宾川近是怎么的?以为是在庙里串门子呢?一年零几个月的跋山涉水,空手都嫌累,更何况行李、粮食之外再加个骨灰匣。他在留遗言的时候,没有替徐霞客主仆考虑过。

6 月 8 日午后,我跟省旅游局的莫勇从宾川县城出发去鸡足山。当车子在山腰间盘旋而上的时候,弥漫的云和苍黛隐约的群山,便都在视平线以下了。

打伞走在山径石阶上,云气悠悠漫涌于林间竹下。丰沛的雨水,促使鸡山的表层快速地转变成土壤,饱含腐殖质的湿漉漉的山土,脱掉了山的刚性,日渐变得肥腴。

徐霞客到宾川的时候已经是冬季,他有机会看到云南的雪景,如十二日他在鸡山看到:

第此时阴晴为定,西南望香木坪一带,积雪峥嵘,照耀山谷,使人心目融彻……

雪阵大至,晚而雪菲……

雨雪时作……岚雾在下,深崖峭壑,茫不可辨……

走在鸡山竹林中,我想到了顾行。在徐霞客的业绩里,是有着顾仆的一份功劳的,至少是苦劳。可是在将近 400 年的时间里,他却被忽略着、抹杀着。1636 年霞客从江阴家里出来的时候,带了两名家仆。姓王的仆人早早就开了小差,只剩姓顾的仆人一路跟着他,挑行李、跑腿、做饭、购物,外兼着保镖。徐霞客的日记中一口一个"顾仆"、"顾仆"的,我看着很不舒服。都跟你同甘共苦这么长时间了,怎么就不能平等叫人的名字?

顾仆在历史上背了骂名。他在跟霞客考察完腾冲,再次回到鸡足山的时候,席卷了主人的钱物走,霞客"启箧而观,所有尽去。"众和尚们要去追赶,徐霞客说出一段话来,此事也就不了了之了。他说:"追或不能及,及亦不能强之必来。亦听其去而已矣。"他叹息:“但离乡三载,一主一仆,形影相依,一旦弃余万里之外,其何忍也!”话里话外都是感伤。

顾仆半途弃主,还偷了东西,招人非议,是他自作自受。可是如果站在他本人的立场上想,就不难理解和同情他。一个非旅行狂、考察狂的人,跟着一个有这种狂、这种癖的人一走三年不回家,是死是活两不知,一路上的苦头不比猪八戒吃得还多?换个人行不行?应该说顾仆已经是忠心可鉴了。

谁家里没有妻儿老小牵牵挂挂?在背井离乡三年后,顾仆想回家,是合乎常情的。而徐霞客又不是一个适可而止的人,游完黔桂滇,他还想着游西藏游缅甸,这令顾仆感到绝望,他才开了小差。毕竟徐霞客不是他爹。后来人把徐霞客对这件事的态度,理解成是他为人的宽容。我倒觉得,在他内心的深处是很觉得对不起他的顾仆的。

因此在徐霞客的事业中,是应该记有顾仆的一份苦劳的,在徐霞客的雕塑旁是应该有顾仆的一席之地的,就像堂吉诃德的身边少不得一个桑丘那样。鸡足山是徐霞客游历考察生涯终结的地方。他从腾冲折回鸡山后,长期野外积劳带给他的病,开始发作。“余以久涉瘴地,头面四肢俱发疹块,累累丛肤理间……”他双脚浮肿,行走艰难。丽江土司木增得知情况后,派人把他千山万水地抬回了江阴。到家后的徐霞客两足俱废,卧床一年后溘然长逝。

我很想知道徐霞客回到江阴县南岐村后,有否再见到顾行?二人遇见时会作何神态、言语?徐霞客辞世四年后,清军长驱南下,在击败了江阴的抵抗力量后,血洗了这一带,江阴沦为一片焦土。徐霞客长子的屺死于这场战乱,游记手稿经兵火损失惨重。要不是民间有手抄本流传,徐霞客以毕生性命换来的这本东西,就算完了。当年大清军的圣武之德,于此可见一斑。

10. 丽江 人气与横断山气的奏鸣

宾川的司机跟我说:“在晴朗的天气里,从鸡足山上能望得见丽江的玉龙雪山。”

我根本不信。从宾川到丽江得半天的车程，能看见玉龙雪山那得是什么眼力？鹰眼都做不到。

消息比视线的射程远。还是徐霞客人在昆明时，丽江土司木增就托人带口信，期望他早日赴丽江一行。及至他抵达鸡足山，丽江土司知府的通事，便奉命前来迎接他。接下来才有了旅行家的丽江游，跟木土司一家的一段交往佳话。

徐霞客没能像今日背大旅行包到来的游客那样，在丽江城里走街串巷，而是只见：“象眠山之西南垂，居庐骈集，萦坡带谷，是为丽江郡所托矣。”为当代文人和电视片津津乐道的丽江古城，徐霞客没能进来一睹详细，睹了也不见得能引起他的兴趣。因为桥桥水水的在他的家乡到处都是。什么都是物以稀为贵，若是在霞客的时代冒出一座现代的城市来，也非把古人吸引来不可。

木土司府，他也只是从外头看了个外观。他的一句评语“宫室之丽，拟于王者”，被大字书写在木府近旁的白照壁上。这是一句含蓄的话。他还说过另外的话：“闻其内楼阁极盛，多僭制，故不于此见客云。”纳西土司自知自己府邸的建筑规格大大超标，传到皇帝耳朵里，皇帝会不干，便死活不让外人进他的宫殿，宁可屈尊出来见客。这就是他会见徐宏祖于城外解脱林别墅的原委。

徐霞客对丽江土皇帝的豪侈，是有看法的，只不过人家对他恩礼有加，不便多说什么罢了。如今的纳西族人，众口一词地夸说木土司的功德，而忽略掉土司制剥削他们的史实。其记功不记过的宽厚心肠，也算是各民族中少有的。

1996 年的丽江地震，使丽城蒙受灭顶之灾，随着重建的成功，又因祸得福。听我房东讲：“1996 年 2 月 23 日傍晚 6 点多钟地震发生，人们刚吃完晚饭，不少人已经到外面散步。据当时在狮子山遛鸟的老头讲，他眼看着房子成波浪式的坍塌，而背靠狮子山的房屋都没事。”房东手比画着指自己的房子：“我的房屋就没事，连个花盆都没碎。怪极了，到现在我都搞不懂。”

我不知道新城老城分开建，把老城恢复成原样的设计思想，出自哪个脑袋。这是至为关键的一笔。这个头脑价值连城。那些身背过头行囊的老外们前赴后继、屡屡进街的景象，是最能表明这个边远小城的人气的了。入夜后游人如织、摩肩接踵的景象，曾经让丽江人喜得冒鼻涕泡儿，现在习以为常了。大研古镇哗哗进钱。

7月14日下午，我从龙潭往回走，迎面走来一位双手提硕大旅行包的白人女孩，她累得粉面上热汗腾腾。我冲她挑起大拇指，她扑哧就笑了，弯了身子停下来喘气。跟着她身后又来了一个提大包的，比她东西还多，第三过来的是个胖大的女孩，她一身搬运着三个大行李包，坠着她走不动，两大腿一抬一顶，顶着身前最大的包往前挪蹭，那样子恨不得把家都搬来了。这会儿她的肠子肯定都悔青了。

仨人一看就知道是第一次出远门。她们看着自助旅游手册，第一次出国旅游就奔丽江来了。

她们的自助旅行手册里，都印有徐霞客和约瑟夫·洛克在丽江的事迹。在丽江的日子里，徐霞客除了参加木土司安排的活动外，依然照他的老习惯在城外的山水间跑动。囿于道路交通的限制，他没有走到玉龙雪山和金沙江，也没有远到泸沽湖去看走婚的摩梭村寨。而这些在现今的丽江旅游中似乎是不可少的。

玉龙雪山终年积雪、云飘雾绕，引发了当地人的遐想，玉龙雪山成为他们心中的神山。现今他们又把这座山捂得严严的，设了几道门收门票，玉龙雪山似乎被抬高了身价。现今上玉龙雪山得两条路选一：骑马或者乘缆车。我选择了骑马。

骑在瘦劲有耐力的小滇马上游山，也别是一种游法，像今天这样泥泞窄陡的山径，平原上的马根本走不了，而滇马应付起来就不成问题。穿过成片杜鹃树林的时候，我不得不在马上撑开伞，遮挡忽来的雨。对面过来的马上，骑了一位红衣白帽的女士。见我骑马打伞，她高喊：“你很潇洒。”我回应她：“你很漂亮。”她招着手和我错蹬而过。就在她的红色蓦然出现的一刹那，苍茫山色就被点亮了。

游山的人问我："你有没有被震撼的感觉？"我说："它的相对高度再高上一倍，我就会被震撼了。"我说："玉龙雪山的值钱，不外乎就是在没雪的季节它还有雪。"书上说，玉龙雪山是地球北半球上最靠近赤道的有现代冰川的山。玉龙雪山堪可入画的，是它峰头的变幻之美。而不用入画就已经是画的，是雪山脚下的白水河。

白水河水里水外的白石头，远看像一川耀眼的碎银。终年不竭的雪山融水，汇入白水河开阔的漫滩，潺湲着，汩流着，清清洌洌泠泠着。我问在水里浸脚的少女凉不凉？答曰："凉得彻骨呢。"这是纯洁尺度上的白水。它以它的洁的凉度、洁的冷峭、洁的开阔、洁的澄澈透明，感人肺腑，打动人心。

而当举世闻名的金沙江，在汽车的盘旋中乍现于我的视野的时候，被水打动的感觉再次莅临。在寻古村一带的高山上，我请司机停车。徐霞客爱使用的形容：某河"深嵌峡底"、某水"破峡而出"，就是眼前的形势。

黄泥色的金沙江，含泥沙的金沙江，渐走渐宽而呈浩荡之势。司机说："现在江不是最宽的时候，水大时能把公路都淹了。"

公路沿江而筑，车子沿江而行。松园大桥过了。继虹大桥过了。到继虹桥上走。走了半天才走到江中间。面对江水来的方向看江。面对江水去的方向看江。云低山影翠，江入大荒流。千古江山自在，倏忽人踪无定。

这已经是在横断山的山脚下了。湿热的河谷地，玉米林漫坡，芭蕉树鹤立，我解开衣领扣，司机脱去外衣。可是不久，虎跳峡雪跃雷轰的飞江水，又送来了激越的凉意。

有人问我虎跳峡好不好看，长江第一湾好不好看。我说都好看都好看，可是真正打动我的还是那千回百转、时而见时而不见的山壑中的江景，是水流变化万端只管向前的江河气韵，是它在暖意的日照下的宽阔展映，从容行进，水波如歌……

11. 剑川　零距离屐履交错

7月15日一到剑川我就感觉到冷。早晨从丽江出来我穿了件长袖衫，刚好不冷不热，怎么一到剑川反而冷了？剑川人告诉我："这都是玉龙雪山给闹的。丽江在玉龙雪山底下，从雪山吹下来的风吹不到它，却正好吹到剑川，所以剑川的气温比丽江的低，庄稼也比那边的长得慢。"于是在出县城爬满贤林、金华山之前，我往身上加了件坎肩，结果一爬山，此举就显得多余了。

1252年，忽必烈大军在丽江以革囊渡江，推进到丽江、剑川交界的九河一带，与大理国军队展开了一场恶战，战斗打得尸横遍野。这场仗打下来，被蒙古军抄了后路的大理国，就失去了屏障。如今站在剑川坝西界制高点金华山顶眺望，当年的古战场尽在一望之中。剑川坝平川像平展的大草甸，的确是一个适合打大会战的地方。当年飘浮血沫的剑湖如今镶在平畴稻畦之间，远望像一块不规则的小玻璃，县城看上去则像一堆小孩积木。

同样是站在金华山顶，1639年的徐霞客也就是站在我站的地方，眺望"川中形势"的。不过他老先生的眼神和方位感是我比不了的，于是他"北眺丽江，西眺兰州，东眺鹤庆，南眺大理"，还望见了老君山。我纵然能跟毛泽东似的看得到"茫茫九派流中国"，也从金华山上看见还隔着个洱源县的大理坝子。

7月中旬，我在剑川游览的三座山：莽歇岭、金华山、石宝山，都是徐霞客当年重点爬过的。查他在剑川境内的活动，主要集中在这三个地方，外加一个剑川湖。所走的山路，他跟我是一样的，只是在顺序上不同。他是先爬金华山，后上莽歇岭，我则是登莽歇岭在先，上金华山在后，转天才去的石宝山。

领我上山的李庆文告诉我，满贤林的原名就是莽歇岭，满贤林就是莽歇岭的谐音。莽歇岭的山路夹在直耸而上的山壁之间，山水下来的时候，路就是水道。这座山的特点，正如徐霞客概括的："皆纯石危亘，骈峙相对，而路当其下。"在经过近400年之后，山石间的缝隙肯定是更宽了，石头的颜色已近乌青。山泉潺潺从乌青石头上淌过。

向导小李曾经在县直机关的爬山比赛中获得过第三名，我跟他爬山自有一累，却不料更累人的还是爬金华山。徐霞客在谈到贵州云南的山的区别的时候，概括：黔山多石，滇山多土。因为多土，人脚踩出来的山路一经雨淋，就泞滑得不行，更加上山溪争道，攀登之艰难就可想而知。在叙述登山上，霞客是第一能手，省我一点事，我们跟着他的感觉爬一段金华山——

从此上眺，双崖骈门，高倚峰头，其内环立翯翠，仿佛有云旌羽裳出没。益鼓勇直上，路曲折悬陡……栈高悬数丈，上下皆绝壁，端耸云外，脚插峡底，栈架空而横倚之。东度前崖，乃盘南崖西转，北上而凌其端，即峡门右崖之绝顶也。东向高悬，三面峭削，凌空无倚，前俯平川，烟波村树，历历如画幅倒铺，后眺内峡，环碧中回，如蓉城蕊阙，互相掩映，窈窕莫测……

比徐霞客厉害的更有其人。在从金华山顶住下走的路上，我和小李遇上两位正往上爬的老太太，其中爱说话的一位78岁。她以蓝布缠头，拄着拐杖，喘着气跟我们说话。她说她到过北京，她的外孙女在北京大学上学，马上就要去瑞士留学了，她说她的孙子已经在美国念博士了。这老太太好气色，说话时充满了乐观与自豪感。

位于剑川城南50里处的石宝山，给人看的东西主要是三样：石窟、宝相寺、被称为丹霞地貌的山石。

宝相寺是建在悬崖上的一座寺。放着好好的平地不住，非住悬崖峭壁，是不是也是一种古典式的作秀？

被当地人称为馒头石的那几处山石，明代学者李元阳和杨慎都来看过，李形容它们像"石麟石象常披甲"。徐霞客也注意到了他们："峰头时忽涌，如狮如象，高者成崖，卑者为级，穿门蹈瓣，觉其有异……"

异在哪里呢？石宝山的岩相为海相沉积。在这些沉积岩的层面上，保留着被水流、波浪等作用形成的波状痕迹。当海水下落，沉积物露出，经太阳暴晒水分蒸发，体积收缩，就成了我们看到的馒头石。其实它们看上去并不特别像馒头，大概在匮乏的年代，人们太想吃馒头了，才望石产生了联想。

石宝山的石雕如今被一把锁锁着，来人了才开开让看。这些石雕绝大部分尺寸都不大，没有照片上表现得那么大。被学者津津乐道的，是其中的一处女性生殖器石雕，据说表现的是生殖崇拜的遗风，但是不是僧侣的性心理的表露也说不定。

金庸到石窟游览时题的"南天瑰宝"几个字，被放大到下面的石壁上。他的一笔赖字，让人不敢恭维。

12. 大理　苍山洱海是为美学预备的

徐霞客一到大理便撒开了欢儿。他又拿出了他游鸡足山的劲头，开展起登山运动。他在大理一扑腾就是半个月。他在大理爬过的山，比在当地生活了几辈子的土著都要多。可是我一见苍山便打定主意不去爬它。

杨慎的《游点苍山记》里的名段，写得何其好啊——

"及至叶榆之境，一望点苍，不觉神爽飞越……山则苍龙叠翠，海则半月拖蓝，城郭奠山海之间，楼阁出云烟之上。香风满道，芳气袭人。余时如醉而醒，如梦而觉，如久卧而起作，然后知吾向者之未尝见之山水，而见自今始。"

我愿意保持这样的画面，这样的视觉感受、视觉记忆在心里，不论是在坪坝间看到的，还是在船上看到的。这就如同富士山，宜于远观而不宜爬上去看它的黑砾石。

既不登山，就只剩下转老城、游洱海了，至于走庵串庙的差事，还是留给徐霞客干去吧。我想亲临过洱海，或退而在电视上看到过洱海，或退而在照片上看到过洱海的人，全世界的都算上，排起队来恐怕能绕地球好几圈，因而谁拈管去写它，简直就是犯傻。不过避而不写不等于避而不看，于是当那艘苍山号老船十二分沉着地缓缓行进在洱海上的时候，我还是坐到了船头第一排的椅子上，观赏移动中的景色。

会挑地方的民族、人群，是幸运的民族、人群，遥想古南诏国国王坐在他的王家水师的艨艟之上，俯仰水天，纵目远山，主宰一方天地的意识，天上地下唯我独尊的意识，怎会不荡胸萦怀？中原有多大？中央帝国的军队有多强？他也许没有见识过，但这并不妨碍他产生雄豪之气。甚至不待任何人来教他，那诸般种种的霸王之想，便由苍天浩波暗示给他了。因此，当那个鞧在山根底下的纳西土司，还在满足于做土皇上的时候，大理这边就崛起了强大的王国，并且走上了扩张之路。

我想起曲靖市考古学家刘成武，曾经讲给我听的一段史实："爨氏政权统治云南的500年间，曲靖是云南的政治、经济、文化中心。当时云南分两大势力，一派是滇东地区的爨氏家族，一派是大理的南诏国。斗争的结果是南诏出兵灭了爨氏政权。南诏军走时，将这一带的人大规模西迁，迁往滇西一带。《唐书》上记载，连人带牲畜迁走了30万人口。这以后，云南的政治文化中心西移至大理。直到现在，大理那边的一些人，还带有曲靖地区的口音。"

原来滇西和滇东的界限还是可以模糊的。就难怪滇省诸地有那么多的中原格局的四方城，包括大理古城在内，就难怪徐霞客记山记水，不爱记城了。记一个就行了，其余都可以复印。

初次走在大理城古香古色的街道上，感觉是很舒服的。第二天便发现它的房子虽为古制式，却是新的。在仿古的屋檐下，全城都在忙着卖东西。在滇省各民族中，白族人是以能经商出名的，因而卖东西的传统应该得到延续。

据说到大理来卖东西的人，天南地北哪儿的都有。这不，就在我坐在街角的餐桌旁，对暮色降临前的点苍山作告别凝望的时候，新疆人的烤羊肉串，也正烤得吱啦吱啦响……

13. 保山　城、山、江

从剑川去保山比较麻烦，中间要在下关下来换车。7 月 17 日我早晨 8 点半在剑川上的车，将近晚 8 点了才抵达保山市隆阳区。双脚一落地，一座楼房林立、依山而建的现代城市就矗立在眼前。这跟出版于民国的《缅边日记》中的保山城的面貌，已经判若天壤了。

徐霞客出大理境，一路上陟下坠登山临水奔保山城而来。只可惜他这一段的日记只到"南瞻澜沧西岸，群峰杂沓……"就佚失了，一共缺失了十天的日记。好在《缅边日记》上说："现在的县城，最近的一次是在明朝万历年间重修的。"因此《缅边日记》作者曾昭抡看到的保山城，应当跟徐霞客看到的差不太多——

保山的种种，都有北方风味。大约来这个地方的人，原籍多半是华北和长江各省，就中从南京、江西、山东等处来的，似乎占重要部分。城内的建筑物，完全像中国北方城市的样子。房屋的外墙有青砖、土砖，与黄土和石子砌成的三种。房子几乎全只有一层。房内墙上用白纸裱糊起来。窗是中国式的木格窗，上面糊着一层白纸。人民的风俗习惯，和北方很相像。说话的口音，很带有江西和南京的风味……

保山街上，并没有洋车和其他近代式的交通工具，唯一的代步方法，是坐轿子，而轿子却很少。在路上往来的，全是步行。有一位本地人，在外面很久。他告诉我说，初回保山以后，有三件事给他的印象最深。这三件事：辫子多，小脚多，驮东西的黄牛多。此次我们来到保山，看见辫子已绝迹，其他两点，却真不错……

大街上最考究的店铺，夜间点着打气灯。普通店铺，多半是点洋油灯。店前的摊子（大部分是食物摊子），有的点马灯，有的点一种本地特有的灯。最后一种是把松香放在一只直径大约 3 寸的铁碗里，上面架着小条的木炭；烧起来以后，这样的灯发出不小的火焰和黑烟，确是别有风味……

现今行政区划上的保山市范围，包括腾冲、龙陵、施甸、昌宁四县，外加隆阳区，也就是我漫步于中的保山城。

在2002年的保山城夜幕下，已经看不到曾昭抡笔下的景象了。宾馆、超市、银行、酒楼、歌厅、办公楼等，错落分布于各条街道。霓虹灯、装饰灯、灯箱灯、路灯、车灯、室内灯，将天黑后的街市装点起来。在这样的街上不紧不慢地散步，有一点孤独，有几分闲适，不会恐惧什么。

资料上说：保山市地处横断山脉滇西纵谷南端，境内主要山脉均为南北走向，分属高黎贡山、怒山与云岭山脉，是著名的"帚形"山地中山原区……境内河流多沿断层带剧烈下切，形成沟壑纵横，山川相间，山高谷深的地貌外观。

如此这般的地貌特征，在沙盘上看就非常直观了。而我从保山城去腾冲穿越这些地形地貌的时候，被沙盘缩小了的体积，便无量大地放大了起来。

"那云多好看！"

一位女乘客指着悬崖外的一处白云惊叹。这时我们的汽车已如升空的飞机，钻入了浓稠的云层中。云海填壑，黛峦失踪，车速慢到跟步行相近。我知道我们正在翻越摩天巨峦高黎贡山。

高黎贡山是一道真正意义上的天然屏障。它自北而南连脊带背横亘在怒江以西，而怒江则几乎是完全与之平行地奔腾咆哮在高山峡谷之间。

1944年5月，16万名中国远征军强渡怒江，向滇西境内的侵华日军展开全线反攻。当身穿单衣的中国远征军攻上高黎贡山时，气温由山下的40摄氏度高温，骤然下降到零下。成队的远征军战士被活活冻死……协同作战的盟国空军闻讯出动，一万多条军毯空投向高黎贡山……

美军新闻处发布的《怒江战役述要》中写道——

怒江以西是高黎贡山。这个山脉长170公里，高入云霄。只有三条山路可以通过西面。最北的一条路高约900英尺，中间是马面关，高约1万英尺。南面是火塘子与江苴街的路，高约1万英尺……

山形极险，日本人又在每个战略要点建立坚强工事，大概只有中国士兵才能越过这种天险……只靠一点米饭就能越过这种地形，真是难能可贵的事。参加过新几内亚岛上欧文史丹莱山脉作战的美国军官和战地记者认为，高黎贡山的作战比欧文史丹莱山要难得多。

1942年5月，当侵华日军打到龙陵、腾冲，中国工兵被迫炸断怒江咽喉惠通桥的时候，蒋介石曾有退守澜沧江的打算，后在国民党元老李根源的劝阻下，转令军队坚守怒江一线。日军用橡皮艇数次强渡，都被打了回去。落入江中的日军尸体，眨眼就被旋涡吞噬。

58年后，当我逗留于这条大江之滨，想查找到一点当年鏖战的遗址的时候，所见也只是万木葳蕤、江风飒飒了……

14. 腾冲　在火山与废墟上更生

到腾冲就到中缅边界了。腾冲县城的中心街道上，矗立着一座徐霞客挥毫书写“极边第一城”的雕塑，表示着腾冲城人给自己的定位。可是不这么定位又有什么办法？城市盖在这里了，又不能安上轱辘推着上别处去。不光是国境线一有战事，这里首当其冲，整个腾冲还是坐在火山口上过日子的。尽管地质学家说那些火山是休眠火山，一时半会儿不闹事。可谁都有说话不准的时候，到时候倒霉的还是腾冲人，地质学家也不会成天在火山这儿蹲着。

自己生活在火山区不提心吊胆还不算，腾冲人还别出心裁、废物利用修了火山公园,招引别处的人来参观,跟他们一起来承担风险,并且是让你花着钱来承担。于是7月22日,我沿着一条比大理蝴蝶泉公园里的道路还宽还长还有气魄的通山大道,往一字排开的三座火山走去。脚下铺的都是黑色蜂窝孔的火山岩岩石,沿道路两侧植满翠绿绛紫的叶子花,路当中是一直排列到山脚的两排红球路灯,不用通电,就已经耀心耀目了。大概是要给火山助威,这天中午,猛烈的风挟着雨,兜着我往前走。

通往山顶火山口的石阶路,也都是用黑火山岩砌的,山坡上除了松树、灌木、茂草,就是火山浮石。我小时玩过这种石头,俗名叫"吸头石",不是吸整个脑袋而是吸头发。徐霞客一见这石头就发生了兴趣:"山顶之石,色赭赤而质轻浮,状如蜂房,为浮沫结成者,虽大至合抱,而两指可携,然其质仍坚,真劫灰之余也。"如果再写成"真火山劫灰之余也",那徐霞客就真了不起了。

徐霞客考察过的打鹰山,站在我脚下的大空山火山上就可以望得见。在火山口上放牛的农民老汉,将分布在这一带的火山一一指给我看。原来腾冲县境内分布着90多座火山锥、火山口、火山湖。难怪当地人盖房、铺路用的石头都是火山岩的。

大空山火山口的样子,像砌在灶台上的大铁锅。资料上说它的直径约400米,我看好像没那么大。放牛老汉的八条灰皮大水牛,在锅里锅外的草地上悠闲自在地吃草。我想如果这时候,休眠火山打喷嚏,我就得坐飞机了,老头儿和他的牛,也得一起上天。

大锅内外茂草茸茸,称得上是个绿出了野性诗意的大绿锅。我向老汉请教山上的植物,他一一指来给我看:"这是山白草。这是皮板草。这是蚊子草。这叫豁草。这是白马草。这是飞松。这是果松。这是杨柳树。这是波兰花……"老汉说原来火山口里都是树,怕影响游人看火山,上级派人来砍了。

我绕着火山口慢慢走,发现了几只色彩异常美艳的蜻蜓,有孔雀蓝的,有翡翠绿的,有宝石红的。它们落在树枝上翅膀不是展开的,而是像蝴蝶那样在背上并着。忽然从松树后飞出十几只蝴蝶,有黑颜色的和蓝颜色的,其中就有名贵的猫眼蝴蝶。在我下山的时候,忽然有一只大如雨燕的蓝背黑蝴蝶款款飞来,落在浅水洼边喝水。那份渴劲儿,跟人渴了没什么两样。

腾冲火山留下的另两个遗迹是火山湖和柱状节理岩石。这种柱状节理的岩石,有的密密麻麻地聚集,像打进地里的水泥桩,有的像一根挨一根的棱柱,都是不规则的六边形柱体。据火山公园的展厅的讲解员小姐说,这些怪异的石头是火山在喷发过程中,遇冷再加上它本身的晶体结构的作用而形成的。管它怎么形成的,只要火山老老实实的不喷发就成。

不老老实实每日每时都在喷发不已的,是腾冲的地下热海。一进入热海山地就如同进了热澡堂子。热水味儿掺和着硫黄味儿,弥漫山谷。在那个有名的叫大滚锅的沸水池前,腾冲友人何朝明告诉我,几年前,有头水牛吃带咸味的泉华(热泉中的矿物质凝成的固体),掉了进去,两顿饭的工夫就被煮熟了。

徐霞客对腾冲热泉兴趣浓厚,该看的差不多他都看到了。引两段他的日记,我们就赶紧到凉快的地方去——

先趋其近溪烟势独大者,则一池大四五亩,中洼如釜水贮于中,止及其半,其色浑白,从下沸腾,做滚涌之状,而势更厉,沸泡大如弹丸,百枚齐跃而有声,其中高且尺余,亦异观也,时雨势亦甚大,持伞观其上,不敢以身试也……

溯小溪西上,半里,坡间烟势更大,见石坡平凸,东北开一穴,如仰口而张其上腭,其中下缩如喉,水与气从中喷出,如有炉橐鼓风煽焰于水,水一沸跃,一停伏,作呼吸状;跃出之势,风水交迫,喷若发机,声如吼虎,其高数尺,坠涧下流,犹热若探汤;或跃时,风从中卷,水辄旁射,揽人于数尺外,飞沫犹烁人面也……

看完火山热海,我本想去明光坝子。徐霞客当年重点考察了那里的采矿、冶炼以及建有“六厂”的实况。腾冲的两位老专家刘春明、毕世铣劝我:“去那儿已经看不到什么了。”于是我改主意去滇滩关。

到了滇滩关就离中缅边界线很近了，这是徐霞客一生到过的最远的地方。车子出县城过打鹰山，过马站，过固栋……没完没了地行驶着，树林、庄稼、村寨、矮山掠窗而过，此一行的目的地太远了，徐霞客当初如果不是骑马，简直就没法到达。

现在的滇滩关，是建在一条河边的狭长镇子。木结构的房屋和砖木结构的房屋夹道排列，简易到极点的木材加工作坊一个挨一个，部分院里垛着木板和圆木，其中有的圆木直径达到一米三四的样子。那些简易工棚，用破木板钉巴钉巴就一个。

司机老周边驾车边介绍："这个镇专做木材交易。因为现在雨季雨水大，缅甸那边的车过不来。等到10月中旬到来年的6月初，你就看吧，这里全都是运木材的卡车，堵得水泄不通，旅店、餐馆的生意红火得不得了。"我问木材商和开店的都是哪儿的人。老周提高声音说："哪里的都有，东北的、福建的、浙江的、山东的，还有陕西的……多啦……都是些缅甸原始森林里的大树哇。"

漫步镇街上，果然冷清异常，连狗都一动不动。小店的男女主人们，一律跟犯老年痴呆似的在门口呆坐。我只看见了一个有事做的妇女，蹲在门外的水管前大盆小盆地洗衣服。一只麻蝇在她裸露的后腰上给她制造痒痒，她却全不在意。一个报刊亭的主人问我买不买杂志。我一看，都是去年的过期期刊，不觉笑了。

车越往边界线走，气温越低，路也越曲折弯转，山树也越来越茂密丛杂了，四外冷雨霏霏，冷雾如烟。类似于我在腾冲湿地遭遇到的寒冷，袭遍全身。当透过车窗望见班瓦山口和哨兵的时候，司机说："中缅边界到了。"

1942年5月3日，日本侵略军由缅甸侵入中国境内，走的不是这个隘口，而是先占畹町、遮放，推进到龙陵，进而占领了腾冲。时隔两年，1944年5月10日，中国远征军20集团军强渡怒江，打过高黎贡山，于7月28日发起收复腾冲的战役。守城的2600多名日军,凭借坚固的城墙和遍布城内的立体交叉工事,作殊死顽抗,战斗打得空前惨烈。到 9 月 14 日中国军队打着旗子进入光复的腾冲城的时候,腾冲城已被夷为平地,其状比德累斯顿更为凄凉。

今天,当我乘车或步行观赏 2002 年的这座新兴城市的时候,想到它曾经被打得片瓦无全的昨天,才感觉到了生活在这里的火山地人的不寻常的再生力、创造力。

我觉得在它的城市雕塑中,还应该增加一件凤凰涅槃然后更生的作品。其风格当然应该是最现代的。

15. 云南　我们不再陌生

离开昆明的时候,已经是灯火初上。

徐霞客滇游记十一乙卯年(1639 年)农历七月初一至初三的日记写道:"抄书麓馆,亦无竟日之晴。先是俞禹锡有仆还乡,请为余带家报。余念浮沉之身,恐家人已认为无定河边物;若书至家中,知身犹在,又恐身反不在也,乃作书辞之。至是晚间不眠,仍作一书,拟明日寄之。"

这时候的徐霞客徐宏祖,已经离家在外漂泊三年有余了。这时候的他为了一封家书的写与不写、让人带与不带,心中充满了矛盾。这时候他已经走在返程的路上,能不能活着回家,根本不知道。

记得我一进大姚县那个偏僻的赵家店乡的乡政府大院,便看到院中走动的人边走边打手机。一辆三菱吉普车开进来,县妇联的干部一下车便打开手机跟什么人通话。在丽江古城边一个僻静的客栈深处,几个白人男女青年在敲着键盘发电子邮件……假如徐霞客拥有这样的通讯手段,哪怕是电报,他也就不会有那样的苦恼了。不过那样一来,他也肯定就有机动车可乘了,不过也就没有如此面貌的《徐霞客游记》了。

正是原始的条件搭配上卓绝的意志,使他成为不可企及者。

我此番云南之行,虽然是号称重走他的路,但我心里清楚我之游跟他之游的不可同日而语,何况我还跳过了几个县。不过我还是可以说:云南之于我已不再陌生。

2002 年 8 月 18 日于北京

徐霞客与云南

徐霞客的壮游日后举世闻名,他的游记亦成为古典游记名作和独具价值的地理考察文献。在清军兵火中幸存下来的他的部分日记体游记——我们今天看到的部分中,滇游记占到了三分之一强,约有二十五六万字的篇幅,这在与云南有关的古代作品中,罕见而又突出,这就难怪徐霞客的名字在滇人当中家喻户晓。他在云南的这种知名度,连对云南文化做出过重大贡献的明代知识分子杨慎、李元阳之辈都比不过。

徐霞客徐宏祖在他人生50岁的时候,做出了一个万里遐征的重大决定:从他的家乡江阴县出发,远赴广西、贵州、云南旅行、考察,了却他躁动不已的一个多年的夙愿。这在没有现代交通工具的时代,搁谁也不是一件闹着玩的事,何况这既不是官方指派的,又没人拿枪顶着他。时人评价他的壮举,说他做的是性命游,后人对他的举动做了种种拔高的解释,但我以为个人兴趣才是他最大的推动力。

徐霞客的这次旅行、考察活动,从他出江阴到被人抬回家,历时三年,其间他在云南周游的时间最长,付出的辛劳,吃到的苦头也最多。行程中,他只有很少的时候能捞到马骑,其余时间,他和仆人顾行全靠脚着地跋山涉水。从日记上看,他这个人是逢山必登,遇水必涉,见洞必探,因此他到底走了多少路,耗了多少体力,就没法计算了。

我去年夏秋之间应邀做重走他的游滇路的专题，走的是他从滇东到滇西的主路线。从云贵交界的罗平县、富源县走起，穿滇中、滇西北到滇西，一直走到中缅边界的班瓦山口才戛然止步，全程下来用了一个半月，这还是在利用了现代公路、车辆，跳过了若干县份的情况下。曾经给徐霞客留下过美好印象的晋宁县我也去了。一进县政府，我看到的是一副混吃等死、邪僻阴暗的景象，我提起行囊转身即回了昆明。徐氏游滇行程中兜的这个小圈儿，就这样被略去了。

《徐霞客传》上说他："其行也：从一奴，或一僧、一仗、一袱被，不治装，不裹粮；能忍饥数日，能遇食即饱，能徒步走数百里；凌绝壁，冒丛箐，攀缘上下，悬度绠汲，捷如青猿，健如黄犊；以崟岩为床席，以溪涧为饮沐，以山魅、木客、王孙、玃父为伴侣，偻偻粥粥，口不能道，时与之论山经，辨水脉，搜讨形胜，则划然心开。"

情形也正是这样。南行旅途上的徐霞客，断过粮，遇过险，遭遇过土匪，赶上过土司叛乱，有过前不着村后不着店、露宿岩下的时候，有过落河坠潭成汤鸡的时候，有过钱袋空空卖衣服换粮的时候，有过被结伴同行的歹人偷光财物的时候，最令他伤感的，莫过于三年中与他形影不离的仆人，终于熬不住苦弃他而走的时候。下榻县城宾馆洗澡时我曾想，徐霞客哪有今天这样的卫生条件，他身上不定多味儿呢，风一吹得掉干渣儿。不过在滇期间他也有过吃好、喝好、住好的时候，像晋宁太守和丽江木土司对他的盛情招待，像他和顾行买过烤乳猪吃。

我跟人说我是捺着性子一站一站地走完我的一个半月的，徐霞客得拿出多大的耐性来，可想而知。毛泽东的女儿曾问他喜欢的格言，毛说了三句。第三句是：在命运的迎头痛击下，头破血流，仍不回头。徐霞客正是这种人。这是什么精神？这是徐霞客精神。

沿运河而行

——从德州到台儿庄

沿运河而行是寻古也是访今。山东分省地图的形状像一只报晓晨鸡,又像一条尾卷毛长、抻脖子东向的吠海犬。在历史上与万里长城齐名并称的京杭大运河,从鸡尾鸡尻部位入鲁西北,划出一个牛梭子弯儿,弯向东南,穿南四湖出台儿庄入江苏境,贯穿4个地级市将近20个区县,其形状又像条卧虎的尾巴。

长城是一撇,运河是一捺,在中国的版图上组成了一个偌大的"人"字。运河软,长城硬,长城灰,运河绿,是一个刚柔搭配的"人"。有人说柔绿的1780余公里长的运河是条长带,串起了沿河的城市珍珠。又何止城市呢?沿运河的一切存在物,包括乡镇村庄,更包括聚居游走的人群,它的往昔一直到可触摸的现在,都被划进了运河经济带、运河文化带的范畴中。当地学者甚至说,这个"带"囊括了半个中国的历史,因为它纵穿了中国人口最密集,政治、经济最发达的区域,贯通了海、黄、淮、长江、钱塘五大水系。是不是夸张了呢?我不知道。

世界是感性的。迤迤逦逦地沿运河走,心潮起起落落、暗暗明明。残霞落日,故河新城,麦翠苇黄秫秸干,尽是秋尽冬来的北中国景色,又隐现沉浮多少古今事,古往今来的衰衰荣荣、繁华与苍凉。

1. 德州梦:让运河重新有水

运河唤起遐想,多少人会想到乘船而行。可是在运河山东段的第一站德州,却已是不见樯桅船影三十几载。走在荒草丛芜、人迹罕至的老运河堤岸上,别有一番滋味在心头。曾几何时,这里是满河船桅,纤夫盈堤,沿岸纤夫起航的号子声声动十里。小船划向大船,大船靠向码头。卖炸丸子、素馅包子、烧鸡、杂货日用品的游商走贩的吆喝声,此起彼应。光腚戏水的半大孩子手扒船帮,露出半截身子踩水;钻出舱口的船家女人,张望着岸上成衣铺里的花衣裳。

在德州驻足的日子,我情绪着实沮丧。立于已成废河、枯河、排污河的运河的老堤上临风呆望,恨不得令其平地涌清澜、丹霞映白帆。白帆倒是有一面,只是挑在垂垂老矣的当年的使船人的木船模型上。当年的私家船主和当年码头货场的理货员,手托着寄托缅怀之思的手工小木船,指点断流多年的这段河道,话说运河当年,指点桥与码头,指点东岸与西岸,指点远与近、残阳与夜泊。

初到德州跟当地人打听航运局的所在,被问者一脸的茫然:“没听说德州还有航运局呀。”等到好不容易才在邻近古运河边的一片破败简易的民房区,找到前航运局的职工宿舍的时候,才得知这个建制早在上个世纪的 70 年代中期就被撤销了。断航则是 1968 年的事。

这些非老即衰、蜗居在小房子里的前航运职工,说起上世纪五六十年代运河航运的红火景象,就好像是在诉说一己的业绩荣耀。“公私合营时局里有 500 条船,后来又陆续添置了 30 艘火轮。那时每天都有七八十艘船靠岸,昼夜装卸货物,一天的吞吐量将近一万吨。”现年 83 岁的航运局老人柴天台回顾往昔。“除德州到天津的铁路线,就指着它呢。”他手指运河河道,十二分强调地说。

运河沿岸上点年纪的人,都会告诉你他们的河、他们的城镇兴盛于明、清。明代诗人朱德润在诗中描绘:“日中贸易群物聚,红氍碧碗堆成山。商人嗜利暮不散，酒楼歌管相喧阗。”又有骚人咏德州的航运商贸：“红旗飘处网艘满，绿树丛中野市喧。”尽管时至清朝咸丰年间，黄河改道，运河中段淤塞，再至1902年清廷停罢漕运，裁撤漕运总督衙门等机构，弃运河而改走海路运输粮食物资，但民间的商业性航运并没有停止。从柴老头儿自述的他四代人以使船为业，他生在船上、长在船上，往来于临清、德州、天津之间跑运输的情况看，清末民国时期的这一段水路依然通航，持续到20世纪五六十年代达到一个短暂的繁盛顶点，然后就是延续至今的休止符。

德州运河的干河床带给我的坏心情，多多少少由城区的一片人工湖水面给了一点补救。这片位于城中心地带的水面，形似北京的玉渊潭，中间由一条仿苏堤的堤埂一分两半，宛似城区的一对肺。夜晚走在堤埂路上，空气是湿凉且清润的。干燥了一天的鼻孔，这才涂抹上悠悠的水汽。渐走渐深的夜色配上湖四周建筑物投入水面的灯光。远处广场的空阔和三五对依偎男女的暗影，将这座发展中的交通重镇的最富美感的部分给托了出来。

沿运河城市的人都说他们的城市是因运河而兴，因运河而衰，德州人似乎不必跟着这么说。因为不论是在运河通航时期，还是在铁路公路发达的日后，它都处在一个必经之地的位置上。以前我从北往南、从南到北乘火车，多次路过德州，只是没有中途下来过。史家说，在明清时期，德州的地位首先是军事上的和交通上的，其次才是商业上的。

对德州而言，这是好事也不是好事。德州市府的一位干部说：“济南人上北京，他早晨在你这儿吃早点，就是留不住他。”旅游局干部见面跟我说的第一句话就是：“让运河重新有水。发展德州旅游，是咱德州人魂牵梦绕的一件大事。”我说：“光有铁路、公路而没有河流的城市，就如同没有女人的男光棍儿。”

2. 名城临清之谜

出德州到临清城名声颇大的鳌头矶东张西望,从德州带出来的低落情绪,非但没有得到振作,反而越发地陷落。

一座不几步就跨过去的老桥,一条窄得可怜的污水沉凝的死河道,就是所谓鳌头矶段的古运河吗?就凭这么窄小的河曲,容得下史家纷说的昔日的鼎盛繁华吗?明成化间大学士李东阳《鳌头矶》诗夸说的"十里人家两岸分,层楼高栋入青云。官船贾舶纷纷过,击鼓鸣锣处处闻"的景象又在哪里?还有矶头那座券洞门上刻有"鳌头矶"三字的小号古建筑,怎么看怎么跟鲁西北人吹嘘的规格不相符。小展室里除去摆了几块旧城砖,就再没什么可看的了。

好在大运河主道并不在这里,而在城外。当我踏着脚下淡淡的夕照走上横跨冀、鲁二省的那座临清运河大桥的时候,眼前河岸的宽阔气势,才令我在心底赞叹。这才是大运河应有的规模,才配得"大运河"三个字的称谓。

水泥板的长桥在脚下剧烈抖动,隆隆而过的载重卡车衔接得密不透风,让你从这边桥栏到那边桥栏都成为难事。说来这不正是一个国家、一个地区的血液旺盛流通的标志吗?可曾几何时,正是这些四通八达的陆路运输线的开通,挤掉了昔日运河的位置。

凭栏俯视,河漫滩一片沙黄,有拖拉机开上开下,先是以为农民在挖沙,一问才知道是在清理用过的麦场。顺河坡而下,愈接近河底当中的那一点残剩水,就愈是感觉呼吸不畅,弥漫的类似沟眼的恶臭气味直灌肺腑。河滩地上有蓝花衣农妇抱长鞭放牧八十几头绵羊。羊齿咔嚓咔嚓嚼着干透了的豆秸。农妇说河里的污水是县造纸厂排放的。造纸厂是县财政局的支柱。她中学毕业的孩子就在造纸厂做工。

我把这一情况说给聊城市原计委主任听,他解释说:"地方上拿不出钱治理工业污染,可是又不能不生产。"鲁省的水利专家说:"它还污染地下水。"在运河大桥上,一位中年男子就跟我说起他们村的水很难喝，妇女生孩子常有怪胎。他说这些话的时候左顾右盼，唯恐有人在一旁窃听。不光是他们村的人，我记得我在临清喝的每一杯水，都有股子坏鸡蛋味儿。我为我只是暂时地喝这种水而心怀庆幸。

此次山东西部之行，这个临清是留给我失望与迷惑最多的地方。尽管我步行观察到的城区主要街道，还算说得过去，可也跟史家笔下的明、清朝代的那个盛压群埠的临清对不上号。

“临清也是契丹（指原来的辽国）的一个市，位于南方，隶属于大汗。居民同样使用大汗的纸币。从景州到这里有五天的路程，途中经过许多城市和城堡，它们都是商业兴盛的地方。从这些地方征集的税收，数额非常巨大。一条又宽又深的河流经过这里，给运输大量的商品，如丝、药材和其他有价值的货物提供了便利。”这还是马可·波罗记述的元朝时的临清及周边地区的情况。

《临清县志》上则记载：“临清自东晋迄五代……无商业可言。至元、明建都燕京，全国经济全赖运河，临清地处汶、卫流域，每届漕运之时，帆樯如林，百货山积，经数百年之取精用弘，商业遂蓬兴而不可遏。当其盛时，北至塔湾，南至头闸，绵亘数十里，市肆栉比，有肩摩毂击之势。”难怪清帝乾隆都写赞美诗：“临清傍运河，富庶甲齐郡。”乾隆不是统计学家，但他是国王，也得靠数字说话。当年设在临清的税务所，其税收量居全国八大税馆之首。

古临清的衰落令我迷惑。学者说它兴也运河，败也运河，应该是不错的。可是当我访寻到真正具体的真相的时候，才知道它曾经数次毁于战火。这战火中既有民族战争的战火，又有农民起义军跟政府军之间的激战的战火，而作为战场之一的临清城，遭遇到的是全城毁灭的浩劫。如今这座城还在鲁西北平原上站立着，这件事就已经不寻常了。

古临清城得益于它的交通要冲的显赫位置，也倒霉在这个位置上。旧日的辉煌，如今都镶嵌在临清男女老少都会说的一句老言古语上：“南有苏杭，北有临张。”“临”就是临清。我觉得还有一句话临清父老应该冲口而出，就是：救救运河，以待南水北调福音的降临。

3. 驰舟江北第一水城

在中华人民共和国的城市档案里，聊城是一个沉寂多年的地方。对看地图的人来说，它只是目光偶尔掠过的一个地名。可是现如今的聊城人急于向外间传达的意愿是：你不能再小瞧我们。我初到济宁城遇到的第一位出租车司机，向我夸耀他们当地的发展水平高于周边地市，提到聊城，他语气一转："不过聊城近几年赶上来了，跟济宁差不多了，也许还超过了，不不，这个说不好。"

包括六县两市和一个经济技术开发区在内的鲁西聊城地区，是运河与黄河双双通过的区域。这两条河孕育出来的古代文明，成了聊城人对外炫耀的看家宝贝。什么光岳楼、曹植墓，什么山陕商会馆、海源阁藏书楼，什么景阳冈、狮子楼，还有他们津津乐道《水浒传》、《金瓶梅》、《聊斋志异》、《老残游记》里，都有他们聊城的故事背景等等，再加上他们的老乡里历朝历代出了点在全国都叫得响的名人，聊城人能跟外地人聊的东西的确够拿箩筐抬了。

不过聊城人最拿着当宝贝的，还是祖上留给他们的这座水包城、城包水的聊城。站在聊城高处眺望，你便会看到城里荡漾着成片的水域，水域里又包裹着一个古制式老城。领我观览的原市计委主任李芳林指点湖中的老城告诉我："当年解放军攻这里的时候，可费老劲了，后来来了个围而不打，许出不许进，围了老长时间，里面的国民党军才被迫投降。"我说德州市政府对面也有个湖，他老大不屑地嘁一声，道："那还赶不上咱这水面的一角呢。"

说这话的时候，我们正漫步在湖边新城一侧的湖畔公园里。一眼望不尽的平旷大草地，其间点缀着些树和现代雕塑。没有小桥假山，没有曲径通幽，如此这般的公园造法，体现的正是山东人的粗犷风格，一如他们不把马路修成六车道宽的就不行那样。

汽艇像箭打的一样在水面上驰行，新城区的高层建筑群急速远去，缩小。老城中的那座四重檐的明代建筑光岳楼，由在岸上看到的图章大点儿，迅速地变大着，水中的两块渚地撞入我的视线，我手指它们，提高嗓门儿对老李说："养几千只水禽，养几百头鹿，看来的人多不多。"人是陆居动物，但他们的生命之源是水，逐水而居，亲近水，早已内化成了人类的天性。速度加水域所带给人的快意，永远是陆上速度的平方。聊城人近年醒悟，在旅游上打江北水城的牌的，应该说是顺乎人性的明智之举。

汽艇驰入一段河道，老李说："这就是咱聊城的古运河。石栏都是新砌的。"他手指右岸的一处台阶介绍，"乾隆下江南到聊城，就是从这里上的岸。"我再抬头观瞧，山陕会馆到了。

在我读到的讲古运河史的书籍文章中，蹦跳频率最高的是"运河文化"的概念，又都众口一词地公认"运河文化"的突出特征是它浓郁的商业气息。频繁密集的商贸活动是明清之际运河带的普遍现象，聊城也不例外。李主任掰着手指算了笔账："聊城最昌盛的时候有 10 万家商户，按一家五人口算，你算当年的聊城得有多少万人口！解放初期聊城的人口是 2 万，目前聊城有 30 万人，就是说还远没有达到历史上的最高水平。现在的人想象不出早年聊城是个什么规模。"他又一只手比成"八"字："聊城有过八大商人会馆。"

八大会馆中唯一保存下来的，就是紧邻运河的这座山陕会馆。这座集神庙、商业办事处、戏楼于一体的古建筑群，由部分山西商人和陕西商人集资兴建，共同使用。别看他大不过帝王的行宫，却是中国商业史的活证。

非必杀身成仁问我辈谁全节义
漫说通经致用笑书生空读春秋

这副书写于会馆大殿的楹联，把个王朝治下的商人集团的世界观活活地托出，并拉出了跟正统势力叫板的架势。

4. 从阳谷县城到张秋镇

我第四站到的是阳谷县。谁都知道此县是武大郎卖炊饼，武松斗杀西门庆、打死珍稀动物的地方。施耐庵把故事发生的地点、背景交代得确确凿凿，不由得阳谷人不把《水浒传》中的有关章回当真事看待，把武氏兄弟认作本地的名人。武松则被认作本地的英雄，并且在街心安放了武松打虎雄姿的大型雕像，在景阳冈上建造了武松庙。至于以景阳冈和武二郎之名命名的酒产品、商铺、饭铺什么的，在个阳谷城里随处可见，可谁都不肯管自己叫个武大郎老窖、王婆菜馆、潘金莲计生保健品店什么的。

县城里吸引游客的地方，当然要数武松斗杀西门庆的狮子楼。据县人大的李主任说，从前的狮子楼比现在的要矮些，是木结构二层楼，现在看到的狮子楼是照原型在原地重新修建的。狮子楼后的一处正在建造中的屋宇，据说要以西门庆的名字命名。

这天一早，我们驱车穿过狮子楼前的仿宋商业街，出城前往探访如雷贯耳的张秋镇。前文提到过的“南有苏杭，北有临张”那句话中的“张”，指的就是张秋这地方。古运河到这里，正好弯出了一个大弯儿，既适合靠岸泊船，又适于形成码头。《阳谷县志》上记张秋镇：“旧为贡道之通渠，实扼南北之咽喉……在昔繁盛之时，百货云屯，如花团锦簇。市肆皆楼房栉比，无不金碧辉煌。肩摩毂击，丰盈富利……”

这天上午，在张秋镇我看到的是一段有水无运的河道。河道中的水浅得连小船都走不了，供鸟雀嬉戏却没什么问题。倚靠在桥边晒太阳的一位戴回民小帽的六旬镇民说：“连当块儿八十几岁的人，都没见过这河里过船。”

在镇中东走西走，所见的最大建筑物和室内陈设，是镇政府办公楼和镇长办公的老板台外带大班椅。镇民的民居，除了砖房就是土坯房，沿墙满是横七竖八的干秫秸。有风吹过，便旋起尘土和柴禾叶。此地似乎依然保留着早年的手工业传统，有农机修理部、农用车修理部面朝老运河营业。我意外地发现在一条街筒子里全都是卖家具的店子。进两家看看，料是实料，样式却大多陈旧，赶不上大城市的潮流。

张秋是因河而兴、因河而衰的典型例子。在曾遭受兵祸而一蹶不振这一点上，又颇似临清。“咸丰四年（1854 年），太平天国北伐援军北上经过张秋，杀掠颇重，商民死千余人，经营典当业的客商，几无幸免者。”这还只是人祸。

“咸丰五年（1855 年），黄河在河南铜瓦厢决口，下张秋夺大清河入海。时清政府正全力对付太平军，无暇顾及，遂任其泛滥，不加治理，会通河被拦腰切断，过往船只受阻。”后为维持，又开凿了由陶城埠至阿城的新河，官商船只改道陶城埠北上或南下，不曾经过张秋，张秋镇自然渐形衰落。

商人的本性是趋利而动。在一个地方无利可图乃至赔本赚吆喝了，他也就要挪窝了。

5. 在梁山感受梁山氛围

沿运河南行，走到阳谷、梁山一带，便算走上了水浒旅游的线路。《水浒传》故事的发生地，基本集中在鲁西运河沿线地区，这一现象，乍看起来有点像巧合。我们同时还不应该忘记，这一带又是孔孟之乡，是受儒教发祥地辐射最厉害的区域之一。在水浒人物聚义的过程中，儒学的仁义等思想，在他们之中起到了很强的凝聚作用；但儒家学说中的另外方面，在他们身上也起作用，像国家正统主义的观念。以前读《水浒传》不太理解在节节胜利的形势下，为什么宋江死乞白赖要走受招安之路，这种事放在斯巴达克斯和普加乔夫身上，就不能成立。联系到具体的文化背景，身临其地地略作感受，宋江现象也就不解自解。

闲话少叙，书归正传。如果说阳谷县的街头宣传信息，是具有个人英雄主义特征的，那么梁山县的《水浒传》宣传，则大体上是集体英雄主义的，这在宾馆的壁画和山上的石雕、泥雕上，都可看得一清二楚。而梁山县的人似乎就会写“水泊”、“梁山”四个字，要不为什么街筒子里的商店门脸的名字，不是梁山这就是水泊那呢？

就文学艺术反作用于社会生活乃至经济生活的量级而论，《三国演义》、《水浒传》应该算是原子弹级的了。在这种情况下，文学艺术就是生产力，虽然它永远排不到第一位。这事儿又看怎么说，当你漫行在梁山上找寻梁山军大本营的遗迹的时候，你会感到施耐庵的小说艺术，在这儿就是第一位的。

在断金亭前我怀念起王伦，就是被林冲、晁盖几个干掉的那位梁山前首领，人称白衣秀士的。他也是个知识分子，也曾参加科举考试，以求进身官界，落第后他聚众占山甘当强盗，其实就是起义，而且是首义。这在儒生中是稀少而又难能可贵的，必得具备极大的勇气和经过艰苦的思想斗争。因此这个人绝不会像施耐庵写的那么卑琐没劲。

就单凭这块根据地是王伦首先选中并且开辟的这两大功劳，就应该给他以历史地位，并在梁山上为他竖一尊塑像。

事情就怕换位想。如果说林冲、晁盖占山在先，突然来了一帮彪形大汉，又正是政府通缉的重犯，而之前谁又都不认识谁，你说林、晁的心里会不会也打鼓？江湖火并又不是什么新鲜事。再说，收留下要犯招致政府军大举讨伐，还不是大家一起完蛋？因此，施耐庵不做具体分析地给王伦扣一顶心胸狭窄的帽子，是不公平的。王伦冷淡，拒绝林、晁等人入伙，有自我保护的心理在起作用，却并没有杀人的动机，而他新认识的这几个人，却想好了要干掉他，而他又没把人往这上面想，这才是他最书生气的地方，也是他心地比较单纯的证明。相比之下，林、晁等人的做法就显得过于残暴了些。把王伦捆起来，押送出水泊，不就行了吗？干吗非得把人捅死而后快？也太不拿人命当事了吧。

施耐庵也不是处处都对得起梁山人民，他把个八百里水泊写得那么烟波浩渺、芦荻多姿，以至于给想指着水浒旅游兴县的梁山人，留下了天大的缺憾。话又说回来，如果梁山下四外一直是水泊,就没有现在的这座梁山县城。并且这县城也不是早就有的,而是新中国成立以后才新建的,连梁山县的建制,也是新中国成立后新划的。

梁山县城的主要街道的确很新,并且干净得连个纸毛儿都看不见,这在我所到过的许多城市并不多见。梁山县城里有跟北京、上海颜色、外形一样的公共汽车,这在我到过的其他县城也没有。梁山的出租车,不出城只收两块钱,是我打过的最便宜的。

出水泊宾馆大门,抬头就看见街口楼顶上的大字标语:"进了梁山无三乱。"出租车司机说:"咱这儿有句话,'进了梁山门,就是梁山人'。"我说:"既然都是梁山人,干吗什么都还要钱?"他闻听马上以梁山人特有的认真劲辨析事理:"咱这油儿是不是得花钱买?咱这车是不是得花钱买?开商店是不是得交房租,是不是得上税……不是一回事儿。"明知道我是逗闷子,说完他也笑了。

6. 美哉东平湖

美不胜收的东平湖,弥补了梁山无水留给我的缺憾。在见到东平湖之前,我怎么也没有想到在中国北方还有这么棒的一片水城。

晴空下,东平湖水面跟天空是一个颜色,浩浩渺渺的,似有涯似无涯。湖心岛附近有渔舟游弋,堤坡下水浅处有小空船轻荡。像写意画笔触勾出来的养鱼围网,疏疏落落地分布在广阔的水域上,平添了水天之间的韵味和丰富性,点缀上宁静而精致的人气。

东平湖的水面有这么大,出乎我先前的意料。可当我走上湖堤,视线被眼前的水域接住的时候,我大吃一惊。我说:"哎呀,在北方生活了这么多年,竟没有见识过这么好的湖,真是白活了。"比起我曾经流连过的太湖来,东平湖干净得太多了,比起运河下一段的南四湖来,它也是干净得太多了。西子湖没有它单纯,玄武湖比不上它清廓,颐和园的昆明湖呢,相比之下就太匠气了。

我们从湖东岸的大安山镇上的堤来的路上,司机就介绍说:

“这一带都属于东平湖的二级湖区,一旦闹水,湖水漫过了一级湖大堤,就得往二级湖里放水,这一带就都是水了,居民得搬出去,等水退了再回来。”他讲这话的时候,我们正行驶在梁山县与东平县的交界处。

高大蜿蜒的湖堤和湖那边的一带寒山,是东平湖色的不可或缺的成分。那些山略有起伏极其舒缓地高出于远方的水面,一点也不逼人,是箫的音色,慢板和行板的感觉。

堤顶就是一条公路,在上面步行或者驰车,走的全是自然的弧线,一段弧就是一个湖湾,长翅膀的水鸟贴湾飞翔。司机说:“当初应该把这大堤都修成直的。”我说:“直了就没看头了。”

好容易在堤上遇到一位行路的中年渔民,我们下车跟他攀谈。他说对面的山叫腊山,等我们转到堤西头,就到了桑园。他说他自己就是靠渔业为生。今年的渔情很不好,水质也不好,因为今年大旱。“唔,水涨的时候比现在清得多,能到这地方……”他指着堤沿往下一些的高度,“那渔情才叫好呢。”

车行景移,说话间就到了湖堤的转弯处,不久就看到湖的侧面和山的侧面。水窄处兀现出一个岛上聚落,那就是桑园镇无疑了。岛前停泊着一大排船只,也有不规则地横在水面上的。岛上有犬吠声传来,树下有人影走动,岸畔有穿红衣裳的女人牵船系缆,支立的围网竿头上有白鸟凝然不动,沐浴夕阳。

东平湖管理局的李主任在地图前给我讲解东平湖是怎么回事。其中的要点有如下若干:(1)从水利的角度上说,东平湖是黄河的一个水柜,汛期必要时用于分洪,一级湖。也就是我看到这片水域盛不下了,就开闸放水进二级湖。(2)东平湖和黄河的联系是由坝闸控制的,黄河的水可以直接供应东平湖。(3)东平湖是原来八百里水泊的一部分,是水泊遗留下的一片水面。

这最后一点在我听来令人浮想联翩。只听他说道:“从东平湖到梁山县城35公里左右,你一路上经过的那些地方,那时全是水。宋江他们起义的年代,正是水泊水量达到顶点的时期,八百里水泊，你能想象有多大吗？没了。”他摊开一只手。

我心想幸亏还留下了个东平湖。以后再做梦，又有新素材了。

7. 济宁等待什么

济宁是我在山东运河沿线走到的第三个地级市，也是山东段运河跟江浙保持通航的地区。南四湖运道就在它的辖区之内。遗憾的是，今年由于百年一遇的大旱，这里也发生了断航，并且是全年断航。市航运局的人说，这种事在济宁是新中国成立以来的第一次。

到济宁，我做的第一件事就是去看运河。尽管眼下不走船，但我目力所及范围内的运河，仍然看上去宽阔、有气势，是一条有模有样的河。苇草在风中摇曳，煤场与吊装机静静地消停着。河岸上分布着露天造船厂，电焊光明明灭灭，似乎在表示着造船人对自己运河的信心。

信心与损失同在，据航运局焦主任说：“这次停航使济宁市直接经济损失达到32个亿，其中航运业损失了5个亿。”他又说：“济宁的煤储量够开采100年的，98%靠船运往南方，工业品、水产品的外销，也依赖水运。咱济宁这儿从事水上运输和旅游的船，共有11000只，围绕航运吃饭的有10万人。”另一位崔主任插言：“我来航运局30来年了，中间经过两次断航，从春节到6月，最多是4个月，雨一下来就行了，下半年没有断航的时候。”

沿运河山东行，我一路听到的最强烈的呼声，就是企盼南水北调东线工程的早日成功。届时，一年的调水量就相当于黄河一年的水量，相当于长江水量的五分之一或六分之一。届时南不涝北不旱，运河不再缺水，农田灌溉有余，水资源均匀分布，是何等的惬意。可是在这之前只能靠从黄河调水。“可调黄河水，只能解决灌溉用水，到了航道里却不起什么作用。”

济宁是座地道的运河港城，明清之际人称“小苏州”。上世纪30年代后期拉开序幕的运河整治工程，给济宁带来了丰厚的回报，从而使它避免了类似临清的被遗弃命运。如今游览城内，让人感到有一种大城市的感觉，特别是城东北新区，除了长安街、王府井，它跟北京的哪条街都敢比。八车道的马路，簇新的现代建筑和园区，开阔的视野，新、阔、大，令人襟怀欣然。

市区西南是所谓老区，大片房屋被拆掉，有新楼正拔地而起。这一带同时又是工业区，烟囱里吐着黑烟，管道里淌着污水。显然这是城市光明前途的大患，是运河的大患。

济宁人指点我去看太白楼和宋代铁塔，我便去转了转。1865年，赖文光、张宗禹率捻军设伏，全歼僧格林沁统率的清朝马队步兵，结束了这位骄悍亲王的性命。清廷震悼，辍朝三日。僧氏的尸体，当时就停放在铁塔街。

济宁城知道林则徐的人很多，可不一定都知道林则徐在济宁当过164天的大清河道总督，并实实在在地干了点事。

我离开铁塔时已是暝色四合，灯火初放。转到古槐路上，眼前是十眼八眼都望不到头的夜市。露天摊位，挑着电灯泡，密不透风地排满马路两侧，背对便道。服装、袜子、卡子、腰带、皮鞋、毛巾、手套、手表、五金、小电器……商品多有重复，卖东西的比买东西的多，摊主们或呆立或眼巴巴地四顾。从摊主口中知道，在这条夜市上摆摊不上税。

这是我迄今见过的最长的夜市，走一站不到头。在古槐路南口，我问一位卖衣服的女摊主："夜市还有多长？"她回答："你刚走了一半，那头还长着呢！"我着实被吓了一跳。这时一辆装着铝锅、放着录音的小三轮车从我身前过。喇叭里放的录音是男人声，推车的是个女的。喇叭里不断地做着广告："下岗牌川味卤鸡蛋，五毛钱一个，很好吃的……"

在老运河桥一带，我再次被眼前的场面震惊了。几百个小吃摊位都集中在这里，炸肉食的、炸鱼虾的、煮饺子、煮馄饨、煮面条、烧火锅的……滋拉烹炸，南北风味，大盆小碗，高桌矮凳。白石桥下的老河水，不流不淌，于暗影里泛着幽光。

太白楼对面的娱乐广场上,百十口子在听一位中年妇女唱吕剧,正唱至柔情似猫步,有百十口女人列成长方阵跳现代舞。百十口子看上去更年轻的男女,在开放式的科技图书馆里夜读,穆斯林东大寺的琉璃瓦上,滑落下微风。石雕的李白在孤独望月,望黄河之水天上来还是望长江之水调过来……

8. 南阳镇不相信眼泪

在济宁城里有人提示我去看看南阳镇,说它是运河古镇,乾隆下江南时曾设有行宫,有遗址在。起先我想乘船进去,人家说现在不通航。我说先到湖边,走湖中的运道还不行吗?人家说客船不通。于是我只能先绕道到鱼台县城过夜,第二天起早赶奔南阳镇。

打面的行 12 公里旱路,来到高庄运河大堤上。堤下,一条新挖就的新运河河道呈现在眼前。司机指着我们脚下说:"这下面是原来的老运河,拿新河挖上来的土填了老运河,加高,修了这条堤。你看,快跟南阳湖的运道接通了。"他又补充道:"这河属于南水北调工程。"

我下堤坡,一路朝低地势的通南阳镇的河码头走去。河边停着两只旧水泥船,一男一女两位船主人正在岸上候客,河岸内侧有一尺来高的湿土层,是水位下降留下的。

男船主健谈,他说今年大旱南阳湖见底,靠湖吃饭的人遭了殃,男劳力全外出打工了,可是打不下去又陆续回来了。他说和几十个镇里人在济南的建筑工地干了两个月,一分钱没拿着。他说私人建筑商每天只发给每人五块钱饭费,月底你再找他要工资,他就赶你滚蛋。他说这不一听说从黄河调来了水,就赶紧回来了。这不没好几天,眼看着水又快不行了。鱼台的农民黑夜白日地抽水浇地,这点水儿还经抽?真把人活活愁死也找不出条活路来。

"就说她吧,"他指一旁的女船主,"4 年前她男人死了,她一人养活仨孩子,就指着这条船呢!你说她得多难?"女人听见讲她,眼圈儿一下红了。

通南阳镇的这条河看上去很美，水面上不时有船只往来，多为人划的小木船，船上装着些粮食、南瓜、青菜什么的。也有船上竖个竿，竿上拴根绳，一个人在岸上套着绳子带着走的。岸上高苇过人，干穗随风而动，有汉口水草还是绿的，鸭群浮在水面。一路上，我数次看到搁浅在水里的大个货船。

突然船触底了，动弹不得。女船主关掉机器，用竹篙东撑西撑，脱不出困境。牧鸭的男青年跳上船来，熟练地将船撑离原地，导入航道。他顺好篙问我："这条河叫什么，你知道吗？叫哭河。是干枯的枯，更是哭泣的哭，哭都没眼泪了，又叫枯河。"

南阳镇是个狭长的土岛，当中一条浅底河，民房夹河而建，房后头出去不远就是苇子洼了。我一路边走边看，眼前凋敝衰败的景象，令我感到精神疲惫。住惯皇宫的乾隆，果真会在这种地方下榻吗？

一位40来岁的妇女拦下我说话，并请我进她家坐坐，屋里有人高声说话，很快就聚了一屋的人，大家七嘴八舌。这位妇女心直口快："没生产门路，济宁下来的污染水把鱼都给臭死了。老的少的都走了，打工去了。20年没见到救济，这么多年的水污染补贴咱落不着，干部们给截了。三年前上级给的污染费，到老百姓这儿，只给了一人四斤面。他是吃饱不问人。"她指着一位高个子老头："老头子拔藕，一斤卖一毛多钱，烟都抽不成了……"一位中年妇女拾起一把断把儿铁锨给我看："这是昨天挖藕挖断的。"她的新屋十分奇特：一面窗户，一面砖墙，另外两面是稻草围子。靠砖墙放的是做饭的炉子，窗户下是台飞跃牌14英寸黑白老电视机，她夫妇的破木床支在草围墙下。我说："夜里受得了吗？"她说："习惯了。"她说："这是我的新家，去年搬进来的。你再看看我的旧家，就是一个草窝窝。"

告别这些镇民，我由两个14岁少年领着，搭小船去来时的码头。其中一个领我先上一艘大船再下到一只小船。被操船的少年唤作奶奶的老太太，正在黑臭的湾水里洗东西。小木桨在水里一挑,就挑起浓稠的汁儿来。

我问划船的俊气少年:“你真不上学了?”“真不上了。没有钱。我下来,供我弟弟上。”“想过以后怎么办吗?”“想过,找地方打工去。”这少年,从我初见到他时起,就发现他的脸上有种说不出的忧郁,这忧郁和他的孩子脸是不相称的。

远处湖岸深处升起浓烟,遮天蔽日,苇叶、苇穗烧成的黑灰,纷纷飘落到我们的船上、身上和周围的水面上。少年说:“那是湖民在放火烧荒,来年春天改种庄稼。”

9. 谁不知道微山湖

微山湖离开知侠的《铁道游击队》,就不会有今天的名气。抗战期间活跃在微山湖上的游击武装,不止铁道游击队一支,还有另外的几支:微湖大队、运河支队、黄河支队、峄县大队。据微山岛原文管所所长殷宪宗讲,铁道游击队是几支湖区队伍中人数比较少的一支,但是很精干,装备也好。从有关史料的记述上看,当年湖区的哪支游击队都很能打仗,也曾不止一次地配合作战,铁道游击队沾小说的光沾大了,中国人一说微山湖,便只知道有个铁道游击队。

湖区游击队作战也带上了湖区的特色。在一次联合作战中,他们使用了打野鸭的鸭枪。三米来长的鸭枪筒里装填的都是些铁砂,碎锅片、耙齿什么的,一打一大片,沾谁谁成麻子,治伤都麻烦。轰的一家伙打过去,把日本皇军吓坏了,以为是什么超级武器,立马就挑白旗投降了。

帆船造型的铁道游击队纪念碑,是岛上的新文物,远看相当雄伟。在它的基座底下有几块小碑,刻文略叙其他几支游击队的战史。老殷说微湖大队的老人也想给自己的队伍在岛上建个纪念碑,可考虑到铁道游击队太牛了,得另选个地方。

置身岛上,如果你是闭着眼上来的,也不告诉你是上岛,一睁眼你会以为就是在平原上。时值冬季,平整的田畴里麦苗依旧青翠,绿叶菜也在露天里生长得生意盎然。比起南阳岛的自然条件来,这里的确是既宜渔又宜农又宜旅游,当然我是说在水情正常的年度里。

好像是出于对今年微山湖干旱的逆反,老殷眉飞色舞地讲起他们儿时的湖居生活,他说:“原来到庄子边都是水,满满当当,一望无际,岛上柳树成林,湖上的荷花到处都是。鱼多得都抓不过来。两小孩下水对头走,就能抓到鱼。那时生活多彩,小孩儿简直就是在大自然中扑腾大的。那时野鸭多的时候跟阴天似的,满湖鸭子,船一冲一道沟。卖鸭不论斤,论连,就是一组,六只鸭叫一连,就扔给你几个钱了。一次我跟爷爷下网,一下儿捉到七八十连鸭,一拽一漂十几米。那时的鱼你猜多到什么程度?”老殷拿手比画着,“一网打上来三四十斤鱼,一看筐里,都说不干了,这活儿干不得了。”

来之前我就听说,微山的资源经常引起紧邻的江苏省农民跟湖民的争夺纠纷。老殷说:“是有这事。自新中国成立以来微山湖边界年年死人,为争芦苇、水产品、田地。今年在争斗中死两个。夏季微山县发文限制车辆出境,不让车去江苏,公安部来人蹲俩月,不管用。这事有历史了,最好的办法是重新区划。”

说起区划,在济宁采访期间,我就听人讲起过微山县的由来,说是在民国的地图上并没有一个微山县,新中国成立后,当时的政务院总理周恩来提议设立微山县。别人问他怎么划界,他说微山湖多大,微山县就多大。又说湖面归山东,陆地归江苏。想法的出发点是很好的,单独建县有利于对微山湖的集中管理、开发和保护。可是设计者少想了一件事,就是湖不是静止的,湖岸是会变化的。何况微山湖还是个季节性湖。

如此一来,微山的县界就成了动态的,而国界也好,省界、县界也好,本来就应该是固定的,钉是钉铆是铆,怎么能指水为界呢?

其实微山湖本来就是大自然变化的产物,它从初现到形成,经历了500余年的发展变化过程。原先它曾是一片肥沃的平原。明隆庆至万历年间（1567—1619），是微山湖集聚形成的年代。清同治十二年（1873 年）秋，黄河大决直隶东明石庄户，南阳、独山、昭阳、微山四湖连成一片。被称为微山湖或南四湖的湖便形成了。

我把话说得太快了。历史上三年一决口、百年一改道的黄河的运动，是形成微山湖的根本原因；而导致梁山泊消失的原因，也正是黄河的喜怒无常。一个老湖消失，一个新湖出现，在时间数轴上，就像个游艺场里的压板。

这一系列的自然界的变迁，就连以聪明过人著称于世的汉张良，都未曾预见到，否则倒找钱给他他也不会让刘邦封他到微山这一带来当什么留侯。当年张良居住过的留城，随着微山湖的形成，淹沉入了湖底，挖一挖也许还能挖出点什么文物来。而张良本人则给自己挑了处高地势，于是来微山岛的人，就有机会看到张良墓。你说他是真没长前后眼吗？

巴掌大的微山岛上还埋着两位古代大名人：殷微子和目夷子。目夷子是战国时期宋的王子，主动把王位让给了弟弟，也就是宋襄公，宋襄公让兄长做他的宰相。楚国军队前来攻宋，就在楚军渡河的时候，目夷子建议进攻楚军，宋襄公觉得这么打仗不公平，没有听从。楚军过了河尚未列成阵势的时候，目夷子又建议发起攻击，襄公说这么干太不君子，结果“宋师大败，襄公伤股”。这位迂阔国王的哥哥，死后葬在了微山岛。

据老殷说：微山岛民百分之八十都姓殷，殷微子是他们的祖宗。微子名启，是殷纣王的同母庶兄，微是其封国，子是其爵位，故称微子。微子在历史上口碑颇好，周武王灭殷后对他敬重有加，封他到宋国。微山岛古属宋国，微子死后就葬在了这里，微山因此得名。要说这微山岛的政治史也真是够悠久的了。

天色已近薄暮，趁天亮该看看微山湖了。小汽艇飞掠于水皮儿之上，后面拖出个长长的彗尾，工夫不大就开出了 40 华里。艇主人关掉了机器，手指四下的水域说道：“这就是眼下微山湖最宽的地方了。咱们走的是运河航道。那边边儿上的水现在就这么深。”他用两个手指比画了两块豆腐的厚度。根据目测，这里水面的宽度跟天安门广场的宽度应该是差不多的。这时落日已快没入岸上的苇丛，苍茫出一种说不出的悲壮。

10. 台儿庄的天空写着“和平”二字

台儿庄不是庄，以前是镇，现在是枣庄市的一个县级区，到这儿实地一看，就是个县城。因为老运河在它的城区弯来弯去，这里看上去就有水乡的味道了。摘引一段史料——

> 1938 年 3 月，侵华日军为了打通津浦，攻取徐州，占据陇海，窥伺中原，命令矶谷廉介第 5 师团由济南、兖州、滕州直扑台儿庄，其坂垣征四郎之第 10 师团由潍坊、临沂杀向台儿庄，企图迂回分进合击，会师台儿庄，而后渡过运河，夺取徐州。国民党第 5 战区司令长官李宗仁指挥中国军队在台儿庄迎战日军。经过殊死搏斗，一举歼灭日军 11984 人，取得了闻名中外的台儿庄大捷。从此台儿庄被誉为“中华民族扬威不屈之地”。

战火硝烟如能凝而不散，后人对战争的感受当会较为真切。登上台儿庄大战纪念馆球幕大厅的看台，灯光突然打亮，枪炮声、飞机轰炸声突然响起，半个多世纪前的台战场面真真切切地呈现在眼前，配合着浑厚的男声叙事，我以为眼前放映的是纪实电影。战云与阴云，带血的火光，胶着的肉搏，炸起的水柱，街垒战，集团式冲锋，打散了的大车架、车轱辘，断垣残壁，歪倒的野炮、机关枪……1938 年台战的实景，都跃然在这巨大的球幕上。初时我以为是电影，又疑为是幻灯片，待到经历完大战全过程，灯光全部大放，我才看清原来从天到地全部是油画加实物。看台下的坡坡坎坎，全都是真土。我不由得赞叹这真是一个杰作。

在当年发生过激烈争夺战的台儿庄古清真寺院内，陪同我的小王让我用手指去探树身上的弹洞。我的指尖触到了一粒子弹的弹尾,木质温,金属凉。毛泽东诗词里有“弹洞前村壁”的句子,这座清真寺屋墙上的弹洞,比起雨打沙滩点点坑来,有过之无不及,可以想见当时战斗的激烈程度。而嵌有池峰城指挥部标牌的老关帝庙的院内,正有两个老头、两个老太太加一个穿警服的中年男性,围坐小桌打扑克,院门里的一辆银灰色摩托车,在日照下流溢着祥和的光影。在太阳底下打盹的狗,慵慵懒懒,不抬眼皮,一副千年万代永享太平的样子。

台儿庄的天空风清云定,仿佛写着“和平”二字。

水波不兴的新运河、老运河映耀着台儿庄的天空。当年曾经被日本兵的钢盔淤塞过的老运河,依旧宽阔弯曲,只是它已完成了新老交替,由新运河来代替它继往开来。站在新运河的斜拉桥上看长长的船队,回眸就又望见了老运河的睡姿。老运河弯,新运河直,汽笛声在水皮儿上搓起细细的涟漪。

台儿庄的老运河最像古运河。这话还不是我一个人说的,小王讲,联合国的一位专家专门跑来看运河,站在我们站的地方发感叹:“这就是我想象中的运河。”

运河是哑巴,不会说话。傍河而居的老街坊旧邻,祖祖辈辈在河边聚堆儿扯闲篇儿,给运河解闷儿。老运河老了,连同它背后的月河街、顺河街、丁字街、药铺当铺的半坍老屋,连同雕着福寿图的老桌椅。这时,新运河里的大拖船又在拉汽笛了。有新有老才是历史,有动有静才是世界。

文章写到最后,按常规应该来个结尾,可前面的运河还长着呢,离尾还远。

2002 年 12 月 12 日

从杭州到黄山

1

乘坐同一辆长途汽车的，竟都是同我们一样的新婚夫妇。大家服装考究，成对成双地或默坐、或交谈、或观看窗外烟雨蒙蒙的初晨郊景。大家目光彼此偶然相遇，都流露出本能的矜持，随即又都沉浸在自己小世界的欣悦之中。

车子开得快而自信，遇下坡路，车窗发出振动的嗒嗒声，我们的面部都以同样的频率振动，使人产生激越亢奋、一往无前之感。触目而来、交面而过的几座小丘陵，使人顿生瞬息之间的愉悦。不久，车就行进在群山之中了。

此地还是浙江地界。夹路山峦尽管连绵不断，峰转巅迷，却具有鲜明的丘陵地带特征。山上长满了茶树和密集的杂木林，看不到一块裸露的石头。每一座山都独立，毛茸茸、毛蓬蓬的可爱。汽车宛如穿行在巨大仙人球组成的迷宫当中。加之如蒸如熏、游走不定的雨汽阴云，只给我们看清靠前几排的山的影像，远一些的山山岭岭，就都闪闪避避、虚虚掩掩了。后来听行家说，这一带出产中国最好的茶叶，是头等的茶乡。

虚掩闪避之间，时而吐露一两个水塘，三五幢孤屋和蓦然排列于山前的飞檐白屋的村镇。一位日本画家曾专门画过这类中国的白屋白村。不过他画得太静观肃穆，像在我国绍兴河边的乌篷船上观稻乡水村，又像在日本的茶屋里隔门看伊豆的风景。而我们在高速行驶中的感觉完全不是那样。这是接连不断的远近变化，瞬息交替的视觉转换，十秒钟内的新奇快感，应接不暇的画面撞击。两厢的风物景色，特别是那些处于同一水平线上的村落，都像拉上了好几条急速延长的横线。一切都落在了高速运动的胶片上。

我伸手拉妻子让她看山坳中的湖泊。那是一座依稀有梁山水泊气势的山腹中的大湖，微茫中给人以很强的古画意。可惜当她的目光落到我手指处时，她只看到恍惚的一角。

2

车过昱岭关，景色翻然奇伟。所谓“关”，其实是夹路的两面对称陡直的山口，其苍然险峻，使人心惊。到此，我们正式进入安徽境界，满目都是崇山峻岭了。这里的道路，已经不是修筑在山峡谷底给人以安全感的正规公路，而是一面山壁，一面深渊，只容得两辆汽车错车的半山公路了。

雨比先前紧了一些。将额角贴在车窗上，可见雨杆斜插路面，激起无数水泡麻花，鼓冒翻腾不断。汽车胶轮抛起的道道水束，倏然可见。突然迎面转角闪出一辆对头开的汽车，两辆呼啸着从转弯擦过，给身体以强烈的离心力，我们还能感觉到车轮向路面外的横滑。老天爷，一车人全攥在司机手里。这时我才注意到开车的竟一直是一个人，那个头位端正、上身挺直、背影坚定的小伙子。

车在一座灰色调的小镇边戛然停下。乘客们穿上雨衣，纷纷下去吃饭，司机则拎把小榔头钻到车下检查。从疾风赶浪的奔行中突然中止着陆，竟在心头平添了一缕惘然若失的意绪。举目四望，山镇简陋，房屋稀疏，不见人迹畜影，方才拥挤下车的同行男女，已消失于飘纷冷雨幕中。我忽然想象车子飞跑起来或者我们赶车来迟，被搁撂在此寒村野岭十万大山之中，该何其慌悚？

我们回到车跟前时，年轻司机已经蹲在地上吸烟。我看清他二十七八岁的年纪,黑眉小眼,直鼻紧唇,发式不讲究,整个合起来,给人以冷漠、自信和严厉的印象。我问他通常几点到黄山,他看也不看我回答:“四点。”就多一句话不说了。后来每当我想起这位长途汽车司机,心中总油然升起钦敬之慨。我无意于贬低全中国的汽车司机,但我想说,这位该算是司机之王了吧。

3

风雨如晦,天地浑茫。我们这辆载着三十几条性命、十几对新婚夫妇的红色汽车,简直就是台风中的一叶小舟了。那斜的、直的、扇开的、纵卧的、重叠的、交错的、云里的、云外的、森黑的、发亮的、实的、虚的、旋的、转的,那千奇百怪的千沟万壑,那排状的铅灰云、铁青云,还有那生灭无定的洲渚屿岛,还有公路外侧低矮的石彻的护墙,一切都在视平线以下,再以下了。时而又到了绝对低的岩根谷底;八面黑山,汹涌云涛,铺天盖地地压至头顶,使人有如在噩梦中挣扎喘息。拐过去,拐过去,迎面拍来峥嵘山壁,当头撞过兽状巨石,有如钢琴键上千手联弹;然后又是持续地沉下去,沉下去,仿佛正在进入地下暗河,又仿佛滑下冥府的阶梯;雨水声、车轮声、呼吸声……耳鼓轰鸣,大脑轰鸣……然而看吧看吧,四外的一切又开始下降,我们又升到了半山空中。

眼前呈现出一条清江。新安江。在很深很陡的地底下,在很深很斜的谷底下。赭色的江岸,富有油画意趣的江岸,假若纵身跳下去,很缓很慢地下落,会有无声开放的青菊花。新安江,这是我孩提时代的曾从宣传画上观看到的名江,比想象中的更令我惊奇兴奋;看江中央有石岛,江对岸有楼房,触目的有大坝,这里面有生活,有一些山腹中的秘密。而车子,我们的车子,就在江梦上飞行。新安江急急流在苍山雨嶂,在我们的脚底轮下。它急急汩汩涛涛,离我们越来越近。五丈之隔,三丈之隔,一丈之隔。路和江,就同在这两面夹壁一条山峡之中了。飞行,急流,便是这山峡中的一切了。

时间滑入了一种无限的飞进与广延，这是一个掩映跌宕无穷，开合浮沉难料，没有方位和视角的万花筒世界。一时间我似乎饱尝到了人类在漫长岁月中历经的万种情怀与对立，什么“历史的道路并不是涅瓦大街的人行道”，什么“直挂云帆济沧海”，都不能拿来做比。

此时此刻，我已然将车的存在、轮的存在忘诸天外，简直觉得我们就是乘着风御着电，和身边的这条江，清冽无比的江，挽臂飞奔。方石、棱石、鹅卵石，眼球、鼻尖、呼吸的唇齿，注满速度和动感的神经、脑际，飞掠、奔流、闪过，风声、雨声、江声……这是与生俱来的迸发与交织。

雄关如铁

两　界

2010年元月份的这场雪厚过三层棺材板，气象专家说是北京地区五十年未遇。雪停后一天冷似一天。都说这天气多肃杀呀，要收人呀。我的母亲，至亲的母亲，就是被这鬼天气收走的。她仙逝了，离开了舍不得她的儿子。

她是元月10日中午11时30分停止心脏跳动的。当时赶来急救的高高胖胖的女医生看了一眼墙上的电子钟，说了句："11点30分。"即时即刻看钟表确定病人去世的时间，已经成为他们的惯例。

只听高高胖胖的女医生凑近我和家政服务员王会芹低声指示："你们都出去吧，去外面等。"这时候几位女护士分立床两侧，排开阵势，病房里一片肃穆。但我实在看不出她们有什么起死回生的技术。

高高胖胖的女医生站立在母亲病床的右侧，挡住了我看到心脏监测器的视线。我最后看到屏幕上的第一行反映心率的数字是21/分钟，心脏每分动21下。我当即就知道：不行了，不行了。

从这天早晨7点半开始，我就不错眼珠地盯着这个监测器屏幕上的数字。屏幕上第一行是个大绿字，第三行是个大绿字，中间的灰字显示病人的血压。母亲的心率从8点多钟起就在每分钟九十几下的地方变幻，有时候是一到八十几。血氧的数字更是不妙，多数时候在六十几多一点的地方，偶尔上到七十几。第一次血氧上到七十几，是我给她舌下放了速效救心丸以后；第二次是我大声对她说“下午张杭来看你，你一定要挺住”的时候。听到我的这句话的时候，她的血氧数据神奇地上升到76、79，然后又降回到六十几。以后就再也没有到过70。

整一个半天，她的呼吸都艰难吃力，在进行最后的挣扎。10点钟的时候，她用力睁开了眼睛，嚅动着嘴唇发不出声音。我将耳朵凑到她跟前，一点声音都听不见。事后我反复琢磨她的O唇型，才明白说的是“叫妞子”。妞子是我大妹。当时她的嘴唇嘬成了O型，一定说的是“妞子”两个字。前面肯定还有“我不行了”这样的意思在她的口型里，后面她一定说的是“快叫妞子”。

实际情形一定是，如果当时妞子即刻出现，很可能她见到了马上就咽气，而妞子的迟迟不能到场，延长着她的愿望，倒是让她多活了一个时辰。

从不到8点时开始呼吸困难，我便跑到医生办公室请他们想办法。医生让护士给她吸痰，前后总共吸了五次。最后一次护士将吸管插进母亲的鼻孔里去吸，吸得她面呈极度的痛苦状。

医生提出的最后一个方案是开刀取痰，但随即说奏效的概率极低，说她又是肾衰竭病人，每周三次血液透析，一旦切开身体，便不能做透析了，不做透析也是死。所以这个方案只能放弃。医生说：“像她这种透析透了18年的病人，心脏那么大，一开刀很可能就死在手术台上，所以开刀的办法我只能是跟您说一下。”

我只能说：“尽量吸痰，万一能吸出来呢？”

“吸也只能吸很浅的地方。她的痰太深了，将肺全糊住了，肺已经不能完成摄入氧气的工作。”

昨天白天和夜间，病房里的气温十分低。中央空调不给热气，连我穿着羽绒服都不暖和，何况病人？我跟医生、护士抗议，她们却说这事不归她们管，她们也没办法。躺在这样室温的病房里，病人能好得了吗？肺里的痰能不越来越深吗？可是就是在这样的室温下，母亲身上还老出汗，嚷热。真是让人不知道怎么办才好。可是医院你有罪责呀,你们管中央空调的人有罪责呀,不达标的管理有罪责呀。倘若室温给到24摄氏度,病人不见得就被这场大雪收走呀。

说什么都晚了,追究他们、控告他们、杀了他们,也转不来母亲的生命了。

事后另一位小个子医生还说呢:"老太太算是有福的了,你没看到很多人临死临死还给切开一块一块的。你应该知足吧。"

10点不到的时候,我要求给我母亲开点救心的药,胖医生说她不能用硝酸甘油,会让血压往下掉,我说你赶紧给速效救心丸,她答应了一声出去了。左等不来,右等不来,我急跑到医生办公室,胖医生正低头伏案,我说速效救心丸怎么还不开来,她胖头一抬,噢了一声:"哎呀,忘了。"赶紧叫一名男护士去开。我急眼了,往家中打电话,让小王赶快从家里带来。大约到了11点05分的时候,戴白帽的男护士才将速效救心丸送到病房里。我火速开瓶取粒往母亲舌下放。可是这时老人的舌头已经不听话,发硬发挺,往常很容易放的药,现在放不进去了。但我还是尽可能地往她的舌下放药。药粒全部在她的嘴里了。我后悔没有将那一小瓶药粒全部放入她的嘴里,还按什么规定给多少粒干吗?全部放进去,兴许就能将她激活呢?

嗐,情急,心慌,脑子不够用了,怕副作用,还怕什么副作用,死马当活马医,万一歪打正着了呢?

12点多钟的时候,病区的门为一辆装着救心仪器的手推车撞开,推仪器的瘦女人问病人在哪个病房。当听护士说病人已故去后,她推上仪器又走了。

这就是这个医院的急救方式。那手推救心器的女人才来,11点时干什么去了?这边的医生几点钟才叫的她?11点半到12点半是食堂开饭的时间,她吃饭去了,吃完饭才推着仪器过来。你当推的是什么?那是救心的器材,是急救生命的仪器。就那么慢慢腾腾慢慢腾腾地才来,有多少急等急救的病人死在这慢慢腾腾慢慢腾腾上。这边的医生提都没向我提过医院里有这种仪器,若提了,我肯定立刻要求用,可是她只字未提。她不提,别人谁能知道?这是些受过专门医学训练的医务人员呀,都有着多年的临床经验呀,都干什么吃的呀。

如果母亲活过来,再病危一次,我想我就能指挥着这些穿白衣服的人把她救过来了。她在这个医院透析了这么多年,主治她的医生又是认识多年的,我过于相信他们了。事后看来,这些人真是平庸呀。一位法国医生说,医学是一门艺术。这些人哪有什么艺术?最后给老太太吃一肚子的药,吃得屎没屎味儿,全是药味儿了。什么样的内脏不都得给烧坏了,蚀烂了?病不把人给弄死,药也得把人给蚀死。

说什么都没用了,母亲已去,不能复生。让那些医生们好好地活着吧,他们也有老去病重的一天,他们就不会赶上庸医吗?让他们也赶上庸医吧,以替那些因他们的无能而不治的死者找一点平衡。

多么可笑的形式。人,你们没能力救过来,让几个白衣小护士分列病床两边究竟起什么作用,是让她们来见证吗?甚至是用这种形式送病人西行?搞不清她们这是干什么,是谁教的她们这样。

我和小王被请出病房去了。没我们什么事了。

你们如果早晨9点钟、10点钟的时候,会集上来,来参加抢救,是不是更有一些意义呢?

太平间的两位师傅被病区的人唤来了。他们在病房里就地给母亲擦洗身子、化妆。

病房里的人在楼道里走来走去,似乎病房里一切照常。我呆坐在314病房对面的塑料椅上,像刚经历过一场战争后的茫然。空白寂寞,地老天荒。我刚刚在这个地方服侍了20多天的生身母亲,不再活着了。要被人推走了,置入冷柩了。整整半天的鏖战,就这么结束了、落幕了,不再需要我为她做什么了,咔嚓一声,阴阳两界了。从今往后她也再不能跟我说句话了，我想告诉她句什么，也再告诉不成了。她再也问不成我了。五天前她还问我书出版了吗，她再也问不成了。头天跟小王倒班回家吃饭，踏雪的路上，我心里想，要是这两天书印出来，给她看看该多好。心里的这个声音反复了多遍，可是干着急、干煎心，我好意思催编辑吗？

几天以后编辑通知我样书到了，可是还有意义吗？还有什么用？编辑讲："你为什么不早说，早说我说什么也得给你装出两本来。"说什么都没用了。最该给看的人，看不到了。带着一个惦记，带着一个悬念和遗憾，去她的墓地不问世事去了。她把她的惦记、悬念、遗憾，把她一生的满足与不满足、幸福与不幸福，一件又一件的盼头和心事，都带走了，都了断了，都与己无关了。她恨不得永远都在这个世界上和我们在一起，用目光注视我们，她办不到，办不到啊。

骨灰下葬的那天，墓地的工作人员念念有词，什么乘鹤西去，送亲人一路走好啊，都是现成背好的、复述了无数遍的套词。他们的神情比老天爷还肃穆庄重。他们差一点把我逗笑了。母亲生前爱听我笑，爱听我跟她开玩笑，有时半嗔半喜地会说："说什么呢，没大没小。"或者："没个正形，说说就没边了。"明明是入了小墓穴了，盖上石盖板，让工人用水泥抹严了，往哪西去，就你们那个破假鹤，能骑得吗？寿终正寝就算走好了，还怎么走好，还往哪儿走？就到此为止了，就到了目的地了。

母亲活着时候就清楚自己要到这里来住着。起先我跟她谈论过海葬，她不以为然；妻子给他们老两口买好了这块墓地，她才踏实下来，不再提这个话，自此也好像活得有根底了。在她的意识里，还是得有个地方搁骨灰才是正路。子女才能有地方找到她，来看她，她才没有漂，没有散。总是那个入土为安观念种在她的意识里。以前她老说她唯物不迷信，也就唯到这个地方了。不漂不散，我们还能来看她。这就是她的心愿了，说到底是不愿意和我们离开呀。

那天太冷了，我捧着她的骨灰盒，踩着残雪的冰痕，走在那队司仪的后面，然后又将骨灰盒放置到他们放录音的小灵车上，跟着他们往墓地走，就好像小时让妈妈领着我们兄妹三个去中山公园玩一样。那是多么难忘的节日啊。阳光灿烂，她还年轻，足穿软底布鞋，头发上别着卡子，照相的时候抿着嘴，身着她亲手给自己做的平纹布衣服。她是个最爱自己的孩子的母亲，她脸上流露着满足感，三个孩子都很健康聪明，都簇拥在身边，都身上穿得整齐干净，她脸上的表情很满足甚至十分自豪了。她自豪于自己的能干不弱于人，她满足于自己的三个孩子健康聪明。

可是她自己却不健康了，病菌潜入她的体内，让她不到 60 岁就肾脏衰竭，就走上了长达 18 年的血液透析的长途。每周一、三、五，一年三百六十天不间断，一长征就是十八年，她早就怵了，早就腻了。现在，她跟医院说再见了，跟透析机说再见了，跟那些透析用的管子、蒸馏水、抗凝剂什么的，跟她那张靠窗户的病床，跟她那几位透着析的病友，说再见了。

她确实是太艰难、太痛苦、太受罪了。护士长不是说她："每次都看着老翟不行了，以为她再也来不了了，结果过几天见她又晃晃悠悠地来了。一次又一次，真是奇迹了。"我说："那你们就再把奇迹做大吧，做成你们的招牌和口碑。"我想用这个打动他们，想让他们在我的亲人身上，多尽尽心、多尽尽职。可怜天下子女心，他们真能如我所期望的吗？毕竟不是她妈呀。

那个平日里被她寄予无限指靠的透析中心主任，是不是很冷漠呀？在她病重住院期间，只到她的病床前来过一次，还是在他在这个病区轮值的时候。男医生在一早查房的时间，进了这间病房，向他的老病人问了两句，就例行公事地走了。老太太的惊喜和热情，大大地高于她所信赖的医生，眼睛睁得大大的，仿佛救星到来一般。

我在一旁看得心酸。你在他的眼里不过就是个他吃饭的材料，这样的材料在他的眼里多的是，他不缺你这一个。当年他的孩子满月的时候，你非让老爷子去买块玉来给人家贺喜。你什么时候舍得给自己花那么大的价钱买东西呢？你固执地认为这是心意和礼道。人家还记得吗？还当得一回事吗？你看看他的三闪两闪的眼神吧。人家在你透析的时候跟你多说了两句话，你就觉得人家待你多好了，可是你到了这个地步时，他的好在哪儿呢？他对你努力了吗？对你尽心了吗？他的眼神那么三闪两闪，看样子他已经把你当成死人了。我的天真的妈妈呀，你怎么就看不清这些人的心思呢？在你去世的头一天，他们还跟你说："挺好挺好。"第二天就跟我说你那是回光返照。知道是回光返照还不告诉我这个家属，以让我再加倍精心地护理她，以延长几天她的生命，以多听听她心里还惦记着什么，有什么嘱咐和交代。

这个病区的医生谁有真正像样的医术，谁有像白求恩那样的真心对待病人呢？吃饭的材料，这饭你怎么吃得香呢？长真本事，长真仁心，别让可怜的病人再靠撞大运活着。撞上好医生能活，撞上赖的不死也得死。

可是她透析了18年，我还得向他们致谢呢！可是数一数你们宣布过几回她的死期了？那一年也是冬天，你们将她打入重症室那个没有暖气、四壁冰冷的死亡之屋。名曰重症抢救，你们抢救了什么？例行地打点滴，从白天到黑夜，从黑夜到白天再到黑夜，没见到一个医生的面，小护士来去匆匆，屋子里一切都是凉的，冰冰凉的，破水池子脏不可言。母亲的医疗关系全在这家医院，并且这家离家最近，十冬腊月还能去哪里？

我常说："你是属猫的，有九条命。"那三天三夜里，你排了多少次大便，数不清了，你还老是打嗝，我因此欣喜道："你死不了，能打嗝、排便，你就有戏，就能把有害的东西、有害的气体排出去，你身体里的抵抗机能就能从量变到质变地发挥作用。"

终于到第四天，他们把你移出重症室，让你住病房了。可是病房里的病人出出进进搅你睡不成觉，于是我做主签字带你出院回家了。一回到家里的床上你就酣然大睡，终于挣脱了死神。

我该多么感谢小时候看的医学书，感谢上面说睡眠时生成新细胞，是最好的医疗的道理。老翟你记得吗，那几夜你弄了我多少手屎呀，一次就那么一点，一次就那么一点，多少卷手纸都用光了。他们就让你住那么冷的屋子，我穿着棉衣都身上冷，在这么低的温度下，还得让你露屁股给你擦屎。我恨透了那间重症室，恨透了把那种破冰窖指定给重病人住的人。他们存心是不让病人活。这些心地不善的贼杂种。

可是咱们战胜了他们，咱们是不是又活着回家了？从那一次以后，老翟你是不是又多活了五年？你还有五年的寿命，他们就把你往死屋里判，这些人形的魔鬼！

两年前的元旦过后，你又逃过了一劫还记得吗？那个花言巧语的新保姆李勤把你又弄感冒了。她还说你没什么事。

那天晚上也很紧急呀，你都不省人事了，叫急救车把你拉到急诊室，那帮医生和护士就那么让你躺着不闻不问。我忍了又忍，发作了。他们这才过来给你吊药瓶。可是他们见你昏迷，非认为你脑袋里有问题，非要你做什么超声波，做什么核磁共振——他们似乎非要挣这个钱不可。于是来来回回开单子交费，找他们那个鬼室。好容易找到了，那个人高马大的身着白大褂的小子躲在玻璃后头指手画脚，让家属这么搬你，那么搬你，态度十分顽劣。都是外行，谁也没有弄过，谁知道怎么达到他的要求？时间分分秒秒地宝贵，人危在旦夕，那家伙还在懒懒地指指画画，让家属这么着、那么着。我勃然大怒，抄起根木头欲痛击之，他才收敛气焰，转出来帮手。

知道吗老翟，你老责怪你儿子搂不住火，那火能搂吗？再搂你就没命了。当夜就得死在那小畜生的手里。他是拿捏人拿捏惯了，拿人命不当回事。得亏你儿子不孬，要不咱们后来两年就在不了一起了。早在两年前你就来这死寂墓地了，让这队人放着破录音，张皇假事地送你了。

又多饶了两年呀老翟，我的离休干部同志，又多了多少咱们在一起吃饭说话的机会呀。你是不是觉出自己以后这样的机会快没有了，所以你才开始花很长的篇幅给我讲你自己的身世，讲你自己的父亲，你自己的姥爷姥姥，讲你的姥爷姥姥的儿子们的事，讲你从前的老师，讲你怎么在城关当老师，讲你怎么只身闯北京。

你断断续续地将这些都说给我听以后，你的神态好像又安详了许多，心事好像又去掉了许多，吃睡比以前还好了。你每天站在窗前晒够了太阳，不叫人扶，自己走到床边、沙发前，很逞能地自己落座，翻着眼等我夸你。你真的是见好的，往好里走啊，因此我给你定目标，说叫你有信心活过 80 岁。你说那是不可能的，可我看出你又有了信心，心里在暗暗地使劲。

太怀念给你刮头的那些时刻了。那是你窗前晒太阳必要的功课。

“建术，来，给我刮刮头。”

于是我就刮呀刮呀，刮了上头刮后头，刮了左头刮右头。

“嘿，跟下雪似的。真舒服，真痛快。”你每次都这么说，好像劳动了我于心不忍似的，让我看到自己的成绩。

要提前两年将你送到墓地的，岂止那家医院的急诊科？你还记得两年前夜里 12 点，打着哈欠进屋的那个男医生吧？你哪儿记得？你昏迷着。他打着哈欠进屋环视，问我你有什么病，低着头看你的肚子，呼出浓浓的口臭味：“都大满贯了，你们准备后事吧。”他背手站立，腆着啤酒肚，只让一名叫张雪的女护士听诊忙活。我焦急看钟。半小时过去了，指针到了 12 点半。现在是夜间，电梯马上要停。那小子还在背手充大爷，喉咙里似乎哼着歌。

我勃然，作困兽斗。

我突然怒吼："孙子，你到这儿充大爷来了？从 12 点到 12 点半，半个钟头过去，人还没有出家门，这叫他妈的什么急救？今天人要死在你手里，我要你的狗命。"

我接着骂："我要他妈的起诉你渎职，在这行里你别干了。人活着到医院，我不跟你计较，要是有个三长两短，我把你脑袋拧下来。半天就要一个女的，你算是什么东西？"

他一定是没遇见过我这样的病人家属，吓慌了，脱鞋上床，蹲在你一侧往担架上搬你，亲自跟男护士抬担架。到医院后，接了钱还一个劲地说好话。

老翟翟老，我就知道你命大命硬，有九条命，这不，咱不就是没死？生生的还有两年的寿命，他们硬说你走到头了。这些二把刀的废物。

事后你说我厉害。我说谁厉害有瘾？是他们逼我急眼，一夜逼我怒三回，这叫什么医院？但凡我懦弱一点，你就给他们报销了。

那夜，就在我震怒的时候，娇小白皙的女护士微微露出了一点笑意，眼波闪了两闪。救护车离开医院前我问了她的名字，她叫张雪。这一次打 120 送你去医院，到场的医务人员里，又有她的身影。这中间隔了两年。两年的时间，一个孩子生下来，足够他学会说话走路了。

"把上头拢好，往上背往上背！"您老最后要求给您把头发弄出个型来，在卫生间里时还总要照一照镜子，然后说"好了"或者"行了"、"你干你的事去吧"。

事后我常想，我要是从她年轻的时候就给她刮头，一直给她刮到晚年就好了。可是我为什么没有那么做呀？我伺候她伺候得太少了，根本没有伺候够。刚刚伺候了个开始，她就不用我了。她为什么这么省我的事呀？我的那些事，那些写写弄弄的事，哪有那么要紧，哪有伺候你要紧呀？那些事我总有时间做，可伺候你，我却没有机会了。这辈子都没有了,我总不能把梳子伸到骨灰里给你刮头吧?

看着你被病拿成那么瘦的样子,我没有一次不难受的,还得跟你说些逗笑的话。我这辈子该你欠你的那么多,你怎么不让我有更多的时间回报呢?我的老翟翟老呀,其实你是愿意我守在你的身边的,可你为什么老轰着我走,叫我去做事?我知道你有时候想心静,有时候也烦我。可是你现在再烦烦看?你还能烦吗?现在倒是真静了,白天夜里静得跟外星球似的,这你就踏实了?你就不说我烦你了吧?烦总表明你还活着,咱们还在一起吧?你怎么就不能改改你的指令呢?改成"不让你走了,陪着我吧"。人生苦短,谁也陪不了谁百年,可你才76岁,依你的心气和性格,绝不该是这个岁数啊!

梳着你的头,我战悸啊,你的脸不是这么瘦、头不是这么小呀,可病魔使它抽小了,眼眶深陷得像《英雄儿女》里的王政委,而双瞳却还有光,遇有不平事可以凛然地瞪起来。你的头发值得一夸,周围的老人谁有你头发密?只不过杂花了而已,虽说干涩却浓浓密密的一头头发,显示着你的个性和生命力。即便这样了,你还像年轻时一样的爱美,照照镜子,才说拢好了。其实你心里明白,能好到哪儿去呢?自欺一欺罢了。

就这么梳呀刮呀,往后背,再背再背,然后算完成了一桩重要的事。你脸上现出舒服感,现出满意感。这时候我的满意感、成就感,又有谁能蠡测呢?可是这个活计中断了,永远不让我再干了。别人说你一辈子都舍不得使儿子,使使怎么了?我什么时候不愿意让你使了?

这回可好,你是彻底地不使了,连舍不得的心思都没法儿心思了。这回你算彻彻底底地省你儿子了,你这回高兴了吧?可那墓地白天夜里如外星球般清寂呀,咱们落得是个阴阳两界,再也说不成个话了。你让我给石碑、给西北风刮头去呀?

"冬天又到了,又快下雪了。"你每年都说这两句话。

“嘿,刮下来的头皮屑真多,刷刷的跟下雪似的。”哪天再下起雪来的时候,你就当是我再一次给你刮头吧。

年年下雪年年刮,这样你就高兴了吧?

咱们在一起生活的日子,就又可以接续上了。地老天荒,没有完结。

2010 年 11 月 29 日晚

呼　唤

我在这个僻静的地方独处有一个月了,远离尘嚣的日子过得说快也快说慢也慢。中间虽有俗务找上门来,牵扯去了些精力。但总的来说,艺术的感觉开始回来了,写作的思维开始活跃了。这里,我的这个坐落在自然山水之间的住所,真可做我的写作的佳境,在俗务中羁绊的时间长了,猫到这里来,放头脑到海洋里去,到过往经历的千山万壑中去,真奏效呀,如同在尾气污染的城衢待久了缺氧,忽然飞到了氧分子充盈的林海水畔,肺部如洗,心室欢畅。忽然之间看见数之不尽的宝藏了,阿里巴巴四十大盗的山洞石门敞开了,洞洞相通,洞洞有宝,我目不暇接了,忙不过来了。哎呀,这么多东西,什么时候写完呀,订单有点太长了。

事情已经开了头,有点头晕目眩,手大捂不过来了。

昨天,我把年初写了三页纸的写母亲病逝的那个东西拿出来看了,然后鼓足勇气接着写完了。当时我写到那三页纸就放下做别的去了。因为我要转移注意力,否则太难受了。终于延宕到昨天,在我已经写完几篇文稿之后,我鼓足勇气瞭了一眼旧稿,硬接着续写了。还好,写成了,中间几度忍泣不住。

现在心里好受多了,十个多月来左胸部常有的闷堵的现象消失了,胸肺一带空了,爽亮了,呼吸宽敞了。

原来转移不等于释放,临时的转移倒造成了积郁。

母亲今年元月10日病逝以后，她临终前的景象、她病重期间的镜头，时常在我心头映现。即便是在紧锣密鼓地处理实务的时候，它亦会倏然来到我的眼前，稍有间歇便连续放映。她临终的上午，我一只手托着她的头，一只手扶着她的肩，感觉到她出着黏湿的汗水，感觉着她的心力拼着最后的气力。

我和她在一起的最后一个夜晚，她睡在病床上叫了我五次。五次，我清清楚楚地记得是五次。我躺在她脚前的躺椅上陪护她，中间蒙蒙胧胧地瞌睡，飘飘摇摇地醒来。她叫我的声音不同于往日，分明发自她的梦中和回忆。

"建术……建术。"

就像我小时候她呼唤我的声音，一样一样，很轻很远很清晰，饱含着说不出、道不尽的亲情与眷念。

我小时候她就是这么叫我的，就是这么叫的。她怎么今夜忽然这样叫我呢？一下子退回几十年。那总是为什么事才叫我的。于是我醒了，起身，开开病房的灯，到床前看视她，问："晃眼吗？"她摇一下头。"有了？"她颔一下首。我从她脚底这头掀起的被子察看，只有一点点小粪便，一点点，像一点"小沥青"，散发出的是药味儿，已经没有前几天的臭味儿了。

我把落在保鲜袋上的那一点小沥青连同保鲜袋一起撤走，卷一下放到地上，撕好几块手纸给她擦拭干净，问："疼吗？"她一摇头。然后我将预备好、剪好口的保鲜袋，在她屁股下垫好，给她盖好被子、掩好脚，出门将带"小沥青"的保鲜袋扔到病区外面的垃圾筒里。

我回来掩好门，洗一次手，到床前俯身看她。看她闭目很安静的样子，我给她掖一掖肩膀上的被子，撕一截卫生纸，沾沾她潮湿盗汗的额头。她的脑门已经瘦得那么小了，两侧的太阳穴凹陷成了两个小盆地。我心一抽一抽的，可怜心疼她。我无计可施，只能这么难过地陪护着她。

我摁灭灯，又回到躺椅上，又不知迷糊了多久，"建术……建术”的呼叫声又飘过来，很轻很远很清晰，饱含着说不出、道不尽的亲情眷念、依赖与难舍难分……她舍不得我，一刻舍不得我。她的魂一时飞远了，一时又飞回来，总又落回到她儿子这儿来。她飘飘荡荡的，在梦游呢，游到她的少妇时代第一次做母亲，游到抱儿子上医院，输她自己身上的血，游到他上学校，招呼他吃晚饭，招呼他上床入睡。她的梦又跑到野外很远的地方去了，跑到了麦苗青青的她的家乡，跑到了桑枣环绕的家乡的村庄，跑进了她书声琅琅的小学、师范，她的梦又踩着一双手纳的布鞋，一路风尘，把她带进了北京城，那双手纳的布鞋落地变成种子，长出了她的家庭，她的子女。她的梦老了，起皱纹了，她做起这个新家庭的始祖母了，孙子叫她奶奶，外孙女叫她姥姥，她该做的都做了，该贡献的都贡献了，没有更多的事要她来做了。她剩下的就是惦记、打听、询问、记挂，多一年是一年的眷恋。

夏天她问我：“建术，你还老惦记着你这个妈，在你心里，你是不是觉得，有这么个妈，就有这个家呀？”

是呀，是呀。她一走，这个家一下子空了、没了，我没的伺候了，下岗了，团团转着，没有她了。

当时我跟她说：“咱们是一个整体，是一个团队，谁也不许掉队啊，你答应我坚持下来，第一个目标先过80岁大关，好吗？我不丢弃，不放弃，你也不要放弃我们行不行？”

她深深地看我，好像于心不忍。

“建术……建术。”很轻很远很清晰，更远地飘荡……

我还心说她今天夜里不撩被了，挺安静，挺听话，明天精神会好一些。白天我还给她看我带来的电饭锅，说咱们打持久战，坚持到四月春暖花开我接你回家，谁想到50年一遇的一场大雪，就把你带到了另一个世界。你就没有那个春天了，哪还找那个四月去？我还想着4月18号让你跟我过生日呢。4月18号，你给了我生命，可你自己却没命了，扔下我不理了，眼一闭就再也不睁开了。我还指着在医院用这个电饭锅做点让你吃着舒服的，还指着你一点点好起来，可你不领我的苦心，就不给我再坚持了。以前每一次住医院，你不是都挺过来了吗？这次怎么就没挺住呢？你怎么忍心就让我老难过呢？怎么忍心让我满心萧索，满目凄凉，一下子摸到了末日呢？有你在我就是人子，就心气健旺，热热闹闹，自我感觉强壮，你怎么就忍心叫我一下子衰飒苍凉去丈量鬼门呢？

四月没有你，你让我踏空了四月。四月里我眼里还是那场雪，绵厚肃杀，寒气彻骨，而铺就了你的眠床。

到昨天晚间写完了《两界》，我展眼起身仿佛穿越了几个世纪，重新回到现世间。世界已经坍塌过了，无可再坍塌，满目凄楚荒凉。我知道我还活在世间，废墟上还能长出植物。我仿佛虚脱过了一样，体力消耗巨大。许多许多的情景画面接二连三地冲击我、叩访我。我知道在这一天剩下的时间里，我没有力气再写关于母亲的文字了。我寄希望于睡一觉以后。

今天白天，我断断续续在纸上记下我记忆中的她的生活片段的提要，基本没有动笔，心里是说不上来的滋味，心理本能似乎想叫我忍过去，然后就把这一页掀过去了。

晚上吃完晚饭，我不由自主地去翻找音乐盘，心里一阵一阵地有东西涌上来，听听音乐吧，心里或许会好过一些。

听完了，久久沉浸，过瘾了。忽然想把这个灿烂的夜晚记录下来，在纸上写了题目《今晚给自己开音乐会》，可是怪极了，写完开头就听见母亲呼唤我的声音，就回到医院的那间病房，回到她在那间病房度过的最后一个夜晚了。

“建术……建术。”

这唤声从 1 月到 11 月，10 个月里其实一直萦绕在我的心间耳际，一直是那么真，那么切，那么牵魂摄魄，那么令我心碎……

一夜间五次叫我醒来到她床前，那么轻，那么远，那么清晰又飘忽，飘忽入梦又出梦，飘忽于阴阳两界。

怎么在这么强烈的音乐裹挟了我之后，又来了呢？

我小的时候，她年轻的时候，生命长长，弯弯曲曲，到那一夜，到今天，到这一夜，叩我不已，缭绕我不已。

从我插队返城以后，她就一直和我们生活在一起，除去我外出采访办事，我们没有分开过。我知道，只要我在近边，她的心里就有支柱。2009年春上海电视台来人邀我参加拍摄的行程，我以母亲在家不远游为由回绝。幸亏我没有去，这样就没有减少陪伴她的时间。如果真因我出行旷月而回来见不到她了，那我该会怎样的痛悔？

我真是想她啊，想她想极了。我真的没有伺候够她。

在她去世的那个中午，同病房的老太太的儿子——一位基督教徒对我说："你母亲现在已经在天堂里了。"我说："人类千世万代，天堂盛得下吗？"他说："这倒没想过。"现在我要说：母亲绝不会愿意去升什么天堂，因为那样离她的子女就太远了，她叫他们，他们会听不见。一家子都是地上的人，大家就都在地上，生生死死，互相能听见。

"建术……建术。"

那么强烈、迷人的音乐杰作都压不下去，都转移不了的一声一声的呼唤，究竟是什么呢？谁能告诉我呀？

2010年11月30日凌晨3点

夜辞临城

我不知道我以后会不会再有机会去临城。于今日想我离开临城的那天晚上的际遇，的确有点奇特并且有点后怕。这天晚上的临城对于我，只不过是个临时站脚的中转站。我从这里去台儿庄，然后再转回来从这里乘坐回北京的火车。

手提行囊，我独自在夜色中闲走，以度过上车前的两小时。这天夜里突然降温，身上有被风打透的感觉。小时候看《铁道游击队》就知道临城，就知道临城有火车站，有洋行，有煤场，出了一帮子能扒火车打日本的人物。现在的临城跟半个世纪前的临城，有多大的不一样，我闹不清，只是感到火车站一带的街道很黑，没有多少灯。有数几家站外店铺，灯影清冷，生意冷清。过了站前空地，我继续往前走。风卷起地上的纸片儿。

去路忽然被一个女人截住。她问我去哪里，我说走走。她说住店吧，我说等着上火车。她说到我们旅馆暖和暖和吧，这么冷，外面怎么待。我不理她，继续往前走。她跟着我边走边说："进去休息休息，喝杯茶，收你三块钱。"我心想，在火车站边转悠，这女人是鸡无疑了。只听她说："到了，上去喝杯茶不给钱也行，说说话。"

我抬头一看，她手指的是一座两层简易小楼房，窗户外钉着铁条，灯光幽幽暗暗。我掉头往回走。一者再往前走就没有灯了，二者我想赶紧躲开这女人。她叫我："你别走，你这人怎么这样，就请你说说话，好像谁要害你似的。你怎么这么不相信人呢？"我实言相告:“我跟你素不相识,我凭什么要相信你?”我说一路上我都听人说起鸡和同伙设套劫人钱财的事,不得不加小心。“你把我当成什么人了?你也太把人看低了吧?”她瞪大两眼,“我可以告诉你,我叫郑雪梅,这是我的真名字,没一个字是假的。我刚跟人合伙开旅店,我说出去接客人,就碰上了你,我还开个理发店,不愿去旅馆,就到我店里坐坐,保证你绝对安全。”

这个暗夜里冒出来的女人让我纳罕。从她对声誉、尊严的重视程度看,她不像是个鸡。可是正常过日子的女人,有这么拉个生人硬要人家跟她说话的吗?她到底是个什么人?要从我这儿得到什么呢?欲知究竟的心理使我没有转身就走。

她所说的发屋跟她经营的旅馆相距很近。她蹲身开开锁,一拉,钢页子门就哗一声上去了,她随手拉亮了灯。“进去吧,这里没别人,保证你安全。”

我跨步到隔开的一间小屋看了一眼,里面是张单人床,叠放着被褥。“我另外还租了房,有时太晚了,就睡在这里。”她加以说明。我听说有些开发廊的兼做肉买卖,发屋里的隔断,就是做后者用的,而她这儿也有个隔间,怎么不令我对她心生疑忌?我已看出她是一个自尊心非常强的人,如果我这时抬腿就走,她会觉得我伤了她。可是如果她真的存心不良,我又该如何?我做好了随时打斗的准备。

见她没有插门,我心里略微安定些。屋里毕竟是屋里,刚才身上还冻成了冰砣,一进入室内,马上就缓解了。她坐在简易沙发上,随手拿起织到半截的毛衣,有一针没一针地织起来。

她生得有点小凤眼儿,下巴颏有点尖,小薄嘴唇。身高约一米六五。在街上我注意到她穿的是一件浅色羽绒服,现在在日光灯下,才看出那衣服是奶白色的面料。暗想这女人真敢俏,皮肤稍黑一点的人,都不敢这么穿。

她说她不是本地人,来这里刚刚两年。两年前她在枣庄待过,再往前她在太原的服装厂干了很多年。从太原的服装厂出来后，她曾干过的几年个体裁缝。她说她还在曹县干过。

听说她这也干过那也干过，我说你有多大。她说你看我有多大。我说30多岁吧。她说她都37岁了。这倒出乎我的意料了。一个女人在经过了这些年的打拼之后，没有老化，反而保持了姿色，莫非是遗传基因帮了她？

见我安安静静地坐下来，她大概觉得我开始相信她了，便絮絮地跟我谈起她自己。我发现这个女人坐下来说事情的时候，表情和语气中有一种说不出的柔和，这柔和配合着她的话语，渐渐地就产生出一种说服力，产生出一种叫人相信她讲的都是事实的效果。这使我联想起吕剧青衣的某些慢板唱腔，不错，它们就有这种感觉，像猫脚落地，像猫轻声喵叫。

我说："你既然去过了不少地方。为什么不到大城市去试试，窝在个县城？"

她说："这里房租便宜，这个店面房一天租金才10块钱，吃得也很便宜。我在这儿一个月下来怎么也挣1000多块钱。"

她问我北京的房租贵不贵，我说我认识的一个裁缝的铺面房，月租800元。她问我做条裤子多少钱。我说18元到20元。她掰着指头算起来，说不行不行，非累死不行。她说她做裁缝的时候，一条裤子的手工费才10块钱，得不停地干。把眼睛熬得通红，只睡很少的觉。

"一条裤子那么容易就做上了？"她说着，用细柔说理的声音。

这时门外有人走来的声音，那声音停在了门外。我警觉起来，问她是什么人。她瞭了一眼，道："可能是来理发的吧，见不开门就会去别处。"她的话并不能使我放心，我在椅子上暗中将双腿错成虚步，以便随时迎敌。

渐渐地我不再提问，房间里只有她一个人的细声叙述。尽管时有交错穿插，她的叙事还是连成了片，我成了纯粹的倾听者——

我来临城两年了，家里根本不知道我的行踪，我也不能告诉他们。他们如果知道了我在这里，就会把孩子推过来，带个孩子我怎么做生意？挣不到钱我拿什么养活孩子？我男人也不知道我在临城，他四处找也没找到我。他找到了我，又会把我的钱都弄光的。

他是那种靠女人养活的男人。有一次他拿了我一万块钱出去，都给花了。我问他用钱干什么去了。他说吃饭。吃什么吃得了一万块钱呀？才几天的工夫呀？我闹他，骂他，一点用也没有。我一气之下把他赶了出去。

我跟他是在太原的服装厂里认识的。他是销售科的骨干，我是生产车间的骨干，他是学贸易的，大学本科，我看上了他。同居以后我才发现了他一直在伪装身上其实有很多问题。这有什么大惊小怪的，我在别人面前都称他为我丈夫，虽然没领过结婚证，可是已经生活了这么多年，事实上就是夫妻了。我跟他说过我们去登个记，可他老说重要的是内容不是形式。唉，说的是呢，就是不受法律的保护。我去法院问，他不给小孩的抚养费，你们管不管？法院人说，我们没有法律上的婚姻关系，叫他们怎么管？

同居前他装得可好了，真的住到一块了，他开始敢动手打我，外出赌博，赌输了就酗酒撒酒疯。有几次下半夜我到外头找他，他就睡在道边上，我一个女人家弄不动他。眼看着日子没法儿过了，我带上孩子跑回了烟台农村老家，这个挨刀的撵了来，住在我爹妈家不走。我爹说他几句，他动手打我爹。我爹跟我闹，说我如果不跟这人断绝关系，他就跟我断绝父女关系。家里待不成了，我撂下孩子，跑到了枣庄开裁缝店。

在枣庄做一条裤子 10 块，你得手快，不停地干才能挣到钱。那时候我一天只睡三四个小时，眼睛老是红的，跟兔子眼似的。我把挣到的钱寄给我妹妹，让她交给我妈作为孩子的生活费。我那挨刀的冤家听说了,追到枣庄挨家挨户地找我。我得了信,退了房子,转到曹城。曹城地痞多,就像你刚才说的那样,惯于设局敲诈。在那地方要是有女人招呼你,你千万不能理她,理了她,就有男人过来说你勾引他老婆,你不把身上的钱都掏干净,是走不了的。

我在曹城待的时间不长,听人说临城这边能租到铺面房,就搬了来。我以前除了裁缝,还学过美容美发,就开了这个美发店,不再给人做衣服。一个女人在外面闯,难哪。

这几天我又遇到了难处。我那个挨刀的参与赌博,被抓了进去,我妹妹报信儿问我这回还救不救他。上回他就被公安局以私藏枪支的罪名逮了进去,是我花了一大笔钱才把他从号子里弄出来,这次他又犯了事儿。

我真不知道他是聪明还是傻?你就说那支枪吧,别人跟他说有一个地方卖枪领他去看看,他就去了。一到那儿,他身上的3000块钱就被人扣下,他跟人家要钱,人家说钱你是要不回去了,你可以拿走一支左轮枪。你说他这个人,丢了3000块就丢了吧,他把支手枪随手就扔在抽屉里,被我们孩子拿出来玩儿。开始我还以为是支玩具枪,没太注意,后来我看到了子弹,这才想到孩子拿的是真枪。这时已经晚了,我们家有真枪的事,被邻居举报了。公安局来一问,就把孩子爸抓了去。他还不跟人说这枪是从哪儿来的,说是他捡的,谁信呀?这一下又让我花了8000块钱。我苦做苦挨挣的这点钱,哪儿经得住他这么折腾呀?

这次跟他一块儿赌的几个人都逃脱了,单单就抓住了他一个。这次我不想赎他了,让他在里边待几年吧。可我又想,他怎么着也是孩子的爸爸呀,天天小窝头儿,他吃得下去吗?我这几天心里正很矛盾呢。这一次我真是不想再要他了……

冷光清照的荧光灯管发出咝咝的响声,房间里细淌着她一个人的叙说。渐渐地，这个陌生女人的身世际遭，来龙去脉，变得具体鲜明起来。这是一男一女走到一起以后发生的故事，同时也是一个想消解就可以消解掉的故事，可身在故事中的人却还在发展着他们的故事，也不是局外人所以为的说了断就可以了断的。

我对这个女人渐生同情和好感，同时又提醒自己小心上圈套，周围的环境既不安全，自己又不熟悉。这是一个熟知下层社会阴暗的女人，你跟她刚刚萍水相逢，无法确定她的话是真是假。可是听上去她就是在讲她自己的生活呀。可是假如这套话已经被她编圆乎了，反复说过多遍了呢？这个世界由人玩弄出来的把戏，还少吗？她万一是和什么团伙串着的怎么办？

这时屋门外又有人声、脚步声，又在店门外停顿，似有眼睛在往店内窥看。这时又有摩托车嘟嘟驶来，哑然熄火。我再次警觉。

“别理他，理发的，让他们到别家去吧。看看不开门，他们一会儿就走了。”她两只穿黑皮鞋的脚，并拢着磕碰着说，眼睛不看外面也不看着我。

“你一个女人家开店，骚扰少不了吧？”我猜测着她的单身生活。

“你想能少吗？虱子多了就不觉咬了。”她一边说着话，一边伸直双腿用脚跟磕着地。“我被人跟踪过你知道吗？一个老来的男人，在我关店之后跟着我，一直跟到了我租住的楼里。我屋子的阳台正在楼墙的直角位置，那男人从楼道的一扇窗户钻到楼外，爬上了我的阳台。正是夏天，我躺在床上刚进入半睡眠，一听见阳台上有人，把我吓死了，吓得我开开房门就往楼下跑，一直跑到街上，一宿都没敢回来，一直到天亮。我身上就穿着一件小睡裙……那回可把我吓死了。

“警察来看了看现场，没说什么就走了，以后也没有再问过我。

“还有一个男客人，白天在我店里坐了一天，到了晚上也不走，我说我要下班了，他干脆躺到我这屋的床上。我撵他，他说让我也躺下。于是我大开店门，坐在沙发上跟他耗。最后都耗到下半夜2点了，他下地来拉我，我说：'你不就是想操×吗？行呀，我跟着你到派出所，你当着警察的面操。'他一见我说野话，倒被吓着了，一声没吱，从床上爬起来就走了，以后再也没来过……"

讲到这段故事时，她脸上露出得胜的微笑，也显现出一股勇敢刁悍之气。灯光下，她的确是一个俊气的女人。

我手上的手表和墙上的挂钟的指针，都指到了9点半，我该去赶火车了。我问了她最后一个问题："你为什么不再另找一个男人？"她回答："一个还不够吗？"

这时，较之先头更大的摩托车马达声响至门外，好几个人的重浊脚步声纷沓而来。我本能地起身，本能地再次警惕，并用眼梢扫瞄屋中的女人。门嗵地被人推开，两个穿黑色皮衣的壮男身后，跟进来两名矮个儿的女人。中止了跟我的谈话的女店主，这时也站起身道："关门了，不理了。"又一笑说："开玩笑，坐下吧。"言讫，进屋打了盆热水又出来。

我观察着屋中的几个人的动态，心想现在必须走了。我对已经站在了理发椅子后面的女人说："谢谢你让我暖和了这么会子。什么时候待不下去了，不妨到大城市去试试。再见。"

我说这话的声音高低适中，吐字清楚，她却仿佛没有听见，也没有回头看我，就仿佛她刚才什么都没跟我说过一样，全然是一副转脸就不认人的样子。我不解其意也顾不上多想，提包出门外，快步走向火车站……

这个女人最后留给我的是个背影，关于她个人生活的结局，也悬在了我的心上。

难忘好人

11月末,我采访完台儿庄,走上返程,再回到老徐家所在的县城的时候,天已大黑下来。我找到老徐跟他媳妇承包的旅馆,想再看看老徐,跟他道个别。他媳妇正在登记室的灯影里。她一见我说:"给你开个房间休息会儿吧,不收你钱。"

我说:"我来看看老徐。"

他媳妇说:"他出去串门去了,工夫不大,就在火车站那几家铺子里,走不远。"

在火车站附近的几家亮着灯的私家店铺里,我没有找到老徐,心里感到失望和沮丧,又不好回去给他老婆添麻烦,我提着行囊慢慢地在几乎是没有灯光照明的路上踱步。风起来了,转眼寒气砭骨,我脑海里晃动着这个陌路相识的人。

从那次回到北京到现在,说话也一年零三个月了,我有时还会想起这个人来。今晚在饭桌上,我又一次地提起了他,说明他留给我的印象之深。

我初次到老徐那个县,已是8点钟的光景。黑灯瞎火,人生地不熟,遇见一个挂旅馆招牌的院子,我便闯了进去。这便是我认识老徐和他媳妇的地方。

这家旅馆实在没法跟我沿途住过的宾馆相比。简易的两层楼房,上下十几个客房。屋里没有暖气,木门已经很旧,床是上世纪70年代样式的旧床。价格自然是便宜的,住一宿50块钱。

我到登记室要开水,顺便询问买火车票的事。我盘算着明天在台儿庄跑一天,回来赶晚上的火车。女主人指着她男人说:“这事好办,让他给你去车站买票就行。”

我有点不相信自己的耳朵,有这种好事?我说:“那我交手续费。”男人说:“不用,我跟站上熟。”说完就出门不见了。我回到客房等着杯中的开水变温。

工夫不大,男人来敲我门。他说:“站上说下铺票卖完了,还只剩下一张上铺票,我回说我回去问问。”我说要呀,不要要什么呀。他说:“我给你拿来。”一转身又走了。不一刻他兴冲冲进门来:“哎呀,行了,这张票是站长特批的。”

我心里对他充满感激,心想一个素昧平生的人,一趟一趟地为自己这么办事,还不要报酬,真是少有。这是一位中等身材、肩膀端正、身子骨瘦劲而捷健的人。这么冷的天气,他还穿着件驼色西服跑出跑进。我说:“坐坐,聊会儿。”他说:“聊聊。”便拉把椅子坐在我对面。他的面部看上去端正有力,挺骨感,是正派人的面相。

他这人一脸的清澈透明。

我们闲谈了起来。

交谈当中,他至少有两次欲起身告辞说:“别影响你休息。”我表示没事儿,很愿意跟他聊,他便又坐下,有问必答地跟我聊他的事。

我这才知道他姓徐,他父亲打日本的时候是微山湖大队的。他从小就想穿军装,年纪一到,便入伍当了特种兵。

“在部队我是神枪手,吊着砖练托枪,最后练到枪枪都是十环。货车开着,我在上面走单帮,跟走平地似的。”

“练砖砸脑袋吗?”我问。

“练。开始用木砖,逐渐改成红砖。那也有窍门,手上带掰劲,不是硬往头上砸。”

我说:“那也是砖呀,平常人用脚跺都不折。你说那么干对脑子有没有损害?”

“要我说有。我得这个病，就和那时的训练有关系。那时候就觉得开始爱忘事儿。”

谈话继续着，我还是忍不住问这位徐先生他究竟落下了什么病，他回答得干脆坦率：“精神病。”

我不太相信：“你看着没事儿呀，挺正常的。有什么症状吗？”

“话多，脾气不好，说话难听。后来我摸出规律来了，一到这种时候，我就主动到精神卫生科住一阵，过去了就再出来。”

“单位给报销吗？”

“给报。这还是我打出来的。怎么回事呀。我复员转到焦化厂工会。有一次厂里管道出故障，派人去修。两个工人晕倒在里面了，厂里派人去救，派谁谁也不进去。我说我去。我下去好不容易把中毒的工人拖出来。中间我好几次都快不行了。那管道里是一氧化碳，人进去都受不了。那次以后我住了次院，觉得自己整个人就不行了。出院以后，我到厂部去报销药费，硬是不给报，怎么说都不行，我一怒把厂长办公室给砸了。那是一次。还有一次跟厂里的几个朋友喝酒，酒喝多了，我骂了人，他们追着打我，我翻墙没翻过去，被他们拽下来，用酒瓶砸我的头，我当时就不省人事。”

我一拍桌子：“你告他们。”

“唉，怎么告呀，没拍下录像来，到现在我也不知道是谁砸的我。”

“不说是朋友吗，怎么手这么黑？”

“唉唉。”老徐无奈又宽容地叹气摇头，“这地方比不得北京，不好告。算了吧。”

“这不就把你给毁了？”我恨恨道。

“我分析是这几次损害了我的脑子，落下了这么个病。”

……

以上记录的是那天晚上老徐跟我谈话的部分内容。他的遭遇和现状，我听得明明白白，他讲述的情节，曾那样鲜明地放映在我的眼前。他下管道救人的举动，表明他是一个见死即救、见义勇为的人,并且是个奋不顾身、不计后果的人。可是由此带给他的灾难,谁又来替他呢?从那次救人以后,他在很长的时间里意识不清,出现幻觉和耳鸣,说明他的脑部和神经系统确实受到了损害。这么一个通常在报纸上会被称赞为英雄的人,却居然在厂领导那里没有落下好,反落了个不给报销医疗费的处置。

从这件事和从我直接的观察看,这人真的是太善良、太单纯了。我愿意跟这样的人交朋友,所以我才在第二次到这个县城时,找他想跟他再见上一面。

我清楚记得,他在对我讲述他从军经历的时候,特地从内衣兜里掏出军人证来给我看。那是一个小得可怜、早已又旧又黄的证件。上面写着他的名字,注明他是班长职务。发黄的小照片上是一位年轻战士的容貌。他的表情分明在说:那是他的荣誉,他的值得自豪的历史,也回响着他的健康和青春。

2004 年 2 月 27 日

常性之歌

——记冰心

1

她是我国近百年来为数有限、毕生不悔地“肩着爱的旗帜”走过近一个世纪的人，是真诚地希望根除社会弊病的人们中的一员。在以往历史的固态波澜上留下了她——95 岁的冰心老人至情至性的色斑。

“人生从 80 岁开始。”话虽这样说，但毕竟高龄的身体是超过了磨损期的机器。自从 1980 年秋季的一个傍晚，她跌倒在花池旁边，摔折右腿骨起，斗转星移，过去了 15 年。一次到底没能使她恢复行走能力的手术，在她右大腿外侧，留下了窄长的伤疤。伤疤下面排列着钢钉。15 年间，脑血栓、高血压、腹痛、心脏衰竭症等多种病痛，也都慕名来光顾她。

骨折后的 15 年，她过的是室内乐手的生活，从床到书桌，从书桌到床；从书房到客厅，从客厅到书房。双手撑着助步器，一点一点地挪蹭着行进。到后来，用助步器也不能走了。

15 年中，她除了定期去医院，再没有享受过户外的阳光和漫步林荫的乐趣，只在家人的扶持下游玩过一次圆明园。从 1981 年起就照顾她生活的陈女士，劝她下楼坐轮椅散散心，她摇头。她不愿意别人看到她现在的样子。她不止一次地自叹：“我成了废人。”就着窗台赏花，隔着玻璃看雪，她似乎成了自囚的囚徒。

她晚境的情形，令人联想起奥斯特洛夫斯基、罗斯福、海勒、张海迪。所不同的是，他们谁都没有她这样老。她尽可以高卧于床褥之上，哼哼着把玩暮钟的幽韵。可是她却像一只老海燕那样，伫立礁头谛视海天，迎着雨云的到来，扇动翅膀，艰难却真实地奋飞。

生之苦，病之痛，时时袭击着血肉之躯。当她说“还不如死了好”、“这是什么样的躯壳呀”的时候，就是她难受到极限的时候。然而，当这样的关口一过，她便又写起她那些毕于“某年某月某日浓阴之晨”、毕于“某年某月某日阳光满室之晨”的“为人生”的文章。于是，在一个不能行走的老人的身后，布下了一串可贵的足印，空阔的海面上回响着一声声热烈、掺和着苍凉的唳鸣，深处的洋流上掠过她的姿影。

> 一个生命到了“只是近黄昏”的时候，落霞也许会使人留恋、惆怅。但人类的生命是永不止息的。地球不停地绕着太阳自转。东方不亮西方亮，我窗前的晚霞，正向美国东岸慰冰湖走去……

我们读着这样的文句，感受到的是豪迈还是悲壮？

肖斯塔科维奇最后一部交响乐最后乐章的最后部分，谱写出清晰有力、深沉如鼓的心脏的跳动……无限的坦然、平静而强劲。一种形而上的高度单纯的生命体验、礼赞与庄严，使人感铭至深。这是有别于青春蓬勃、壮年厮杀的英雄主义，但这的的确确是包含着难以形容的英雄气质的英雄乐章。它也许是我们迄今所能知道的穿透生死境界的、高级意义上的英雄交响乐。

2

她不是单独的一个。她是中国知识界一个无编制的老年别动组的一员。她的巴金弟弟用抖颤不已的手写着；她的“饼乾”老弟（即萧乾）用依然有力的手写着；而她则支撑着残损的身体，于激愤中，于泪眼模糊中，写着“殷忧启圣，多难兴邦”……

萧乾先生向我讲起她：“进入80年代，大姐忽然发出万丈金光来了。她一篇接一篇写出有分量的醒世文章。像《我请求》、《万般皆上品》、《空巢》、《介绍三篇小说和三篇散文》等，都是干预生活的文字。她为人才流失而焦虑，她为争取改善中小学教师待遇四处呼吁，她对社会上的特权现象深恶痛绝。她疾恶如仇的正义感，表现出中国知识分子的良知。”

她女儿吴青告诉我：“那篇写中国教育情况的《神圣忧思录》，妈妈看一次哭一次，吃饭时也哭。她也是流着泪写《我请求》的……”

她女婿陈恕说：“登出来的文章上，删去了她原文的一些片段，删去了其中引用的日本部省的一条公告——‘中小学教师的工资，要在一般公务员之上’，事前却并没有征求她的同意。”

她在《新春寄语》里提问：“为什么要删？为什么我们不能和日本比？日本的科技、经济为什么这么发达？正因为他们重视中小学教育，重视教师和人才。”她说：“日本人深深懂得‘教育是一只母鸡’！”面向一群记者，她疾呼：“不抓好教育，这等于国家在慢性自杀。”

我们不必夸大她这些“化作春泥更护花”的文字的锋芒和作用，也不必吹捧她文章里的思想多么深刻。但是我们只需想一想，像她这样久负盛名、功成名就的资深耆宿，原可以躺在“社会名流”的壳子里养尊处优，或者像有些人那样，或题词作颂，或清静无为，或醉生梦死，或求仙学道。而她却恪守着五四的教义，向世界掏出自己的真诚赤心。她沿着自己的道路，履行着光荣的职责。

在艰难竭蹶中奋斗的人们，为真理、正义而工作的人们，从她那里感受到道义的活力和鼓舞。

3

潺湲的时光一去不返。

她座椅后的书柜内，摆满了各地孩子们送她的泥偶、布人。这些瞪眼的、笑眼的、挤眼的、红黄蓝绿的小矮人，目睹了岁月光链上，发生在这屋中的桩桩幕幕……

"……其实我所能做的也不过就是写点文章……"她淡淡地谈自己。

我却查询到在"不过"以外的一些沉甸甸的实事：

1991 年安徽水灾：她捐款 1 万元人民币，外加 200 斤全国通用粮票。她是在去医院的路上，请司机绕道将车开到募捐地点，亲眼看着女儿吴青把款、物送进去的。

1992 年 7 月 4 日至 1993 年 4 月 10 日，她三次给"希望工程"捐款，总金额达 2.3 万元。

福建省长乐县 1993 年 1 月 25 日报道：

> 10 月 19 日晚，县侨联酒店二层灯火通明，冰心先生赠资仪式在这里举行。一向关心家乡文化教育事业、93 岁高龄的我国著名作家冰心老人，再次赠款 2 万元给金峰镇横岭小学。这是自 1990 年强台风袭击长乐后，她第三次为乡学赠款。

"几万块钱在一些大款来说算不了什么，但对于妈妈却不是小数目。"女婿陈恕幽幽地说，"妈妈不是一个写很长文章的人，她的稿酬收入很有限。她每次得到笔较大的书稿费或奖金，都原封不动地让我们捐出去，有时候还再往里面添些钱凑成整数。她很不容易啊。她是在尽自己的所能。"

在给横岭小学的捐款附信中，她写道：

> 我女儿吴青一家去年春到福建，看到我的故乡横岭小学，校舍破损，课室内黑板、桌椅等都破旧不堪，我听了心里十分难过，兹将稿费所得 2 万元人民币，请你们带回，为横岭小学作修理校舍添置课室设备之用，钱数很少，但愿能用到急需之处。

陈怒说："我当时拍了一些录像带回来，一放，她就哭了。"

长乐人说："这些钱可是先生一个字一个字爬格子爬出来的啊！都是她的心血啊！"

被感动了的长乐县委和金峰镇人，决定再由县、镇两级拿出15万元，加上她的捐款，重新修建横岭小学的校舍，并一致通过决议：建成后的小学校就以"冰心"的名字命名。新华社的《新华每日电讯》、《人民日报》（海外版）、《福建日报》、《福州晚报》、福建电视台、福州电视台等，都就此发了通稿和消息。但她坚决反对用她的名字更改校名。她特别要中国现代文学馆馆长舒乙带去她的话："一定不要以我的名字叫那小学。"舒乙感情激动地说起这件事："她的捐款，不是为名，只是为了教育事业。这就是先生的品格。"

她不是一个资产者，不是一个有家底儿的人，也没有人月送斗金给她。她只是一个爬格子的中国老人；一个到后来连写一篇短文，都要花好几天气力的老病人；一个健在世上的五四文学运动的最后一位元老。

掂掂看，这个人的心肠，该有多热多重?!

4

歌德说："能追溯自己生命的结局与开端之间完整联系的人是最幸福的。"在中国现代历史的惊涛骇浪中，有多少人能够将自己青年时期确立的哲学、主张、价值判断、情感倾向一以贯之地贯彻于自己一生的生命活动之中呢？

我的目光再次停驻在她那张1924年摄于美国威尔斯利大学的俏美灵秀的照片上。

当年为《圣经》和泰戈尔诗篇浸淫陶醉的她，那个生长于和谐亲爱的家庭氛围的女孩儿，编织参悟出美丽的观念。

我走近她身边，细细端详她，不禁问道："在那样贫困、动荡、恶浊的时代，你怎么想出那样一套温馨莹洁的东西？"

她指给我看地平线边漾出的万道霞光，朗朗地说道：你看过我写的《自由——真理——服务》吗？我背一段给你听——

什么是“自由”？自由便是从心所欲不逾矩，便是我和宇宙万物应果周旋之间，无一枘凿，无一龃龉，无一不调和，无一不爱，我和万物，完全是用爱濡浸调和起来的，用爱贯穿连接起来的，只因充满了爱，所以我对于宇宙万物所发出的意念、言语、行为，一切从心所欲，又无一不合于爱。这便是“自由”。

“1924年你写过一篇小说《悟》吧？”我不肯罢休地掣着她拉呱，“在那里面你已经指认了人类社会的分化和对立。”

“是呀。”她继续说，“但你要看清楚我的整篇和整段。你去从对面书架上拿一本我的作品选来，我指给你看。这里——”

自私自利的制度、阶级的确已在人类中立下牢固的根基。然而如是种种，均由不爱而来。斩情绝爱忍心害理的个人、团体和国家，正鼓励着向这毁灭世界底目的上奔走……

“我明白你的意思。”我说，“你在原有的思路上又加进了新的观察和见识。日后，再日后，你又渐渐地往上加。如同树上不断地生长着新杈，树干树身不换。那么，你当年和今天的批判意味的笔调呢？”

她笑了：“老生常谈不是，能爱才能憎呀！”

窗外的夕照，降落下许多。

她不再理我。

我走至她的书架前，翻阅着她各种版本的文集和一套全集，想起了《常性之歌》。

她的“常性”，真是长久啊！

5

毕竟她不是创作《桃花源记》的陶渊明时代的人，也不是生活在威廉·莫里斯“乌有乡”中的人。她所倡导的“爱的哲学”，鲜明地拌和着五四的理性精神。今天，她关切孩子，关注教育，指摘时弊，也是基于同一理性。她说：“五四的任务远没有完成，应该把‘德先生’、‘赛先生’两面旗帜举得更高。而只有让人民接受良好的教育，他才会懂得什么是自由和民主，什么是政治透明，他才会去追求民主和科学。”

我知道，在解释和改造现存社会上，她是无力的，甚至是肤浅的。但是在感召世人的良心和良知上，她却是生动的、有震撼力的。

她所祈愿的是世界应该的样子，而不是它既有的样子。从理论上说，她并没有错。错的是自有阶级以来绵绵不绝的社会构造和交往方式。魏特林将他那部著名的书截然划分成两部分：“社会病态的产生”和“一个社会改革的理想”。像冰心这样一个立誓以“爱心”为安身立命之本的人，理应归属于书中第二部分，不幸她却投生在第一部分；这不幸，又玉成了她的大幸。

她有权利吟哦：“不要让时间在黑暗中度过吧，用你的生命把爱的灯点上吧。”

魏特林雄辩地替她说话：“如果说他没有见过更尽善尽美的东西，这并不成为理由怀疑一个更尽善尽美的东西的可能性。”

她天生是一个指向美丽人生、光明社会的人，是上天掉落到20世纪中国的一粒温暖的种子。

在今天，尤其是明天，她都会成为后来人们的财富，不断地为人们所征引，成为他们的话题。

且听惠特曼的歌唱：

在每一次的暂时宁静中，可以听到一种歌声。
刚好可以听到，
从某处遥远的海岸，响起最后的大合唱。

寸 草 心

1

张百萌研究生毕业后做医生的第二年收治了一位来自广东三水县的食道癌病人。开刀打开一看,发现已经是晚期,没有治疗的可能性了,只好重新给他缝上。这个三水县病人前后欠了医院2000元的医疗费,拆线出院时,院里安排张百萌送他回家,并把钱收回来。张百萌知道病人为治病把自家的耕牛都卖了,如今又欠了一屁股债。

那日车入三水县抵达病人家。推门进去,只见陋室昏暗家徒四壁,连张椅子都不趁。再一看地上横躺着个死人,身上盖着一块破烂的黑布。百萌心头一阵乱跳。这时屋门外进来一位妇女,对病人说:“你总算回来了,你妈昨天刚死去。”张百萌这才知道躺在地上的是病人的母亲。

照常情,这个做儿子的看到娘亲撒手人寰,自当伏地而哭,料理后事,却不料,他站着呆愣片刻后对报信的妇女说道:“你能不能去咱大队给我借2000块钱来?这个医生等着结账。”

张百萌一阵心酸,他想这个农民太惨了,也太老实了。面对刚刚去世的母亲的尸骨,他没先想怎样料理后事,先想的却是还医院的账,别让这个医生回去交不了差,而他十分清楚自己也是个将死的人了。百萌不忍心再看下去。他转身对司机说:“这钱拿不回来了，咱们回去吧。”他对那个村中大嫂说：“这是个危重病人，请你们关照他。”身为外科医生的张百萌比谁都清楚，他们离开之后，这个晚期癌症患者也没几天好活了。

在那之前和之后的行医生涯中，张百萌一次又一次地耳闻目睹了中国一些穷乡僻壤的农民贫困交加的生存状况，心灵一次又一次地受到震动。他说：“人生多不幸，人生多磨难。做医生有一个很大的好处，就是他可以直面人生，比较直接、具体地看到人生的方方面面。”他就是带着这些直面得来的人生画面出国留学的。在身处异国他乡的日子里，这些画面不但没有从他脑海里隐退，反而时时映现，不断浮出，构成了他内心的驱动力和召唤。

在20世纪余晖涂抹的那个南中国的夏天，他的追忆沉重而痛苦，像搬不动的石头。他说：“我走之后，那个三水病人要处理他母亲的丧事，还要面对自己，他自己的时间也不多了。我真不能想象他最后的几天怎么过！从那一刻起我开始思考在我们这样一个社会保障还不健全的国家，有些人穷困潦倒、患病，谁来给他们一个基本的保障？这确是一个基本的社会问题。从那一刻起，我真正认识到什么叫人生的苦难，什么叫苦难的生活。那个场面给我的刺激太强烈了。出国时我想，我要把世界上最好、最先进的技术学到手；决定回国时我想，出来学习六年了，该学的也都学到了，该回去为自己国家的老百姓应用去了。

2

学成归国回到广州中山医科大学孙逸仙医院担任外科医生的张百萌，留给我的印象与众不同。已届不惑之年的他，初看上去还像个广州大青年。他中等身材，人比较瘦，略有些溜肩，肌肉骨骼看上去结实。他说话语速较慢，话并不多，但说出话来一句是一句，都是在脑海里翻腾过多遍的意思。他走路的速度不紧不慢、不慌不忙，样子看上去甚至有些漫不经心，但其实是由于他常常注视自己内心活动的缘故。谈话当中，他很少咧嘴笑，面部没什么表情,他目光朝前正视你或者别的可视之物,无大喜大悲,不左顾右盼;既不聪明外露,也不一惊一乍。后来看他写给医院的工作报告,更发现他是一个十分讲分寸、决不肯妄言浮夸的人。人前人后他总是一副恬淡神态,恬淡的深处不乏积淀自身阅历的凝思。谁若以为这个人木讷不敏那就错了,百萌是一个内心丰富、十分敏感的人。

那天晚上在学校餐厅,距我俩不远的餐桌周围,是一群护校的毕业生在举行毕业会餐。女孩子们纵情说笑歌唱,照相机咔嚓,闪光灯频闪,无忧无虑的声浪爆满于厅堂内。百萌手指他们对我幽幽说道:"十分羡慕她们的年轻快乐。说不定几天以后,她们当中就会有人和我一起工作,但她们现在想不到将有怎样繁重辛苦的工作在前面等待着。她们生活在美丽的梦中,我们却因为看得太多而过于清醒。"

来时路上,我请他自我描述一下他是一个什么样性格的人。他的自我描述是:我这人老实,老实到别人欺负我都觉得没意思,所以别人也就不欺负我了。他说:上中学时,一次开家长会,班主任老师对家长说他自己的涵养要能像张百萌那样就好了。你想想看,一个老师在那么多的学生、家长面前拿一个学生来做比,可见我这性格留给人的印象。可能就是因为我太老实了,所以即使在国外,我也没遇到要欺负我的人。可能人家即便想欺负我,一看这人,便泄了气。我对自己的评价是:时代的宠儿,时代的幸运儿。我儿时的理想基本都实现了——上大学,当科学家、当医生。今天我起码是医生了,起码算是一个科学工作者了。以前我很羡慕别人留洋去学习,一讲到留洋的博士,心里就羡慕,觉得人家很伟大。今天自己也有机会到外面去看看,有机会跑遍欧洲和澳洲,和同龄人相比我是很幸运的。所以我很知足。知足者常乐,知足者心境比较平和。有人说张百萌你都正教授了,我们一般主治医生都住八十平方米的房子,你才住二十八平方米呀。我不这么认为。如果我的价值体现在二十八平方米或者八十平方米上,那我就不回来了。我在国外住的宽敞得多,国内很少有人住那么宽敞的房子。有时我在国外一天挣的钱,等于在国内干一年挣的。不能用物质化的标准来衡量。

原来学校按标准给张百萌分配了宽敞的住房,只是地点在珠江南岸,距他上班的医院远了些。为了及时从家赶到医院应付病人的突发情况,百萌放弃了大面积的住房,跟学校要了距医院一马路之隔的二十八平方米旧房居住。他的道理是,做外科医生的,一切都要以方便病人为出发点。在选择住房这件事上夫唱妇随。百萌妻子是位敦厚温善的人,两人结婚多年没吵过架红过脸,正应了“不是一家人不进一家门”那句俗话了。

我戏言:“你们两口子有点成仙得道了是不是?”他摇头说:“这是做医生的本分,应该说是很低的标准了。”

张百萌留学澳洲期间,一场轰动全球的医疗事故官司,给了他极深刻的震动,更加深了他对“医生本分”的理解。

一位澳大利亚妇女把她得了脑炎的孩子送进圣明森医院,接诊的年轻医生将孩子当作普通的发烧感冒处理。孩子从医院回到家后发生抽搐,遂被送入墨尔本皇家医院。皇家医院确诊孩子患的是脑炎,但为时已晚,小孩就此落下了终身痴呆的残疾。做母亲的悲痛欲绝,认定亲子的悲剧系圣明森医院的医疗事故。而圣明森医院认为这是一起技术事故,一是医生年轻,二则是病儿症状不明显。那位澳大利亚妇女,为打赢这场官司而奔走呼号 12 年。最后法院判下来,认定为医生年轻经验不足,不应该把他安排去急诊室,此事件属于医院的责任事故,判医院方面赔偿事故被害人 300 万澳元,约合 2000 万元人民币。这项判决创造了世界医疗事故赔偿的最高纪录。

这件事久久萦系于张百萌的心头。他在日记里写道:“这件事给我们做医生的提出警示,要求我们有强烈的责任心。”

在孙逸仙医院,张百萌每做完一起重病手术,睡觉前都要再去看一眼,否则躺在床上他睡不安稳。白天手术回到家,半夜三更电话铃响,值班医生说危重病人处理不了,问他能不能帮助处理一下,这时候不管多么困,他都会一骨碌爬起来赶往医院。说到抢救急重病人,他眼中闪过一片快乐:“你有一种被人需要的感觉,手术完成后有一种成功的感觉,这是外科医生的最大的乐趣。”

百萌出身于医生世家。他的爷爷是中医,他的父亲是西医。很小的时候,奶奶就常对他说:“医生就像破棉袄,别看不起眼,但人人都需要。”

我第一次听到对于一个职业的这么沧桑的比喻,这绝非在教科书和学院的讲堂上可以看到听到的。其中的民间智慧、家常气息,令我把玩回味不已。这个人显得纵深起来。

3

张百萌在留学人员中属于跑的地方比较多的一个。当年出国的直接目的之一是求取博士学位。1991 年他赴瑞典隆得大学攻读博士学位和临床进修,师从世界肝胰胆外科学会主席让·伯·温士兰德教授。1993 年他获得外科博士学位后,转赴法国巴黎第五大学 C 医学院进行外科临床研究,师从全法器官移植管理委员会主任、欧洲肝胰胆协会主席米·莫利森教授。百萌投师的运气好得不能再好了,法国导师对中国非常友好,认为中国文化精深莫测,十分伟大,主张西方不要拒绝中国文化。学习期间导师问他有什么要求,百萌直言相告:“我没什么特别的要求,只想日后回国好好工作,因此我在这里想接受一些临床训练。”自此导师便安排他跟随自己做临床手术的助手。不论是在大学医院还是在导师的私人诊所,只要导师有会诊、开刀的事,便都让他的中国弟子参加。这些别人求之不得的临床观摩实践,大大开阔了百萌的眼界,提高了他的技艺。百萌在国外的最后一年是在澳大利亚度过的,在这一年里他专门研习了外科整形手术和显微外科技术。

留学瑞、法、澳期间,张百萌先后完成了“肝脏异种植的趋急性排斥反应机理”、“缺血性再贯注损伤的机理”等课题的研究,先后发表了三十五篇论文,在此期间他还完成出版了一本专著——《微动脉的抗凝治疗》。日后他回顾说:“我还是留恋那个时候,留恋那时的那种忘我的境界。”

回国后的张百萌接连完成了好几个高难度的大手术。跟他前后脚回到中山医大工作的留学人员,一提到百萌的外科手术,无不喜形于色,仿佛这些出自百萌之手的漂亮手术,是他们亲手做的一样。

回国后不久的一天晚上百萌值班,下一级医院送来了一个浑身鲜血淋漓的伤员。受伤的是一个17岁的中学生,他是一起恶性斗殴事件的附带受害者。起因是同班邻桌的男生发生口角,引发斗殴。其中的两人被刀砍伤,这个同学将受伤的同学送到芳村医院抢救。就在他在手术室外等候的当儿,另外一伙人冲了进来,拦腰砍了他一刀。这一刀把他的肠子砍成了六截。芳村医院处理不了,将他送到张百萌这里。当时情况惨不忍睹,在场的医护人员都以为送来了一个死人。“这社会风气怎么了?”百萌愤愤地想。探查。切除坏死组织。吻合。缝合。手术进行了四个小时。两个多星期后,一个活蹦乱跳的生命出院了。

像这样的事在我这种外行人眼里,已属惊心动魄。但百萌极淡然地说,这属于普通的简单手术。

他阐述说:“医学和宗教的追求起源于恐惧。医学是对死亡的挑战。不论到什么时候,医学的根本宗旨不会改变,那就是打败死神,拯救生命。”

4

张百萌只是一介医生,他做不了那些需要由政府和社会来做的事,但他必须面对一些人间不幸,因此他再三再四地叹息:“很无能,很无奈。”这一方面是医生良心的流露,一方面也反映出严酷的现实。他遇到一个前来就诊的乳腺癌病人,百萌告诉她:“可以做手术。”病人却说:“我不要治。”百萌说:“你必须做手术。你现在是中晚期，不做不行。”病人说：“单位医疗费有限，要征得单位同意才行，不同意就不做。”最后她单位同意给她 80 块钱。她全家动员她做手术，凑钱给她治病。百萌对她女儿说：“你妈妈这个病一定要做手术。”做女儿的深深点头，滚下泪来。

国内乳腺癌手术的费用目前起码在五六千元，加上术后的药疗、化疗，需要上万块钱的花销。这点钱放在富人那儿，不过是弹一星儿鼻涕，但在这个女职工面前却成了深沟高壑。她思虑再三，决定不治，她不忍让家人背上债务而陷入艰难竭蹶，她选择不治。也就是说，她选择了放弃生命。女患者说“不做”的时候声音决绝，可她的眼睛里分明闪烁着对生的眷恋与渴求。

“面对这样的病人，我发现自己徒有医术却无计可施。面对这些问题，我觉得自己很无能很无奈。”百萌的这些话语里有种抓心撕肺的痛苦感。“在我们这样一个 12 亿人口的大国里，目前只有够级别的少数人享有完全的医疗保障，什么时候才能建立起一个完善的社会保障体系呢?”他向着自己眷恋的祖国发问。

这又使他再次回忆起他在法国遇到那个女留学生。

5

那是他和导师一起接诊过的一位中国留学生。他亲眼目送着她走完人生最后一程。

那女留学生出国前曾在湖南侨办担任处长，原为印尼华侨，曾经在中央人民广播电台做过对外播音员。90 年代她到法国后，先后在成衣厂干熨衣工，在餐馆打过餐馆工；干的最多时，她一天打三份工，干得比国内的民工还辛苦。由于长时间的紧张劳累，营养不良，饮食无常，她患上结肠癌，并发肠梗阻。切开她腹腔时发现里面长满了恶性肿瘤，已经是肠癌晚期，无可救治了。医院方面出机票请她丈夫来法国跟她见最后一面。她丈夫回国时将她的骨灰捧回了国内。

女患者头脑清醒的时候，时常陷入沉思和回忆，她告诉张百萌,她这一生中有两次重大的迁徙。第一次是从印尼来到中国内地,那是她受了新中国建设成就和社会大同理想的感召而做出的决定。第二次是在别人都觉得她混得不错的状况下,远渡重洋到法国来。她的这次选择是在普遍幻灭情绪的感染下做出的。她说她的这一生都在为追求一种理想的生活而闯荡奔波,希望能够找到她的理想国。她说她的下一个选择是不用说的了,那就是去天国继续她的追寻。说到这最后一个选择的时候,她嘴角闪过一丝怅惘、一丝如释重负的笑意。她问道:“张医生,你的寻找要到什么时候呢?”张百萌看定她缓缓说道:“我找的东西相对比较形而下,不那么虚幻。一旦我的手术刀熠熠生辉了,我就要拿着它回去给自己国家的老百姓治病。”

说这话的时候,他眼前再一次映现出那个三水县的农民和在那农舍里看到的一幕。那一幕跟眼前这个躺在法国医院病床上,将不久于人世的姐妹同胞的影像,交相叠映,令他百感交集,心绪百结,不能自已。彼时彼日,于异国的土地上,他清晰地听到了来自远方的磁性的召唤。

牵手人间

1

歌德曾经说:“在任何时刻,世界上都存在着那么多有价值的事物,只是我们彼此并不接触。”一个偶然的机会,使我走进一个特殊的群体、一项特殊的事业,假如不是在今年夏季这个炎热月份的末尾,突然冒出这么一个机缘来,也许在我的意识里,他们会永远地只是一个简单、模糊的概念。世界上有那么一种人,那么一回事,仅此而已。这也使我再一次地震惊于空间的力量、隔膜得可怕。

我新近接触到的人群,名叫残疾人,他们的事业,被叫作残疾人事业。

在实际动身去看访他们之前,我用了将近一天的时间,蹲在某音像出版社的机房看有关他们的录像。录像带中有一盘是 10 年前刚成立的中国残疾人联合会,为促请人大通过《残疾人保障法》而专门摄制的片子。镜头摄下的那些行、坐、卧,室内与室外,城市与乡村的盲聋哑人、残疾人、弱智人,状态各异,触目惊心,惨不忍睹。以往电视里出现残疾人的画面,我总是马上改换频道,或起身去做别的事,我看不了那种叫人难过的场面。但这一次我却闷在灯光昏暗的屋子里,观看了一整天。

那天放给我看的一摞录像带,大都摄于 80 年代末 90 年代初。

我需要看到他们今天的样子，现在进行时态的生活，我需要看到当年草创的康复机构，如今还存在不存在？存在着会是什么样子？我需要看到残疾人界的原生实况。

重新走在街衢上，满眼是健全的身形腰腿，健步匆匆，秀发衣裙，屐声笃笃。5164 万残疾人，相当于一个法兰西的人口的总和，是澳大利亚总人口的 2.869 倍。这会是真实的吗？怎么街上看不见一个残疾人呢？但统计数字立着、躺着、呼号着、静默着，被尘封或者被擦亮，分分明明不是乌有乡消息。

2

耸立在北京长安街上的一座白色的大楼里，清一色女性的北京市话局 114 台员工中，有 9 位是专门招收残疾人的。走进她们纤尘不染、紧张有序的工作大厅，在那一组组大花朵造型的工作台间逡巡，在一把把入时的电脑椅后分辨，如不经人指点，你分不清她们当中哪是健全人，哪是残疾人。一律的屏幕闪烁，键声嗒嗒，细语柔声，忙而不乱。

9 位残疾员工，年龄最大的 35 岁，最小的郭玉芳只有 20 岁。残疾人残疾事实的成因，不外乎笼而又统的“天灾人祸”四字。天灾使人无奈，人祸令人愤怒。面容姣好、表情丰富、能说爱唱的李燕，小时因庸医开出的超剂量的钙、维生素 D，导致小学二年级的她身高不再增长，落下 135 厘米的儿童身材，并伴有早期下肢麻痹症。读初中时在班里是团支书的郭玉芳，出生时被铲钳夹头，夹出了半侧麻痹症。学习不落人后的小郭，就因为身罹残疾，被阻拒于高中的大门外。懂事后的遭殃人哭干了眼泪，她们的父母欲哭无泪。个中的大伤痛、大悲苦，岂是一个“文明代价”所能了得的？

长大成人，辞别校园，她们面临着同健全人一样的谋生就业、安身立命的课题。但她们绝对地处于劣势，特别是在商品社会、市场经济的当今。

单薄秀雅的纪瑞辉，进入 114 台前，在福利厂做过工，在小吃店、小公司里做过出纳，做过会计。她回忆说：“那时工钱很少，却负荷着超量的工作。在车间干活儿，你要比别人多干，当会计、出纳，雨天雪地一趟趟跑银行，人家一句话，说不用你就不用你了。”架双拐的马宇红，来114台前，练摊儿做过小本生意。往前推，她也在打着残疾福利旗号，行唯利是图之实的私人承包厂干过。她伸出5个手指告诉我，她那时每月只挣50块钱。她说的是1990、1991年的事。以如此轻贱的价格就买走一个人的劳动生存愿望的业主，根本就不知道一个肢残女孩儿的高傲和能力，他不需要知道。

马宇红是一个喜欢观察和思考的人，说出话来常切中要害。一位去过她家的记者，特别在文章里提到这位残疾女孩的小屋和她的书柜，提到她工作之余参与“文川伴你行信箱”回信工作的事。

眼睫毛雾蒙蒙的纪瑞辉，面庞上依稀隐现着无限的伤痛记忆与感奋，积淀下来的坚毅和柔肠，千言万语的无声的言说。当她站起身走路的时候，我的心受到了电击。她也是个脊髓灰质炎的受害者。

她们台的女书记告诉我说，小纪出生3个月就得了那个病，先后做过三次撕心裂肺的手术。经过顽强锻炼，她学会了骑自行车。最后她扔掉了拐杖。在114台，因为工作出色，纪瑞辉先后被评为北京市话局系统的“先进”、“标兵”，今年又被选为市话局的“十佳青年”。

“残疾人如果干得平平淡淡，一旦裁人，首先被考虑到的就会是你，所以我们干得必须比别人好，付出比别人多，才能够安全。”她和宇红道出的是真情实理，肺腑之言。于是我也感觉到，尽管114台和市话局方面对她们多有关爱，但她们内心深处也依然高悬着一把达摩克利斯剑。这柄剑几乎悬挂在每一位从业的残疾人员的心上。这是她们多年生活的烙印使然。

在工作台畔，我随手拿起纪瑞辉手边的两个硬壳笔记本翻看。只见上面写满了北京市区疑难、新增电话号码和单位名称、地址。

目前小纪和另外两名查号员，专门查找疑难的电话，所有一时反映不出来的情况，全部汇集到她们这里，由她们负责释疑解难。那些枯燥排列的数码、地址、名称，由小纪一笔秀巧流利的小字写出来，看着竟让人赏心悦目。真所谓字如其人，也可见字里行间的目光灯光，汗水、心血，喜悦与忧愁，星影月辉下的微风浅笑。

提起吸纳残疾人青年到市话局工作这件事，就不能不提到一位叫王福波的有心人。时间大约在1992年，时任北京市话局副局长的王福波，出访美国、加拿大后回到北京。在北美参观、访问期间，他亲眼目睹了电讯岗位上的外国残疾人。那边扶残助残的风尚，给他留下了强烈的印象。回国后他到114台找台长、书记谈了他的观感、设想。

消息传出，招来非议。“招残疾人来干，我们的职业岂不是被贬低了吗？”

王福波反驳说：“如果残疾人能干我们的工作，身体健全的职工更应该干好。招收残疾人职工，会对其他人起到促动作用，推动行业服务质量上台阶。”

想法肇始于1992年，1994年正式实施。于是他们成为北京市最早主动申请按比例招收残疾人员的单位。他们的要求得到了中残联和北京市残联方面的热烈欢迎。其时正值国家“按比例安排残疾人就业的规定”颁布出台。时至今日，四轮春夏秋冬过去了，北京114台也理所当然地成为了北京社会说得出去、拿得出手的“按比例安排残疾人就业”的一个窗口、一个样板。

用“老天开眼”来形容9位残疾女青年初到114台的心情，并不为过。由此使我想到，在我们中国版图上，如果能有一半甚至一半以上的企事业单位的首脑们，意识里善光一现，向自己同胞中的残疾人群投去温情的一瞥，那将会带出怎样的福音？假如我称之为善光的这种助残扶残理念，能像国庆节礼花那样竞相绽放，辉耀万方，那么我们同族同种的5000万残疾人兄弟姐妹，还有什么急着？还有什么过不去的难关沟壑呢？

5 年前,北京市话局的领导们和 114 台的头头们为迎接残疾人新同事的到来,做了精心周到的准备。他们拨款安装了入楼处的铜扶手,专门改建了楼内的卫生间,在厕所的墙壁上增加了扶手,专供马宇红她们抓扶使用。考虑到工作时经常需要变换位置和高度,肢残人坐普通电脑椅起站不便,全台工作大厅干脆一律换成造价不菲能活动升降的电脑椅。当年上岗前培训,为了方便几位肢残女青年中午热饭,书记和台长叫人买来微波炉,放在她们教室里。逢到雨雪天气,台里便派人在门口接她们。

那一年集体参观新落成的北京西客站,几辆轮椅被同事推着,经特许上了新站站台。几双眼睛里流漾着新奇异彩。9 位女青年跟一码簇新的机车合影留念。马宇红说出了大家共同的即兴感想,她说:“在北京活了这么大,还是平生第一次看见真火车。”

常言道:人心换人心,八两换半斤。9 位最初以特殊身份进入 114 台的女青年,用自己的作为赢得了台里其他职工的认可和尊重,也令王福波、贾方仪他们徐舒一口气,喜溢言表。

也是一个酷暑之日,纪瑞辉接到一个查询平安里附近某商店的电话。这是一个数据库里没有的单位。下班后,小纪骑着自行车到鳞次栉比的平安里大街查找那家电器店。店牌被行道树树冠密密遮掩着,她下来推车拖着残腿步行察看。当她将“众里寻他千百度”得来那个电话号码,守信用地打电话告诉用户的时候,用户被深深感动了。一向实用透顶查到号即拜拜的用户,写来了表扬信,盛赞 114 台的服务。

搬家热线的李焕珍,曾经在家中接到过一个用户的电话,急切要求帮助查找某搬家公司的电话号码。于是李焕珍不顾上班一天的疲劳,用自家电话查询了一个晚上,终于在第二天的清晨 6 点钟,问着了用户所需要的电话。

有人说残疾人干事认真,岂止是认真,她们简直是在拼命做事。想想看,每分钟接查 3 个至 3 个以上的电话,每天接查 1000 个至 1200 个电话,脑子里要记住几百个上千个单位的名称、号码,一年下来,4 年下来,是什么样强度的劳动? 不允许出错,不允许生硬,不允许烦,这该需要什么样的涵养功夫? 弓弦还有松下来的时候,可她们没有,上班的时候没有,只有一种状态:绷着。

114 台人的经济收入,是比纯净水纯净的收入,是一分钱一分钱挣出来的:接查一个电话一分钱。领取工资、奖金的时候,姑娘们捻着数着的,是自己的青春年华,意志生命,涓涓滴滴、潺潺淙淙的耕耘与付出。

3

在北京长安街西端南行不远处的北京市残联,我见到了行伍出身的康复处孙秀成处长,他是中残联残疾人康复计划在北京地区的直接执行人。从他的口中我听到了一个名字:秦泗河。

第二天,一个雨后的上午,在东郊北京康复矫治医院里,我见到了手术中的秦大夫。他现在是目前国内唯一的这家小儿麻痹矫治专科医院的院长。

无影灯下,刀钳交接的手术台上,正躺着一位来自深圳的 12 岁女孩,这是一个脑瘫患者。从护士长手中的病历夹上,我看到了一份罕见的手术方案:在同一个人身上一次交叉完成 6 次手术。护士长说这是秦大夫的一大特色。

我来时,手术已进行了一个小时。

全身麻醉中的患儿的小脸,端秀而安详,呈露着她失去知觉前的信托和憧憬。

孙秀成极言称赏秦泗河的医术,形容看他做手术就像看做游戏一样,又快又好又安全,麻利中见流畅,流畅中见匠心,匠心中见艺术。一般性矫治手术到他手上,仅 10 分钟便告落幕。他的最高纪录是一天完成 28 例手术。老孙告诉我,北京这边的肢体康复手术计划,是直到秦泗河调京以后,才得以正式启动的。他说我此番来采访的已经是旧闻,北京地区的肢残矫治康复工作,3 年前即已告峻,没的可做了。后续的病人,都来自其他省份和境外。

北京的病人做完了，秦泗河的病人做不完。1986 年有统计说，中国残疾人中，属于肢体残疾者，计有 755 万人。这样庞大的患者数量，秦大夫手头再快，到死他也是做不完的，而他工作的意义、价值，也就在这 755 万之众的统计数字中了。

调秦泗河进京起因于当时中残联下达的硬性康复指标。主持北京地区康复工作孙秀成，起初打算把小儿麻痹矫治中心放在全国骨科老大的北京积水潭医院。计划实施第一年，积水潭医院做成了 17 例小儿麻痹矫治手术。老孙掐指一算，急眼了。根据当时他手头的统计，北京地区计有小儿麻痹患者 2341 人，照这个速度做下去，得做一百年，一百年，人还在吗？额角冒汗的孙处长四处访贤，得知北疆佳木斯市有一位山东籍的矫治高手，便十万火急地亲自去观摩、调请。克服了当时可想的阻力，只手挡开了当时医界的疑虑和白眼，孙秀成为北京乃至全国的肢残者，挖来了一把定坤金刀。老孙的工作有了指靠，北京的患者得了实惠，秦泗河的医术医德，经病人口口相传，近播远扬。

秦医生给我看他的手。他的细而长的双手，极其的柔韧柔软，十指后弯的角度大于常人，他说这是多年在手术生涯中形成的。

17000 多例肢残矫治手术，经这双手成功完成，这是现年 47 岁的山东日照人秦泗河的骄人业绩，大概也是当世健在的外科医生中堪可上吉尼斯纪录的业绩。17000 多例，这是外科手术呀，即便是 17000 顿饭，吃起来也不是闹着玩儿的小工程。秦泗河曾当面问一位军长，问他一个军共有多少人。军长答曰：15000 人。老秦一听笑了，说："你的军还赶不上我的军大。"有人做过粗算，秦泗河在病人身上拉开过的刀口，加起来有十几公里长了。

秦泗河说道："矫形外科医师不但要善于完成一项手术操作，还必须准确、敏捷、干净、利索。争取在最短的时间内高质量地完成手术，这不仅减少病人痛苦，也是避免手术感染的重要因素。实际上每一例病人较复杂的畸形矫治和功能重建手术，都是一次科学的构思和艺术创作，只有全身心地投入才能产生优秀的艺术作品。”他说:“我的老师实际上是病人,为了我们的经验,病人付出了血的代价。有些中国医生到了一定的高度,不干了,摆架子,这是不道德的。你的经验和成熟来自病人,应该全部回报给病人。我一辈子不会离开手术台,给我总理当我也不换。”

秦泗河的道路,是一条经历了早年贫困的农村生活,在教育的引导下,走入医学殿堂,走入宽广漫长的城乡医疗实践,进而成长为一代良医的道路。他曾经在山东的县医院行医,曾经在山东、黑龙江的地、市医院工作,又在北京的一个不大的专科医院里,谱写了自己行医史、人生史上的华彩乐章,他的医术最终赢得了国内外医界的承认,并先后应邀出访了二十几个国家,并在异国主刀。

他的技术思想的核心,是为大众服务,为农民服务,为贫困病人服务。初进京时,有专家看不惯他快速简洁的消毒方式,看不惯他快速简洁的手术方法,认为不合乎规范。他则说:“他们不理解我的这套技术是在简陋的农村医疗条件下形成的,条件逼迫我必须摸索一套适合中国国情的手术体系。外科不靠花架子,疗效是检验技术的标准。我的病人多数来自农村,我必须要为他们着想,使他们花最少的钱,达到最满意的疗效。”

秦泗河的医院一直处于经费紧张状态。即便是这样,他也从不把贫困地区来的病人推出门外。经济情况差的,他收半费;实在没有钱的,他也给做矫治;遇上富裕家庭的,他则照标准收费,或酌情多收一点。他管这种做法叫作“劫富济贫”。我说:“你把你们山东的水浒主义搬来了呀?”他咧嘴笑了。

在通州东30里外的一个农家小院里,我见到了1992年经秦大夫手术治愈的肢残女士王淑华。12岁时的王淑华,不幸罹患脊髓灰质炎,双腿弯软失去功能,变成为一个只能手握两脚蹲挪的人。从此她闭门不见人。淑华母亲情急之下曾动念请医院为她截肢,配装假肢。恰在这时,大队大喇叭的一个广播救下了小淑华的双腿。大队说县乡通知让她带淑华去做手术,手术费只收300元。淑华母亲倪希香不敢相信自己的耳朵,300块钱?一个小手术还要

2000 块钱,300 块钱能做出什么手术来？一次、两次、三次手术下来,术后 30 天的淑华第一次拄着拐杖到院外村街上走动,随后她扔掉了拐杖,慢慢锻炼得能从事挑水等劳动了。当穿着裙子的王淑华走给名牌医院的专家鉴定时,他们惊讶不置,不能相信眼前的事实。

陪我同到王淑华家的通州残联的老吴告诉我:“手术是秦泗河到县医院给做的。那年中残联下达了硬指标,专门拨下款,限期做完,不完成不行。手术费是残联出一点,县里出一点,乡里出一点,个人出一点。”

重新站起来走路,淑华笑出了眼泪,她喃喃说道:“天真大呀。”

另一位经秦大夫手术站起来行走的翟艳萍,站起来后的第一句话是:“我平生第一次知道自己的身高。”看望她的赛福鼎说:“1949 年中国人民站起来,今天,你也站起来了。”翟艳萍噙泪点头。她全副的身心内部,都山摇海动地欢呼着自己这“翻天覆地”的一站。她知道自己全部的生命感受,从这一刻起就要改写。

注视着自己重塑过的人,秦泗河内心感受到了完成艺术创作后的那种难以言喻的欣悦。一起分享成功喜悦的,还有站在他身后的孙秀成。

4

康复,对于健康的人而言,是一个无关痛痒的概念,对于一个一般性疾病患者而言,是一个必然的结果,而对于残疾人而言,却是一个蘸满了蜂蜜、蘸满了花香、蘸满了阳光福祉的希望或者事实。在第一天观看的录像片中,有“让聋哑人走出无声世界”的提法,直到有一天我走进那座颇负盛名的聋人语训中心的时候,我才真正感受到那个提法的内容。

在几位年轻女教师的带领下,语训部的孩子们正在排练语训部副主任、中国聋训方法的开创者万选蓉女士编排的教学歌舞《森林音乐会》。

自古以来就用“铁树开花，哑巴说话”来形容天下至难至不可能的事。谁能想得到眼前这些目光灵动、清晰歌唱的孩子，全都是聋子？一时间我还看不明白他们是怎么通过看老师的唇形而随之歌唱的，但见他们且歌且舞，轮番上场，个个都会欢叫歌唱。

我十二分地惊诧于几位年轻教师在陌生人面前全无介意地表演领舞领唱。只见女教师龙江低下身翻了个跟斗，她身后的孩子一个接一个地翻了起来。女教师当中有的看上去已经做了妈妈，但她们却都一律地做着儿童表演，憨纯而有趣，浸润而专注，投入得旁若无人。直到有机会坐下来和他们交谈，我才多少领略了他们义无反顾的热情和他们对自己事业的认同。

这是一个我初次接触到的小世界，一个十分地独特于外界的世界。这里有一种活法，一种人生，一种追求。站在他们身边观看的我，还只能笼统地说：这是一个有意义的世界。他们说：“你真应该常来看看。”

身为中国聋儿语训头号专家的万选蓉的镜头，又是一个很长的故事。她的道路是泪水走向汗水、决心走向实践、种子走向收获的道路，是一条由母爱走向博爱、由一个母亲走向千万个母亲的道路。

她的真实性是我得以窥视她领导的这个独特世界的一个锁孔。早年，当万选蓉确知自己的亲子是一个聋儿的时候，她所遭遇到的是五雷轰顶，天塌地陷，万丈深渊。午夜醒来，她用脚跟跺床，以证实自己知觉能力的存在，她拼命掐自己的胳膊，以确认自己是醒是梦。绝望之余，她决意绝路求生，她倾尽一个做母亲的所有的情感、意志、悟性与心力，凭借着她从中央戏剧学院表演系获得的相关知识、技巧，逐日逐月逐年，万遍、几十万遍地教儿子唇读发音，由字、由词、由句，渐连而成语，历经十几载，终于摸索领悟出一套行之有效的教授聋儿说、读、写的方法，走出了一条中国化的聋儿语训之路。她的经历可以说是一场旷日持久的没有血与火但胜似血与火的生命战争的经历。

我问她，中国谚语讲“各人自扫门前雪”，你自己的雪扫干净了，为什么还要继续做下去呢？她笑了，想了想说：“是因为爱，是因为我自己也是一个聋儿的母亲，是因为我知道其他聋儿的母亲需要什么。”

如果说白内障和肢残病人的康复，可以通过一次或几次手术解决问题，那么聋哑人的康复就是马拉松式的漫长细致、不厌其烦的过程了。其间的辛苦煎熬、摸索无助，非外界人所能体会，所需要的百折不挠、千回万转向东流的精神品质，亦远非常规教育可以比拟。谁又想得到，在功利主义盛行、利润主义至上的今天，像聋儿语训这样一桩没有利益可图的事，竟然会吸引了一帮年轻的现代人，自觉自愿地和万选蓉一起走到这条路上来，从而竟然推动着中国的聋儿语训，成为一项专业，成为一种事业，竟而在她们的手上，从无到有了。

人们该为她们喝彩，为中国聋儿和她们的母亲庆幸。

5

当仓促上阵的采访，因时间关系不得不刹车打住的时候，我清楚关于中国残疾人及其事业，自己所知尚甚少。可以触摸到的是，其既往的实绩与前路的严峻，既往的与前路的交相呼应。

返回的路上，我再次想起几日前在机房里看过的录像片。片中，那些 10 年前衣衫褴褛吃力挪蹭于泥屋道旁的活来不易的人们，今安在哉？他们生计的井绳、辘辘，是否都已经提升、摇妥？他们戚愁蒙尘的眉目，是否都已明净舒展，如五月山花之烂漫？

我想起在王淑华家的茶几上，有一摞她赖以维生的手工活计。淑华母亲说：“镂一个漆盒 7 毛钱，每月她能挣个 200 块钱。”淑华说：“现在市场不景气，活儿越来越少，有时候拿不到。”我推想，在近两年大量企业职工下岗、转岗的局面下，谋生就业，肯定是时下残疾人群所面临的头号问题。中央电台《孙大姐信箱》的主持者孙恂家里，那一大本求助者来信登记册无言地佐证着我的这个推测。

这当然不单单是一个残疾人群的事，也不是一个残联所能摆平的事，而是我们偌大的为新世纪寄予厚望的中国的事。

我们有理由期待并且说出期待。

“历史的道路不是涅瓦大街的人行道”，我们所熟知的当代中国的现实进程，也从来都不是长安街大道。奋斗自强，并且牵一双手共走人间，是人类历百劫而不灭终于百胜而跋涉至今天的源泉和法宝。

我们说出期待并且有理由期待。

1998 年 7 月 26 日

私 生 活

1

如果我没有记错的话,她是 1994 年春离的婚。最初从她嘴里听到她离婚的打算我深感意外。我不但很早就认识她,而且也认识她的丈夫尤振刚。老尤不止一次地光顾过我从前住过的四合院,坐在我的卧室兼书房里跟我一起高谈阔论,咔嚓咔嚓大嚼招待他的鸭梨。他的牙齿整齐并且锋利,一口就咬进了半壁梨身入口,他的方圆大头配上宽腮肌肉,使他的咀嚼虎虎生风,咔嚓山响。

说这话的时节,许玉苇和尤振刚已经正式确立了恋爱关系。许玉苇私下跟我说,她打算大学毕业参加工作稍稳定后,跟老尤登记结婚。她跟老尤确立关系的过程,从始至终没有瞒我,从同学至爱人,尤振刚是主动表白的一方。他们的那段陈年旧事,跟 20 世纪 80 年代中叶的大多数婚恋故事没什么两样。十年一觉京城梦,怎么说掰就掰了呢?

当年这个经济系的女生跟我频频走动。那时逢星期六放学,她便到我家做客聊天,聊到九、十点钟她才坐车回家。这样的走动,她大约维持了三年的时间。打跟尤振刚建立恋爱关系后,她按门铃的次数大为减少,有时就是两人一起来的。

那个时候我正处在一场旷日持久的情感纠葛当中,而许则在一场情殇之后陷入绵绵的痛悼情怀中。我们在静静的小街上慢慢散步，走走就到了故宫后门的护城河与城墙之间的月光地带，各谈各的情感故事，各自沉浸在自己的缅想世界中，各自都在倾听对方，各自又都在想自己的心事。这种谈话是朋友式的倾诉，就像两条铁轨绵长绵长地延伸，却交会不到一块。那时期我喜欢谈哲学类的话题，不免大而抽象，这就如同在自己和她之间立了一道防护墙，挡住了抑或说抑制了浪漫枝条的生长，也维护住了我们之间的友谊。所谓平平淡淡能长久，我跟她的持持续续保持下来的友谊，十分经典地印证了这常而不谬的常理。那段交往时光的遗产之一，就是互诉成了她和我之间不成文的传统。

她跟老尤结婚后，邀请我和太太去过他们的新居。她指着屋内的两张桌子不无满意地说，他们一人一张，各看各的书，互不干扰。我知道这种设计是她婚姻憧憬中所固有的景色。她婚前还曾领我们去了她和她父母的家，那是我第一次实地地知道了从她家到我家，再到她就读的大学的距离。那几乎是穿越当时的一座北京城的路程了。我为她当年付出的辛苦和情谊而感动。

婚后我们各忙各的事，各顾各的家。虽说还有联系，但彼此不怎么走动了，甚至中间有几年断了音讯，偶尔见见面、通通电话，也是匆匆又匆匆，见不出什么内情变故。从她嘴里只知道老尤离开了国企，跳槽到一家有名的公司做到科主任一级，还有往上攀升的迹象等。却不料她突然说出要离异的事来，直让我丈二和尚摸不着头脑。

2

她征求我的意见，我遵循“宁拆一座庙不拆一桩婚”的古训劝导她。那天中午的谈话曲曲折折、往往复复，很艰难。起初她花了不少时间讲说尤对人对事的态度上的扭曲，讲说他的世界观、价值观上的问题。她说尤在内心深处对周围人充满了仇恨，她举例说，尤曾说他手里如有挺机关枪，会把他的同事都“突突”了；她又举例说，尤曾狂笑着说有朝一日他会让全中国人都处在他的脚下，让他们服他，向他俯首称臣，他梦想有朝一日从他们匍垂的头上方走过，有前呼后拥的武警护卫着他。

说完这些话有顷，她掩面哭泣起来。我环顾四面楼房的窗子，说会有人看她。她抽咽了好一会儿，才说出老尤的粗暴来，说他用剪子剪她的内裤；说她拒绝他的性要求时，他就从案板上抄菜刀冲进卧室；她说在她“量多”的时候他不管不顾一意孤行，致使她难受不堪，两次人工流产，数次大出血，致使她本来不错的身体，衰弱多病，一度还查出了贫血。她语犹未尽，吭吭哧哧做出一个叫我不明其意的手势，说尤的男性去处有种天然的缺陷。

我原以为她一直过得不错，没想到在寝室之内她竟度过了这么长时间的暗淡日子。一个女人一生中最丰润粉嫩的青春时光，具象生命阶段，就这么打发了。她擦干眼泪说她一定要争到对儿子的抚养权。两星期后，我托了法律界的朋友，朋友帮她找了法院的朋友为她疏通。开庭那天，她挫败了尤振刚。她离婚时把房子、财物一概放弃，都给了老尤，就要一个抚养权，并且直到现在都不跟他要一分钱的抚养费，不仅不要而且拒绝，坚持凭自己的能力抚养儿子读到了初中，并最后把他带出了国。这使我对她刮目相看，看到了她性格中的凛然坚强的一面。一个时期中，我只看到她在钱上有吝啬的毛病，却没意识到这背后的一个单亲母亲的倔强与艰难。

这个女人的要强性格还表现在她对工作单位的选择上。她的父母都是国家级外贸部门的干部，有着广泛的社会关系，她妈为女儿的发展考虑，多次提要调她到自己或她父亲的系统供职。可许玉苇执意不干，她说：“我决不靠你们，我要靠我自己的能力打出片天地。”直到眼见自己所在单位前途不妙了，她依然不改嘴，不跟家里商量就跟情人跑到东南欧经商去了。

3

她离婚后过了差不多两年的时间，我才断断续续地听明白了她的生活中出现过另一个男人。那个男人年长于她，来自农村，在中南海当过卫兵，复员转业时，被他警卫过的人推荐他到外贸口工作。那人先认识老尤后认识她。一次搬家，尤振刚招呼几个朋友来帮忙，其中就有这位前卫兵男士，她跟他就这么结识了。

她跟这个男人在离婚前业已建立的私通关系，是促使她做出离婚决定的重要因素。没有这一因素她也不愿跟尤振刚生活在一块了，但决心不会下得这么大，在时间上也会拖延。就因为有这男人的存在为她托着底，因为她看到了接下来有一个在她看来是美满的新婚姻等着她，她才毅然决然地跟丈夫摊牌，义无反顾地走上法庭。在这么做的时候她已经是三十好几的人了，已经是一个历练了多年的职业人。尽管她自己和她的同事都认为她是个精明能干的人，但她其实还是幼稚单纯了，在知人论事上缺乏穿透力，被人玩弄，又被人抛弃了。她的这一跤是从悬崖上摔下来的，比她在婚姻上摔得更为惨痛。

在她和老尤婚姻的最后阶段，她跟那人之间发生了共度良昼的情节，然后又有两次、三次、五次……她说这些是她记忆中的美好时光。男士对她说他用命爱她，而旁观者却看出她无保留地爱他，竟至痴迷之境。两人在誓约时说好各自离婚然后生活在一起。她先行一步，然后回过头来等他。

再说下去就没什么意思了，又是一个男人在个人前程、结发妻与婚外情人之间做出选择的老套故事。后来的进展是男人并未离婚，在品尝够了她以后，男人转入引退状。在那段日子里女人痴心可鉴。她打给我的电话空前多起来，次次都是诉说她对他的渴念与深情，种种推测与迷惑，最后总是设身处地说些谅解他的话。在她生日的时候，在元旦将至的最后一天，她反反复复念叨："他难道忘了？""他为什么不来祝福我？"直到暮晚时，她的呼机上显示出了他的简单祝语，她才如蒙恩宠转悲为喜。"他是爱我的，他为我做一切，他胸脯憋得红红的，脸憋成紫色儿，一下一下地坚持着，为了我的快乐，他不顾他自己，他为我服务，为我付出，以前从没有人肯为我这样做过，能成为他的妻子真是太好了。”她迷迷蒙蒙地感念着。

4

用漂亮的字眼概括许玉苇的容貌并不很贴切，她属于女人当中有气质有特色的一种。她的肤色跟粉白、白皙无缘，而是有一种暖竹的色调，在典型的黄种人色调中呈现着吸光性的细腻，进入夏季着装期，她的这个优点便以不与人争艳的方式静静流露出来。她的身材多年来没有发生可察觉的变化，即便是在生完孩子以后，依然是三围比例合度，手臂和双腿依旧是修长。她以这样的身材捷步走在宽阔的街上，肩部及上身有节奏地颠动，远远看去蛮有现代感，甚至还有些欧陆的风情。这样的走法跟她大学时期略有些不同，大概是跟她做外贸工作多次去欧洲有点关系吧。想来正是她身上的这种干练与成熟的现代女性感，为离婚后的她引来新的追慕者。

离婚女人在失去了依托和归属感的同时，也重新获得了更大的自由空间，在某种意义上说她的自由度超过了从前。就在许玉苇不再抱幻想，最终确信她与那人的情缘彻底断绝了的时候，又有新的追求者恰逢其时地出现在她的身边。这是她属下的新参加工作两年的大学毕业生。小伙子生得高挑、白净，生气勃勃、充满干劲，一口一口一个“主任”地叫她。

在一次次出差办业务的旅途上感情与欲望速生了出来，她在一次出差回来的电话交谈中透露出了风色。她以一个城市大龄女人的感受描述她的新感觉，述说她的彷徨与保留。她讲述那个大男孩如何以准成熟男的姿态，一路上照顾她、呵护她，述说他们躺在正对着的火车卧铺上的心动，述说她上铺时男孩为她跪身脱鞋，下铺时为她拾鞋穿鞋的殷勤备至，述说她心里的受用和感动。她将这些举动看作是男孩对她的爱意表达，包括在为她穿脱鞋时，那一点也不老练的手指在她脚趾上的捏弄。

大男孩对他的父母宣布他恋爱了，要娶这个离了婚带着孩子的女人。他父母急眼了。男孩说这是他的平生初恋,他一定不会放弃,他说他们已经有了同居的关系,你们怎么着吧。他们上午做爱,中午一起下楼去附近餐馆吃饭,然后回到楼上睡午觉,但因此男孩的毛病也呈露眼前。他骄纵任性,飞扬跋扈,男权主义思想不亚于上上辈人。这些脾性一经再无顾忌地释放出来,不加收敛,身为上司的情人就消受不起了。同时一个隐藏的又实际的问题暴露无遗,就是大男孩的器官存在不算问题也确算问题的问题:角度不对。男孩辩护说是因为长期穿裤子压的,她将信将疑地信了。

前前后后,男孩的父母找她谈话交涉,威胁要闹到单位,使她感到了着实的无趣。这时大男孩染上炒股的瘾,居然背着她拿了科室的公款去买股票。她发现了,规劝他,他摔门扬长而去,把个许主任气得嘴唇哆嗦手冰凉。这一次她预先就有的保留心理保护了她,像嚓吧一声拽断灯绳,她以主动之姿让这间屋子陷入黑暗。这一次她觉得自己没受什么伤害,与此同时她也再一次深刻地感觉到了再次进入婚姻之程的渺茫。有一段时间,她甚至怀念起以前的婚姻来了。

正式离婚后,她的前夫尤振刚定期接孩子看孩子,这样在他们之间就保持了一定的联系。她从尤口中得知,离婚后的老尤搞了多位女人,老尤吹嘘说那些女人都说他让她们如醉如痴。许玉苇不信他的话。“我真不明白,那么多出色的女人都拜倒在我的脚下,为什么就征服不了你?”尤振刚恼恼地悻悻地说。终于有一天她答应了前夫提议的与之合作实验。她惊喜地发出了“她结婚的时候不行,离婚后居然行了”的感叹。

她重新回顾他们大学时期的融洽相处,回顾他追求自己时的点点滴滴的愉悦,回顾他们婚后的温存片断,这些回顾中夹杂着她离婚后的孤独感、情人负心带给她的挫败感和对往昔生活的美化。在新的体验、新的心绪驱使下,她开始考虑想破镜重圆。她带着这个想法去征求她母亲的意见,她妈坚决反对,骂她是糊涂蛋、贱骨头,她妈说:“你们互相都有对方那么多的把柄了,能圆得起来了吗？一旦打起来还不够互相揭短的呢。婚姻中根本容不下这么多的杂质。小苇，我跟你说好马不吃回头草。”

5

1995年5月的一天，许玉苇接听了一个电话。陌生而又似曾相识的声音微哽发颤，对方说他是她的中学同学成立国。他说他的工作部门跟她是一个系统。多年来，他一直在默默地探听她的情况，打听她的行踪。他说他知道了她离异的消息，才敢到她周围来活动。他说他已经好几次守在她单位门口，从车里亲眼看到了她。他说上学时她就是他心中的偶像、梦中的情人。他说他原以为他的能力非凡的女班长，至少该当上女部长了。他说他这次是乍着胆子，抱着甘冒一死的决心给她打电话的。

他们多年后重逢的那个会面地点，约在莫斯科餐厅。结完账出来，成立国说他口袋里装来了3000块钱，生怕不够直打鼓，他说他是从银行里现取的钱。这叫许玉苇大感吃惊，颇受感动，她深刻地感受到了被重视的满足。“他很果断很干练，眼睛像鹰一样锋利，贼亮贼亮的。”她这样描述她的老同学，现在的成处长。“那时候他就是个小屁孩儿，虽说他爸爸是部长，可他在班里太不起眼儿了，我根本没有在意过他，没想到他那时就暗恋着我。他说他那时在我面前很自卑，现在还自卑。人生让人想不到的事太多了。”

她这一遭流露出来的内心感动，虽不及那位中南海前卫兵带给她的那般深重，却是依旧地由衷，依旧地饱和着细腻的咀嚼。“他自己开着辆车，每天上下班都接送我，接送尤琪上下学的事他也包了。他先送他儿子，然后送尤琪和我。”“一早一晚真够他忙活的。”我说。“他愿意，我不管。”一个重新获得了有依有靠有男人的感觉的女人的幸福容光，焕发在她的脸上和她的粼粼的眼波中。她喜滋滋地告诉我：“他不错。”

以后的日子里，她又告诉我成立国担负起了尤琪父亲的角色，不但尤琪上学他负责接送，就是尤琪生病发烧时也是他一马当先开车送到医院。尤琪现在跟他很合得来，一见不到还想他。我感觉到，走进婚姻的愿望之炬，在她心里再次燃起，光焰愈加强烈起来。由此也让我看清了一件事，那就是我的这位异性友人，多年来就有一种根深蒂固的理想主义倾向、爱情至上的倾向，虽遭遇婚姻失败，却没有放弃追求。这一观察在我亲眼看到了成立国本人的时候，更加得到了证实。

6

这天她忽然打电话说要到我家来做客，说还要带成立国一起来。末了她迟迟疑疑补充说他个儿不高，我得有点心理准备。我说能矮到哪儿去，来就是了。“还是先给你打打预防针好。”她又高兴又有几分怪怪地说。

及至真的见到陌生客，我差点绷不住笑出声来。我不是一个少见多怪的人，但老朋友带给我看的这番匹配，还真叫我一时半刻适应不过来，就像人突然由黑屋进入阳光地带，或由强光中蓦然堕入地窖，反差的强烈造成视觉上的不适应症。说含混一点吧，成立国往许玉苇跟前一站，整个比她矮半头，在束腰的穿戴下，他走起路来小腰一带一带的，倔强好强的性格加上他处级经理的身份，促使他走路晃肩，他长期养成的提肩的习惯，又给他增添几分滑稽和悲哀。

许玉苇找个碴口儿把我叫到一边问我印象如何。我实话实说：“人看上去脑子不笨，可跟你不匹配。”我指一指她的脚，“你人高马大的，还穿什么高跟鞋，怎么就不知道照顾情绪呢？”她阴了脸，不再问我什么。

在重新获得的私生活中，她重新找到了支点和归属感，但与此同时她却得告别离异后曾经拥有的那份自由了。如果不是成立国而换作别人，她的出让也许会少些。记得一次我有事找许玉苇，她正生病在家。电话这一头，我明白地感觉出她心情的紧张，话没讲几句她就急急地说：“立国正开车过来，他在门外听见我跟人通电话，就一定会盘问我。他这人醋意极大，不愿意我跟其他男人有接触。”一阵咳嗽冲出她的喉咙。“他爱我爱得太强烈了。”她说完这句话赶紧挂断了电话，驯顺得像乖白猫。

忆想起这件事，我对成立国携情人出国的心理动机有了深一层的理解，他的行动与其说是进取性的，不如说是防御性的。他的致命的身高在他的心理成长过程中，对他造成的压迫，导致他的自卑感根深蒂固，以至于他家庭的权力背景、他个人的权势地位，都不足以抵消他内心的不自信，他唯恐平地冒出的竞争者，夺走他幸运到手的东西，他要把她带到安全地带看好她。

真正出乎我意料的事情还在后头。转过年来许玉苇突然通知我她要离开她挥洒下青春年华的国企公司，赴东南欧某国单干。“立国和我一起去，注册资金是他筹措的，过去以后法人代表是我。”“图什么呢？”我诘问。“我们公司内部差不多被注空了，坍架是早晚的事，我不能再陪着公司干耗到那一天了，再说到了我这个年龄再不挣扎一跳，以后就没有机会了。”她说出了充分的理由。“仅止这些吗？”“我要和立国去开辟新的生活，到一个新的地方感觉会好一些。”

我知道她在她的那家外贸公司，是负责东南欧方面业务的，她前前后后跑遍了东南欧几国，那里的情况于她不陌生。“你是蓄谋已久了吧？”“不，我只留心做了点调查，做了点铺垫，没决定什么时候会用上的。”

她是学实用经济专业出身的，做过部门主任、总经理助理，在业务能力上我不看轻她，可她这次的感情色彩太浓重了，她的决定的理性的可靠度占多少，我替她捏一把汗。凭我对她的了解，我知道她这人表面上挺有应付能力的，甚至显得挺有社会经验，挺有心计，但她还不是智慧型的女人，聪明也不是大聪明，并且她性格中还有固执、自以为是的一面，她决心想干的事，谁也劝阻不了。

我只能祝她好运。

促使许玉苇出走的原因，据我观察，成立国起了一半的作用。

他要家庭背景有家庭背景，要职权有职权，要公款旅游能公款旅游，要花钱有地方出账报销，他根本用不着在求稳定求升迁的年龄段，跑到国外去挣蹦，更何况他不是去当什么老板，而去给他的情人打工，颠颠给人往摊上搬货。情稠意浓时怎么都好说，一旦厌倦了、反目了，被情人一脚踢开，他就得光屁溜走路，没有什么能保护他。到那时节他国内国外两空空，可就悲惨了。由此看来他为他的情人，为了他久盼得来的一份爱，为了全面充分地享受两个人的世界，他是砸锅卖铁不顾一切了。在当今这个物欲横流、薄人情重功利的时代，他算得上是一位情圣了。可话说回来，在男女之事上，厚于此必薄于彼，在这场风花雪月事中，他"圣"自然是"圣"了一把，却是以他的原配妻子连同孩子的直接受损为垫背的。这类一事两面的悲喜剧我们已经屡见不鲜。

成立国携许玉苇出走抑或说许玉苇携成立国出走，与其说是解决矛盾，不如说是用空间分割的办法躲避矛盾。成立国觉得躲出去单过，躲开了解他情况的一切人，他就能全面占有他想要的，过一种上天赐予他的生活。他清楚自己没有退路了。他的付出、他的内心分裂与痛苦，要远远大于他的情人。

7

1997年11月中旬，许玉苇回了趟国，她语调活跃地向我讲述她在东南欧某国的定居生活和经营上的事。她从中国内地进货，在当地批发，在短短一年多的时间里，他们就有了赢利积蓄，租了不错的房子，买了台能拉货兼载人的车，雇佣了一位18岁的纯欧洲血统的美貌女孩给她当秘书。"哦，我的小爱娃长得漂亮极了，一头瀑布式的金发，你真该见上一见。"她的口气听上去不像老板，倒像是那个孩子的母亲。她说她跟成立国过得十分快活，白天他去市场发货，晚上他们就睡在一起。她说他们一浪漫就开车跑到郊外的田间山坡，奔跑欢叫，躺在草地上，躺在树荫下，凝望蓝天白云，闭眼体验依偎。

1998年元旦前后，她第二次回国办货兼办理儿子出国。临上飞机的头一天，她打电话给我通报她的情况。她说这次立国也一块儿回来了，他儿子病重住院，得的是红斑狼疮，立国本来是要跟他妻子办离婚的，回到家就不提了。他现在觉得他有负于他们娘儿俩，正在接受报应。“我妈现在最恨他，我也恨他。”她语气急剧地锋锐起来，也很有几分无可奈何。末了，她仿佛要向全国人民表白一样说道：“请相信我，我无论干什么走到哪里，本质都不会变的，我还是我。”

我没说她会变什么呀，为什么突然这么说？她没头没脑的话叫我浮想联翩，好生纳罕。

1999年，美国和北约向南联盟投掷发射了78天的导弹、炸弹、化学弹、贫铀弹，许玉苇所在的城市离战区并不遥远。这次战争对巴尔干半岛和周边国家的社会经济，产生了致命的深远的影响。两年来，没有她的音讯。最近，也就是到了2000年的年根儿底下，才从她母亲那里获悉，科索沃战争的后果，比外界知道的要严重得多，当地货币翻着跟头贬值，辛辛苦苦挣到的一大把钱，拿到银行去换不出几美元。许玉苇的小公司被迫停业，她被迫外出找工作挣钱。听意思她对前景有所展望，没有灰心沮丧。

掐指算来，她该年满43岁了，一个女人的花样年华差不多已成东流逝水，东流到海不复回了。我想世间最美丽不可轻碰的花朵，要数少女的憧憬梦想了。这梦想从她的豆蔻之身、清澄目光中生长出来，默祷在私语中、心跳的驿动中，涂抹在日记行间、诗笺纸上。她揣着这样的梦、这样的美愿，步入成年人的社会，步入好的或者不好的婚姻，梦圆了，梦碎了，青春的故事、成长的故事，生生灭灭，不知道等待她们的会是什么，等到知道了花发已生。老大不小的艺人说过一句话：抓住青春的尾巴。青春的尾巴依旧不失美丽，青春的尾巴很光滑。抓得住的抓不住的都会老去。

2001年1月19日

朗　梅

1

朗梅走了条险路。她是今年1月初去的美国，并且是抱着“扎根”的思想去的。说来令人惊异，她办的是旅游签证，计划三个月内转成学生身份，以便在那里待下去，寻求出路和发展。假若三个月内办不到这一点，她就只能打道回府。比起别个的衣锦还乡来，当是又一种滋味。她身上只带了不足三个月的生活费，限期之内她不但要转成学生身份，还要找到一份糊口的工作。否则，非得在头上插草标，把自己卖了不成。

谁都知道，这条路是各种出国方式中最悬的一种。可她偏偏选择了这条。因为她别无选择。朗梅是一位正牌老红军的小女儿，长期以来，这一层家庭背景，一直是铸造她心理和尊严的重要因素。轮到动起出国的念头，她才想起要是有个什么七姑八舅是逃亡海外的资本家或反动知识界人物该多管用。可她家就缺海外关系。终于她联系上一个在美国旧金山上大学的中学女同学。这位同学很够义气，帮她办了旅游邀请。都知道国内美国大使馆这边，旅游签证难办，却居然也让她办成了。这是她多年不顺中的一顺。忐忑、坚毅、兴奋的她，在一个干冷的早晨，坐飞机走了。

她的老父亲年逾八旬，坚持一定要亲自送她到机场。威严的小老头动了真情。为了她这次的背水一战，老军官拿出了自己的积蓄。朗梅是他的独生女儿，她上面是几个哥哥，与她年龄相差很大，老头子视她为掌上明珠。

2

多年前的一天，我一进家门，见多了一位陌生人。她坐在光线稍暗的地方，一条腿叠在另一条腿上。她穿着朴素，带有那时人的一股特征。那正是穿一件衬衫加一件外衣的季节。记得那次她穿的是一件棕底色土黄方格的上衣，脚上是一双白塑料底系绊黑布鞋。因为是坐在折叠椅上，故而她的坐姿有一种下陷的感觉。

那是我第一次见到她。她当时的表情和态度，可以说是无表情和无态度——略略地欠一欠身，那条叠在上面的腿暂时地放了下来，眼睛忽闪了两忽闪。说不上傲慢，但的确有一点矜持；说不上冷淡，但实在连一般的应酬都谈不上。总的说来，她的举止算得上得体。那时她大约25岁，梳两条垂肩的粗辫，脸不白，也不属于黑的类型。第一眼就给人留下强烈印象的，是她的一双大眼睛，这对大眼睛比通常我们见过的大眼睛还要大，眼皮双得极其标准，就像以前宣传画上常画的那种。当时她闭着嘴，故而没有发现——以后她哈哈大笑时才发现——她的嘴也挺大。

日后我确信，她的这种待人接物的表情和态度，仅仅是在初次见到陌生人时才有的。在我日后的印象中，每次她的到来，都意味着笑河发大水。每次都是门铃响过，人还在院门洞，她的笑声就已震荡过跨院、里院，全院的每一间屋子，就都灌满了她那毫无顾忌的爽朗大笑。她的笑声响亮、高亢、底气足，一笑下来比常人持续的时间长。她整个笑的过程中有较大的起伏，像大笔触勾勒的海浪。虽然是纯女声，却有男性的豪放与恣肆。这是与李翰祥导演的《三笑》中的秋香的笑截然对立的笑——笑的两极。设想朗梅小姐饰演千娇百媚的小秋香，就这么哈哈一笑，非把个情痴唐伯虎震到桥底下去不可。

进到屋来，她笑声有所收敛。当你跟她开玩笑：“你这阵子饮食好像挺小康的。”她又会爆发出一阵大笑：“无所用心，还有个不发福的。哈哈哈……”

有时她笑起来两手一拍，笑得弯下腰去，两只略显男性化的大眼睛，也笑得弯了起来。她嘴笑得很开很大，显露出两排结实的牙齿，一部分牙龈也露出来。这是一个营养良好，身体强壮，从小在不受拘束的环境中长大的女子的笑。有门窗的屋子不像露天声音容易扩散，经她感天动地的一笑，满室人就都有震耳震心的感觉，神经脆弱的人是承受不住的。

在她的笑声接近尾声的时候，你问：“最近忙什么？”她会很快地收敛笑容，用认真对待的表情回答你“忙”或“不忙”，或者告诉你她最近主要在做什么事。这时候她会用一种憋细压缓的声调跟你交谈。但不用很久声音就响亮高亢起来，并且不时爆发出笑声，笑到高兴处，有时她还一拍大腿，上身摇晃耸动。

3

在我的印象里，唯一没见她笑的一次谈话，是在她跟男友闹崩之后，时间大约是10年前。她的男朋友叫郝晨，是一个聪明好学，但性格不稳定，有能力但常常一厢情愿办事的青年。那时他在工厂做工，工厂的环境显然不适合于他。多年来，他一直在为自己寻找出路。后来他当过英语家庭教师，在几个公司干过，去日本出过差，最后跟一个离了婚的女人结了婚，后举家迁往海南岛。郝晨也是个干部子弟，一度跟父母打得不可开交。

朗梅小郝晨两岁，在市属某单位的医务室工作。那是“四人帮”倒台以后，举国上下出现科学热、文化热，崇尚知识和才华的年代。朗梅从朋友处听说了郝晨这么个人，便主动找上门去结识，渐渐建立了类似恋爱关系的关系。不知是时代影响的余绪呢，还是双方不懂谈恋爱的游戏规则，还是朗梅方面缺乏女性温柔、女性浪漫的缘故，他们彼此之间除了托办一些具体的事，就是沉浸在问题的讨论之中。事情有办得成办不成的，讨论有谈得拢谈不拢的。

两个人都好争执、抬杠，吵架就时有发生，后来发展到打得不亦乐乎。

那一阵朗梅的情绪一直不好，郁郁寡欢，难开笑口。周围的朋友都想帮她解脱，哪怕仅仅是给她一点心理上的帮助。那时在一个小圈子里我被认为是比较能理解人的，就推举我去开导她。

她身穿一件米黄色长羽绒服在胡同口接我。大约是洗过头的缘故，她的浓发披散着，看去比她常梳的马尾刷，要女性化得多。

她是个社交广泛的人，我是并不属于她核心圈子的朋友。有一年她嫂子托一位同学调她去某杂志社。她想了想说："我笔头功夫不行，我推荐个别人吧。"她推荐了我。事情进展了一段，由于想得到的原因，搁浅了。搁一般人，自己不去就不去了，管别人什么，而她却能想到把机会送给别人，足见她心肠很好，为人仗义。虽然她的一些朋友后来对她颇有微词，却也都不能不承认她对人没有坏心眼儿。她给我的这次帮助虽然没出结果，但我一直记在心里，因此在她遇到倒霉事的当口，我有义务为她做点什么。

4

她领我在两扇红漆大门前站住，举手触响门铃，马上就有一个穿军装的清秀青年来开门。她领我穿过设有警卫室的门道，进入一座高房大瓦的院落。通常解放前这种地方都是大官僚或富豪的私宅。一边往里走，她一边不忘介绍："刚才开门的是司机小刘，他特别听我的，我让他开车去哪儿他就去哪儿。"她和我一前一后穿过一道房子进入二道院，又进入一座房子，先踏进一间外厅，推开两扇雕花长木门，才到了朗梅自己的起居室。这间屋有十四五平方米的面积，窄条地板，屋顶很高，有暖气片，室内温暖如春。进院时，我注意到房山后有烟囱——她家有专用锅炉。我也注意到她房间内陈设简朴：一张木床、一张三屉桌、两把办公木椅和一个黄漆书架，就是她闺房的全部家当了。看样子这些东西都是公家的。

进屋后，她脱掉羽绒服，露出了紫底黄花缎袄。我和她一人一把椅子，相距一米多远，当间也没个桌子、茶几，她把腿一架，我也把腿一架，就扯了起来。

交谈当中，她很注意挑选字眼儿，目光凝滞，坐姿保持不变。她没有过多地指摘郝晨，却对最后的分手表示不解。我请她讲讲前后经过。她缓缓地讲述着，不时停顿下来。我看出她略去了一些情节。我建议她不要与郝晨彻底断绝接触，那样就还有机会消除歧见。许久，她瞪大大眼睛，低沉而激动地说："最后一次我去还书，在大街上我们谈了很长时间。他骂我是世界上最恶毒的女人、最让人不能容忍的女人，我怎么会是那种女人呢？他凭什么这么说我？"在整个谈话当中，这个愤愤不平、饱含委屈的质疑，她插进了好几回。

其实，在这种时候他人的建议和劝导是不重要的，重要的是当事人将心里的积郁吐出来。人家跟你谈私事，目的并不是想听你的什么高见，而是要找一个倾诉的场。那晚我的到场，就给她营造了一个这样的场。我们的交谈持续了两个小时。送我出来的时候，她心情看上去畅快了许多。

5

自那次失恋以后，她究竟又对哪几位男士表现过好感和热情，我不得而知。事实是，直到她 35 岁出国之际，她都没有结婚。偶尔也听说她的嫂子们给她介绍对象，但似乎没有一个是再见第二面的。一方面是因为她眼界高，一般人看不上眼；一方面是她无所顾忌的男性豪放作风和她显得健壮的身材，为中国男青年所不愿意接受。

讲到身材，她并不属于肥胖女人那一类，只是比较壮硕些而已，只是她的骨骼、肌肉较一般女青年粗壮些、发达些而已。在最初认识她的几年里，我一直觉得她的体态还说得过去。

那次谈完话从她家出来，她送了我一段路，我一看离她家远了，又没公共汽车，就又用自行车往回带她。行至转角处，她说：

"就在这儿下车。"通常女子坐自行车后架都横坐,她则像男的那样纵骑。她往下一蹿,骑在车上的我,猛然感到好像有后坐力炮的炮弹出膛,被弹了出去。前面有个低洼地,又有个高出地面的井盖子,我连人带车差点没歪在地上,我使腿用力一支,才算没摔倒。我脱口而出:"您老先生可真有点子分量。"她站在地上嘎嘎乐。

6

像一般高干子女那样,她有与生俱来的优越感。但她却被抛入了工人阶级的队伍中,不得不与普通人为伍。这样就使她的言谈举止不自觉地带上了两重性。她的父亲虽然级别较高,却是军队干部,在地方上能量有限。改革开放后,实行新老交替,放眼权力网络,多为新人物、新面孔,老资格也有许多事办不成的。上面的哥哥们都于"文革"前、"文革"中入伍,在军队中"落户"。轮到她步入社会,"当兵吃香"已成过去,只好走在地方上担任领导职务的她母亲的路,在她领导的行业找份差使领薪水。但她不曾想到,在中国这个地方,地主、资本家的帽子有朝一日可以有人给你摘掉,但一旦戴上工人的帽子,就别想摘掉了。这成为她后来屡次调动工作的不可逾越的障碍。

她的家庭虽然具备社会地位方面的优势,但在知识、教育方面却不及知识分子家庭。朗梅三次参加高考,均未能如愿,主要还是因为她底子不扎实。这对她打击很大。但她永远都是向前看的性格,别扭几天之后,又四处奔忙起来,寻找新的机会和出路。但她也经常是瞎忙一气,求得一点心理上的平衡和满足而已。

她不是不聪明,她的两只眼睛比谁的都大都亮。她很喜欢分析问题。但她真正的聪明之处,是从父辈那里继承来的组织能力、办事能力和对于权力的爱好。你托她办件什么事,主持个什么活动,她都能搞得头头是道,热热闹闹。她曾经私下里表示,她这个人天生就是当领导的材料。但可惜生不逢时,机遇不佳。

有什么能力就想干什么事,这其实是很正常的心理,不正常的倒是我们的社会埋没了她，而让许多非常可笑的人爬到了我们的头上。她对原来单位的头头脑脑，哪个都敢批评指责。这就堵死了她提干、升迁的路。于是她的热情和能力就常常转移到社交方面。又因为她头脑里有官意识，所以一有发号施令的机会，她就使出一种半官僚的腔调说话。她自己觉不出，旁人却感觉分明。

7

我曾经参加过一次她组织的去河北易县狼牙山的旅行活动。晚上9点多钟一下火车，见到了接车的林杉，她招呼一下大家，就迈着大步摆着风衣和林走在了前面，俨然是军事代表团的带队长官似的。到了林杉的家，又是她一个人唱主角，侃天侃地，应酬得倒是满自如的。然后就是由她与林研究活动安排，乘车线路等事宜。看来跟着她出门，完全可以不必操心实际方面的事，只把心思放在观光和感受上就行了。

登山途中吃午饭，她打开很大的食袋，拿出好些面包、鸡蛋、榨菜分给大家吃，离得远的她就抛过去，谁不吃她的她就不高兴。真正是慷慨大方的风格。

朗梅是个我行我素的人，不考虑周围的评价和与环境的协调。我们一干人马穿过山下村庄的时候，她热了，脱下风衣不算，还脱了羊毛衫，上身只穿一件紧身圆领白棉毛衫。如此一来，她的粗胳膊壮腰、丰乳壮臀就都暴露了出来，惹得衣衫破旧的乡人们目光迷乱。

在游东陵的过程中，朗梅跟同是高干子弟的林杉滔滔不绝地互道着高干层的秘闻，如谈到某政治学院院长多情妇的事等。

在他们这类子弟当中曾经流行这种时尚：互相比谁知道的上层新闻多，并且以此为荣。在京城这地方，此风尚大概不会绝根儿。从东陵出来的路上，一道出游的老姑娘郁江雁和我谈论日本文学。我谈了谈夏日漱石、芥川龙之介，她谈起小路武者笃实和三岛由纪夫。朗梅插言道："你们就知道什么诗呀、什么文学呀、什么什么的，书呆子。我认为只有自由才是最重要的。”

因为一路上听她把“自由”两字用得太多，又发现她混淆了哲学意义上的自由概念和政治学意义上的自由概念，又因为反感于她一路上意气太盛，我忍不住抢白道：“你先把‘自由’的概念弄清楚了再说吧。”这下惹恼了她，她瞪眼嚷道：“你以为就你一个人懂自由？自由就是自由，我想说就说，爱怎么用就怎么用。”嚷嚷完她气哼哼别过脸走开，不理我了。现在检讨，我当年也是年轻气盛，说话直来直去，不顾忌情面。可是口角时隔不久，她又跟我说起话来，该说什么说什么，就像方才没有发生过什么不愉快似的。

8

朗梅说她是为了找她的所爱的人而去美利坚的。根据她的思想言论判断，她也跟当时的许多中国青年一样，是抱着投奔自由世界的想法出国的。可是她的那个所爱并不是一根可以依靠的柱子。她一下飞机就给他挂电话，觉得能给他一个意外的惊喜，可是对方连半点高兴劲儿都没有，连接都不肯来接她。更让她手脚冰凉的，是第一个接听她的电话的，竟是一个女人。自此，她一生中的真正意义上的艰辛生活，开始了……

1992 年 4 月 10 日

后　记

春天如期而至。4 月 21 日雨后的这个早晨，满眼树绿花鲜，春意盎然，膏泥如酥，天长地阔。无可阻遏的伟大的春歌鼓荡于天地四野，千山万壑；无可阻遏的播种的手臂挥洒于寰宇广袤；无可阻遏的一年一度的萌蘖、授粉与生长，如期而至，竞荣争发，磅礴于大块，弥漫于乾坤烘炉。光辉的生命的脚步，生命的容颜，生命的肌体与目光，生命的蓬勃与葳蕤，蒸蒸日上，湖光岫色，山连海涌，如期而至，如约而至，而让人感铭五内。

这一切的一切，皆奔汇于四月，相拥于四月，旋舞绽放于四月之春，酣畅淋漓于四月的春雨，美艳熏蒸于四月的花气流芳、阳光普照。诚如《春天交响曲》的作者舒曼所述："此曲的创作动机发自春意，这是自然界的神力。人无分长幼，一年一度，皆受其激荡。"那么，就在春意之神力的激荡之中，将我的这一本题为《活着万岁》的散文选集，交付给可信托的使者，作为一名躬耕者的感恩的敬献，作为对于我们丰盈大地人类摇篮的一声谦恭的礼赞。

去吧，我的白马，我的白马上面的初醒的睡美人。去你应去的疆土，去你芬芳的故国，去你海内知音的会所，去赴你的心灵的约会，去邂逅相逢一笑的会心的时刻。

在这个春和景明的温润的早晨，在格里格《晨歌》的轻飏缭绕中，我向接受并捆扎好我的书稿的白马使者——安徽文艺出版社的朱寒冬先生、张堃女士、刘姗姗女士，送上我的春天的敬意和祝福。

建术

2012 年 4 月 21 日晨 7 时整于北京